W0208651

# DIEZ RUPIAS
## Historias de la India
Saadat Hasan Manto

colecciónotraslatitudes

# DIEZ RUPIAS
## Historias de la India

Saadat Hasan Manto

Prólogo, selección y traducción del urdu de
Rocío Moriones Alonso

Nørdicalibros
2019

© De la traducción y el prólogo: Rocío Moriones

© De esta edición: Nórdica Libros, S. L.

Avda. de la Aviación, 24, bajo P CP: 28054 Madrid
Tlf: (+34) 917 055 057 - info@nordicalibros.com
www.nordicalibros.com

Primera edición en Nórdica Libros: mayo de 2019

ISBN: 978-84-17651-19-0

Depósito Legal: M-17620-2019

IBIC: FA

Impreso en España / *Printed in Spain*
Gráficas Cofás
(Móstoles)

Diseño de colección: Filo Estudio

Maquetación: Diego Moreno

Corrección ortotipográfica: Victoria Parra y Ana Patrón

Cualquier forma de reproducción, distribución, comunicación pública o transformación de esta obra solo puede ser realizada con la autorización de sus titulares, salvo excepción prevista por la ley. Diríjase a CEDRO (Centro Español de Derechos Reprográficos, www.cedro.org) si necesita fotocopiar o escanear algún fragmento de esta obra.

# MANTO:
# MÁS ALLÁ DE LA LITERATURA INDIA EN LENGUA INGLESA

Si pidiéramos a un lector medio que nombrara a algún escritor indio, lo más probable es que todos los nombres que nos dijera correspondieran a autores que escriben en inglés. En efecto, salvo contadas excepciones, la literatura india que consigue abrirse camino fuera de su país es la de aquellos escritores que utilizan el inglés, con frecuencia educados en Occidente (cuando no nacidos allí), y que cultivan un estilo adaptado al gusto occidental, con historias cercanas a su propia experiencia como expatriados indios de clase media-alta y los conflictos culturales derivados de esta situación, o bien, adaptándose a la idea que en Occidente se tiene de la India, relatos en los que prima lo colorido y lo exótico. Lo mismo se podría decir de la literatura de Pakistán. Esto deja fuera incluso a otros autores que aun escribiendo en inglés, lo hacen al margen de los gustos y moldes occidentales. Sin pretender cuestionar a estos escritores que han hallado más eco en occidente, hay que señalar que representan solo una mínima parte de la literatura del país y de su complejo mapa lingüístico.

Y es que la India, con 122 lenguas y 1.599 dialectos, cuenta con veintidós lenguas oficiales, de las cuales el hindi y el urdu, tomadas en conjunto (puesto que comparten una raíz común), ocupan la cuarta posición en la lista de las lenguas más habladas del mundo. A pesar de eso, su presencia en el mercado editorial occidental es prácticamente nula.

Para comprender a qué se debe esto y descubrir qué circunstancias (no azarosas ni inocentes) influyen en que se publiquen determinadas obras indias y no otras, conviene que nos remontemos en el tiempo.

Hasta las primeras décadas del siglo XIX, la presencia británica en la India se caracterizó por una cierta (y en algunos casos profunda) inmersión por parte de los miembros de la Compañía de las Indias Orientales en la cultura del país, que les llevaba a aprender lenguas como el árabe, el sánscrito o el persa. Sin embargo, en ese momento lo autóctono comienza a ser visto con recelo, paternalismo o desprecio. Como consecuencia de esa actitud se empieza a debatir la necesidad de educar a la población en otras ciencias «más útiles» que las tradicionales, y a utilizar para este fin el inglés, en vez de las lenguas antes citadas. En este contexto, en 1835 el político inglés Thomas Babington Macaulay redacta una famosa acta en la que defiende la educación en inglés en la India, que desembocaría ese mismo año en la implantación de esta lengua en las escuelas del país, relegando a un segundo plano a las otras lenguas. En dicha acta declara lo siguiente:

> No sé ni sánscrito ni árabe, pero he hecho lo posible por formarme una correcta idea de su valor. He leído traducciones de las más importantes obras en sánscrito y árabe. He conversado, tanto aquí como en Inglaterra, con grandes personalidades conocidas por su dominio de las lenguas orientales. Puedo valorar el conocimiento oriental al mismo nivel que los propios orientalistas. No he encontrado nunca ni uno solo entre ellos que me pueda negar que una sola estantería de una buena biblioteca europea vale lo que toda la literatura nativa de la India y de Arabia. La superioridad intrínseca de la literatura occidental es algo admitido por aquellos miembros del comité que apoyan el plan oriental de educación.

Añadiendo más adelante:

> Tenemos que hacer todo lo posible para formar una clase que haga de intérprete entre nosotros y los millones de personas que gobernamos, una clase de personas que sea india de sangre, pero inglesa de gustos, opiniones, ética, e intelecto.[1]

Muchos años después, en 1997, Salman Rushdie, junto con Elizabeth West, publica una antología de literatura india bajo el título de *50 Years of Indian Writing: 1847-1997*, en la que hace una selección de treinta y dos autores indios, de los cuales, todos, menos uno, son autores que escriben en inglés. En su prólogo justifica esta selección afirmando:

> Las obras en prosa, tanto las literarias como los ensayos, creadas durante este período por los escritores indios que escriben en inglés, han demostrado ser un conjunto mucho más consistente e importante que la mayor parte de lo que se ha escrito en el mismo período en las dieciséis lenguas oficiales de la India, las denominadas «lenguas vernáculas»; y, probablemente, esta nueva y creciente literatura «anglo-india» representa la contribución más valiosa que la India ha hecho hasta el momento al mundo literario.[2]

Como vemos, la maquinaria colonial había logrado su objetivo. Solo cabría preguntarse qué acceso tuvo Rushdie a la literatura india, cuando, aun hoy en día, permanece en su mayoría sin traducir a otras lenguas. Esta decisión de Rushdie no tendría mayor importancia (al fin y al cabo,

---

[1] home.iitk.ac.in/~hcverma/Article/Macaulay-Minutes.pdf. *(Todas las notas de la presente edición son de la traductora).*

[2] Bureau of Education, Selections from Educational Records, Part I (1781-1839), Calcuta: Superintendent, Government Printing, 1920; reedición: Nueva Delhi: National Archives of India, 1965, pp. 107-117.

toda antología es fruto de las preferencias de su antólogo), si no fuese el mercado anglosajón el que determina, en gran medida, lo que se publica en otros países.

Pues bien, centrándonos en el autor que nos ocupa, aquel escritor en lengua vernácula indultado por Salman Rushdie en su antología fue Saadat Hasan Manto, uno de los pocos escritores indios que, a pesar de los prejuicios existentes, han conseguido hacerse un hueco en el panorama editorial occidental.

Tanto la calidad de su obra, escrita en urdu y desarrollada fundamentalmente en el campo del relato, como su carácter de cronista de los sucesos más dolorosos de la historia india de la primera mitad del siglo XX hacen de él uno de los escritores indios más representativos de ese siglo.

Manto escribe en un momento en que la India, huérfana ya de su brillante pasado bajo el Imperio mogol, se está adaptando al mundo moderno representado por Occidente, y como parte de este proceso adopta géneros literarios occidentales como el verso libre, la novela o el relato, siendo Manto uno de los autores que contribuyó al desarrollo de este último. Es, además, una época convulsa en la que surgen movimientos críticos con la presencia británica, cuyas luchas y reivindicaciones desembocarán en 1947 en la independencia india, y la creación de Pakistán.

Dado que las circunstancias personales y políticas juegan un papel importante en su obra, he creído interesante ofrecer algunos datos biográficos del autor.

Saadat Hasan Manto nació en 1912 en la región india de Punyab. Su padre, Ghulam Hasan Manto, fue un juez de carácter autoritario casado en segundas nupcias con la madre del escritor. De su primer matrimonio tuvo seis hijas y tres hijos. Estos últimos se educaron en el extranjero, dedicándose dos de ellos a la abogacía y otro a la ingeniería. Con su segunda mujer tuvo cuatro hijos, de los cuales solo dos sobrevivieron, Manto y su hermana Nasira, a los que nunca dedicó el mismo afecto y apoyo que había dedicado a su primera familia.

Desde muy temprano el carácter rebelde e independiente de Manto chocó con la severidad y el autoritarismo de su padre, que quería que su hijo estudiara medicina, y menospreciaba su afición por actividades como el cine, la música, el teatro o la literatura.

Manto se educó en Amritsar, en un momento en que esta ciudad y todo el Punyab eran el foco de los movimientos revolucionarios contra el imperio británico. Fue allí donde en 1919 tuvo lugar la masacre de Yallianwalla Bagh, cuando él tenía tan solo siete años.

Es un período en el que hace buenos amigos, con los que se reúne en la tienda de fotografía de su amigo Ashiq, y con los que comparte su interés por el cine y sus inquietudes revolucionarias. Se dedica, además, a vagar por las calles, beber, jugar a las apuestas y volar cometas. En los estudios, en cambio, nunca mostró excesivo interés, y suspendió varias veces el examen de acceso a la universidad, paradójicamente por el urdu (ya que su lengua materna era el punyabí).

En 1932 fallece su padre, y al año siguiente, conoce a una figura que jugó un papel clave en su vida: el periodista Abdul Bari Beg, que encauzó sus inquietudes hacia la literatura y le dio a conocer las grandes obras de la literatura europea, especialmente a los escritores rusos y franceses. Él le animó a traducir al urdu un relato de Víctor Hugo, *El último día de un condenado a muerte*, que se publicó en Lahore. A esta siguieron otras traducciones de obras como *Vera*, de Oscar Wilde, una colección de relatos rusos y otra de relatos de Gorki. Abdul Bari Beg le aconsejó que escribiera sus propios textos, y le ofreció un primer trabajo como crítico de cine en el periódico *Musawwat*, de Amritsar.

En 1934 escribe su primer relato, «Espectáculo», en el que plasma sus recuerdos sobre los sucesos de Yallianwala Bagh.

Ese mismo año decide entrar en la Aligarh Muslim University, que en aquella época conoció sus años dorados reuniendo a muchos de los grandes pensadores y literatos indios. Si bien en la universidad tampoco destacó como alumno ejemplar, esta atmósfera le sirvió de gran estímulo para sus inquietudes literarias y revolucionarias. Allí continuó escribiendo relatos, pero a los nueve meses le diagnosticaron tuberculosis y tuvo que abandonar la universidad y pasar tres meses en un sanatorio en Cachemira.

Al regresar, Manto siente la necesidad de buscar un empleo para poder mantener a su madre; para ello va a Lahore, donde trabaja en el periódico *Paras*.

En 1936 acepta un puesto en el periódico Musawwir de Bombay, y vive durante un tiempo en las oficinas del periódico hasta que consigue dinero suficiente para pagarse una pequeña habitación. Este mismo año publica su primera colección de relatos *Atish Pare* (Chispas).

Para un muchacho procedente de un lugar pequeño, vivir en una ciudad grande y dinámica como Bombay, que era, además, el centro de la gran industria cinematográfica india, debió suponer un gran cambio y una bocanada de aire fresco. Allí, liberado ya del peso de las aspiraciones que tenía su padre sobre él, Manto recupera su pasión por el cine y trabaja como escritor de guiones para diversas productoras. Es una época en la que muchos de los grandes poetas y literatos de la lengua urdu, olvidados ya sus tradicionales modos de vida de antaño ligados a la corte, se reinventan como guionistas y letristas para la industria cinematográfica o para la radio.

Su madre, acuciada por las dificultades económicas, se ve obligada a ir a Bombay para vivir en casa de su hija, y una vez allí, presiona a su hijo para que contraiga matrimonio. En 1939, y tras vencer sus temores, Manto contrae matrimonio con Safia y se instala en un apartamento con sus suegros. Comienza así una época de cierta tranquilidad tan solo empañada por la muerte de su madre. En 1940 la pareja tiene un hijo, Arif, que fallece poco después, y más adelante tendrán tres hijas.

En este período combina su trabajo como articulista y guionista de cine y de radio con la creación literaria, escribiendo relatos que va publicando en revistas, y que después reúne en colecciones.

Es entonces cuando entra en contacto con los movimientos literarios de la época, entre los cuales destaca el de los Escritores Progresistas, que, influidos por las doctrinas marxistas, buscaban criticar las injusticias y ayudar a las clases más desfavorecidas. A pesar de que Manto sintió cierta afinidad por los principios del movimiento y se vio influido por él, su espíritu independiente le impidió llegar a ser un miembro activo, y al final, terminará distanciándose de ellos, harto de sus arengas políticas y del carácter panfletario de algunas de sus obras. Estos, por su parte, se volverán contra él en el último período de su vida, tildándolo de reaccionario, por elegir temas que ellos no consideraban lo suficientemente comprometidos con su causa. De hecho, fue juzgado en varias ocasiones por obscenidad.

En 1941 forzado por las dificultades económicas, acepta un puesto en Delhi como guionista para la radio All India Radio, que en esta época reunía a muchos de los grandes escritores en lengua urdu del momento. Fue una etapa dorada, en la que además de guiones, escribió algunas obras de teatro y numerosos relatos; pero en 1942, una serie de desavenencias con el director, unidas a un creciente desencanto de Delhi, le empujan a regresar a Bombay, donde vuelve a trabajar como editor del periódico *Musawwir* y como guionista de cine para la compañía cinematográfica Filmistan, además de continuar escribiendo relatos y pequeños ensayos.

En 1947 tiene lugar la independencia de la India y la Partición, por la que se crea un nuevo Estado para los musulmanes, Pakistán, dividido en Pakistán Oriental, (que corresponde al actual Pakistán) y Pakistán occidental, que más tarde se independiza pasando a ser Bangladés. Como resultado, gran parte de los musulmanes que vivían en la India se trasladan al nuevo Estado, y los hindúes que vivían en la zona que pasó a configurar Pakistán se trasladan a la India. Todo esto se produce en un período muy breve de tiempo, dando lugar a una de las mayores migraciones de la historia de la humanidad. El odio que se había ido alimentando en los años previos a la Partición desemboca en este momento en numerosos episodios de luchas fratricidas y terribles matanzas entre hindúes y musulmanes.

La tensión creciente, que describe en muchos de sus relatos, hace que Manto se sienta cada vez más intranquilo, por lo que en 1948, y debido al clima enrarecido en su propio trabajo, decide abandonar la India e instalarse en Lahore, donde ya se encontraban su mujer y sus hijas.

Sin embargo, allí la vida no fue tan idílica como habían prometido los defensores del nuevo país. La industria cinematográfica de Lahore había quedado muy afectada por la Partición, por lo que las posibilidades de trabajar allí se veían muy reducidas. Al desasosiego de Manto tras este gran cambio, se unían las dificultades económicas que mitigaba con la bebida. A pesar de que trabajó como guionista y escritor, sus desencuentros con los editores le impidieron tener un trabajo estable. No obstante, continuó escribiendo, dando luz en esta época a algunas de sus mejores historias.

En 1949 editó junto a Muhammad Hasan Askari la revista literaria *Urdu Adab*, aunque tan solo llegaron a publicar dos números, ya que los Escritores Progresistas de Lahore, recelando de su relación con Askari, un autor no progresista, la boicotearon. Además, estos, en su conferencia anual de 1949, rechazaron públicamente a Manto como escritor reaccionario, porque consideraban que sus obras habían caído en el opio del arte por el arte. Como consecuencia, se vio vetado en algunas publicaciones controladas por los de este grupo. A estos problemas se unía su inquietud al ver cómo la sociedad pakistaní se iba volviendo cada vez más religiosa y conservadora. Todo esto debió resultar asfixiante para una personalidad independiente como la de Manto. Escribió algunos guiones de cine que fracasaron, lo cual le cerró las puertas a la colaboración con otros directores, mientras, en la India, la película *Mirza Ghalib*, cuyo guion había escrito antes de marcharse a Pakistán, ganaba el Premio Nacional.

Manto pasó los últimos seis años de su vida en Pakistán sin un empleo fijo, tratando desesperadamente de ganar dinero para mantener a su familia, y cada vez más alcoholizado, lo que llevó a su mujer a internarlo en un sanatorio psiquiátrico en dos ocasiones, con la esperanza de que se recuperara de su alcoholismo. En 1954, tras una estancia en el sanatorio escribe su relato más famoso, «Toba Tek Singh».[3]

En este texto de esta época podemos ver su desarraigo:

> Ustedes me conocen como escritor y los juzgados de este país me conocen como un pornógrafo. A veces el Gobierno me llama comunista, otras veces dice que soy un gran escritor. A

[3] Tanto este relato como la mayoría de los que se citan en este prólogo y que no se incluyen en la presente antología aparecen en la colección de relatos de Saadat Hasan Manto publicada por la editorial Contraseña en 2012 bajo el título de *Toba Tek Singh* (traducción de Rocío Moriones Alonso).

veces, se me niegan todos los medios para ganarme el sustento, y otras veces me permiten trabajar. A veces se me califica como un lastre innecesario para la sociedad y me expulsan de ella, y otras, en un arrebato, me dicen: «No, te aceptamos». Al igual que en el pasado, hoy sigo intentando comprender quién soy. Quiero saber qué lugar ocupo en este país, considerado el mayor estado islámico del mundo. ¿Cuál es mi lugar? ¿De qué sirvo?

> Quizás piensen que es un cuento, pero para mí resulta amargo no haber logrado encontrar hasta el momento mi lugar en este país llamado Pakistán, al que tanto aprecio. Por eso siempre estoy inquieto. Por eso a veces estoy en el sanatorio psiquiátrico y otras en el hospital. [...]

> Todavía no he conseguido hallar mi lugar en Pakistán, a pesar de lo cual me considero una persona importante. Tengo una posición muy relevante en la literatura urdu. (Si no mantuviera al menos esta ilusión, mi vida sería aún más terrible).[4]

Con todo, en este período publicó siete antologías de relatos, entre los que se encuentran algunas de sus obras más famosas, además de numerosos ensayos y semblanzas de personajes famosos.

Finalmente muere de cirrosis en 1955. Un año antes había escrito su propio epitafio:

> En el nombre de Dios compasivo y misericordioso. Aquí yace Saadat Hasan Manto, y con él yacen enterrados todos los secretos y los misterios del arte del relato breve. Reposa bajo toneladas de tierra, preguntándose aún quién de los dos es el mejor escritor de relatos, Dios o él.

[4] «Do garhe», en *Upar, niche qur darmiyan*, Lahore: Gosha-e-Adab, 1954. pp. 253-254 y 260.

No obstante, su familia, por temor a los sectores más conservadores, decidió hacer grabar en su tumba otro texto en el que se alude a un verso del poeta Ghalib.

### *Los relatos de Manto*

En sus cuarenta y dos años de vida Manto publicó veintitrés colecciones de relatos (que reúnen unos doscientos cuarenta relatos), una novela corta, cinco colecciones de guiones de radio, una obra de teatro y varias colecciones de artículos.

Las obras que más fama le han dado han sido sus relatos sobre la Partición y aquellos en los que trata sobre la sexualidad, protagonizados generalmente por prostitutas.

A pesar de que han sido muchos los escritores indios que han escrito sobre la Partición, se considera a Manto el mejor cronista de esta época, por la viveza y la imparcialidad con la que aborda el tema, sin tomar partido por ningún bando ni ninguna religión.

Por otra parte, el tema de la prostitución, si bien no era nuevo en la literatura urdu, hasta ese momento se había abordado desde un punto de vista moral y se había centrado en el entorno de las cortesanas refinadas. Manto, sin embargo, no intenta juzgar ni moralizar y recurre en estas historias a protagonistas de las clases más humildes, a las que no presenta como objeto de placer. Con frecuencia son simples personajes de los que se vale para tratar una variedad de temas más amplia. No obstante, para la sociedad conservadora india, estos relatos resultaron demasiado inmorales, por lo que fue juzgado en seis ocasiones por seis de sus historias, tres en la India antes de 1947 (por los relatos «Olor», «Humo» y «El *salvar* negro»), y tres después de 1947 en Pakistán (por los relatos «Abre», «Carne fría» y «Arriba, abajo y en medio»). Solo fue condenado a pagar una pequeña multa por una de ellas, pero estos enfrentamientos continuos con la justicia le producían una gran desazón, y se defendía de los ataques afirmando:

> Si no puedes soportar mis historias, significa que vivimos en una época insoportable. Mis historias no tienen nada de malo. La maldad que se atribuye a mis relatos no es otra cosa que la corrupción del sistema.[5]

Aunque no hay duda de que estos temas juegan un papel muy importante en su obra, con frecuencia la crítica se centra excesivamente en ellos, y las publicaciones repiten una y otra vez los mismos relatos, ocultando así otros aspectos destacados de su obra. Por eso, en esta antología he procurado hacer una selección lo más amplia posible, incluyendo en ella algunas historias que, si no me equivoco, se traducen por primera vez.

Para valorar en su justa medida la figura de Manto hay que tener en cuenta que disponía de muy pocos modelos previos, ya que la novela y el relato eran géneros relativamente nuevos en la literatura urdu, no siendo hasta 1899 cuando se publica la que se considera primera obra moderna en esta lengua, la novela *Umrao Yan Ada*.[6]

Manto se guía por el modelo de los autores realistas franceses y rusos que tanto había leído, y escribe con un estilo directo, haciendo uso de la tercera persona, empleando una

---

[5] Citado por Gopi Chang Narang en «Manto Reconsidered», en *Life and Works of Saadat Hasan Manto* (ed. de Alok Bhalla), Shimla: Indian Institute of Advanced Study, 2007, p. 3.

[6] Existe edición española: *Umrao Yan Ada*, Barcelona: Alba Editorial, 2013 (traducción de Rocío Moriones Alonso).

trama bien estructurada, y recurriendo con frecuencia a los finales inesperados. A menudo se le compara con Maupassant. En su obra destacan el uso del humor y la ironía, el lirismo, y un abundante uso del símil, con el que produce imágenes ingeniosas, bellas y siempre asombrosas. Su lenguaje abarca desde el más culto y elaborado hasta el sencillo y absurdo de los niños.

La novedad de su obra no se debe tanto al estilo como a los temas que aborda. Sus historias, al contrario que muchas de las de sus contemporáneos, no están ambientadas en el mundo rural, ni hacen referencia a las duras condiciones del campesino, sino que son plenamente urbanas, y se centran en los conflictos que se generan en las ciudades, alternando los ambientes marginales con el ambiente liberal de clase media, y además, en ellas, al contrario que los otros escritores, no ofrece una visión idealista ni moralista, ya que Manto no considera al lector como alguien al que haya que aleccionar, sino como alguien capaz de juzgar por sí mismo y sacar sus propias conclusiones.

Con frecuencia, Manto nos ofrece un punto de vista diferente al que cabría esperar. De este modo nos presenta el lado más humano de aquellos personajes que habitualmente se consideran de poca catadura moral, y desenmascara la hipocresía de la sociedad, al mostrarnos las injusticias que se cometen desde las grandes esferas. Manto se limita a plasmar la realidad tal como es, con todas sus contradicciones, mostrándonos un mundo al mismo tiempo bello y atroz que no es sino un reflejo de nosotros mismos, de nuestras virtudes y de nuestras miserias.

Manto escribía con mucha rapidez, sin revisar lo escrito, y en ocasiones, en sus últimos años en Pakistán, escribió sus historias de una sentada en la misma oficina de las publicaciones para cobrar el dinero en el momento y poder comprar alguna botella de alcohol. Estas circunstancias hacen que no todos sus relatos tengan la misma calidad, pese a lo cual nos legó un gran número de historias en las que destacan algunos personajes imperecederos que sirven de título a ciertos relatos, como Ram Khilawan, Shushu, Mummy o su famoso Toba Tek Singh, y otros que se imponen por sí solos, como Sarita, el cochero *Ustad* Mangu o Keshu Lal.

En esta antología, sin olvidar las historias sobre prostitutas o de tema sexual, como la famosa «El *salvar* negro», por la que fue juzgado por obscenidad, u otras como «Mummy», «Tras el juncal», «Recite la profesión de fe» o «Diez rupias», se incluyen otras de tono más político, como «La nueva ley», «Sucedió en 1919», «El último saludo», «Ram Khilawan» o «Una historia espuria», otras cuyos protagonistas son niños, como «Diez rupias», «El resumen del libro», «Conjuro», «Shushu» o «Mi venganza y la suya», una historia al margen de las demás como «El final del reinado», que se ha llevado al teatro, y, finalmente, otras de tono más poético como «A un lado de la calle» o «La conspiración de las flores».

En lo que respecta a sus relatos de tema sexual, hoy en día nos sorprende que pudiera ser juzgado por una historia como «El *salvar* negro», en la que se relatan las dificultades de Sultana, una prostituta, para conseguir que su negocio marche tras instalarse en Delhi, y en la que el único encuentro sexual que tiene lugar solo es aludido (o velado) mediante una elipsis.

Como dice el escritor pakistaní Mohammad Hanif, quizás el problema de este relato para las autoridades era que Manto hablaba de un *salvar* (una prenda típica de los punyabíes y de los musulmanes) y no de una prenda hindú:

> ¡Se trata del *salvar*, tonto! Tú naciste en Punyab y al final terminaste viviendo en Lahore. Tenías que haber sido un poco más inteligente. No tenías más que haberla llamado el sari

negro, o la falda negra. Incluso podías haber puesto la *gharara* negra, pero cuando dices *salvar*, inmediatamente pensamos en nuestras hermanas, en nuestras madres, en nuestras mujeres, y en las hijas y las hermanas de nuestros vecinos y sus *salvares*. ¿Quién quiere pensar en su propia mujer cuando lee una historia sobre una prostituta? Si hubieras dicho el *dhoti* negro, no habría pasado nada, pero para nosotros *salvar* es algo demasiado cercano.[7]

Manto, en lugar de hacer hincapié en la condición de prostituta de Sultana y juzgar su modo de vida, destaca otras cualidades suyas, como su religiosidad, reflejada en su devoción por el santo Nizamuddin, su candidez, que le lleva a ser manipulada tanto por su marido como por uno de sus clientes, o la soledad y el tedio a los que se ve abocada en ese barrio nuevo. Todo esto, en vez de mostrar a la protagonista como un objeto de deseo, la acerca al lector. En este relato, como sucede en muchos otros suyos, aparece un personaje secundario de otra religión, en este caso, Shankar, un sinvergüenza que, sin embargo, lleva algo de alegría a la aburrida vida de Sultana.

Ante las críticas que recibió por este tipo de historias, Manto respondió escribiendo un artículo en su defensa, en el que, con su ironía habitual, hace referencia a uno de los grandes poetas de la literatura urdu:

Las historias como «El *salvar* negro» no se escriben para entretener. Su lectura no provoca sentimientos libidinosos... El hecho de haberla escrito no me hace culpable de nada vergonzoso. Me enorgullezco de ser su autor, y doy gracias a Dios por no ser yo el autor de una composición como esta cuyos versos copio a continuación:

[7] Muhammad Hanif: «Our case against Manto», *Herald*, 18 de enero de 2017.

Manos y pies estremeciéndose
ora exhibiéndose, ora cubriéndose.

Mi boca tu boca invadiendo
y con tu lengua combatiendo.

Envolverse en tu amor,
abrazarse con toda pasión.

Entre gemidos me nombras
con golpe lánguido me azotas.

La boca balbucea palabras inconexas.
Estallas y pierdes todas tus fuerzas.

Agotada me dices: «¡Por Dios, ya no más!
¡Tengo sueño, no me zarandees ya!».

Me sueltas, impotente.
Exhausta, dices: «Basta, detente».

¡Si ya no nos queda nada por hacer!
¡Si ya la noche se va a desvanecer!

¿Acabarás esto en algún momento
o seguirás esta noche así todo el tiempo?

Ya no me queda nada a mí por decir,
ya se fue la noche, el día acaba de venir.

Veremos si ahora me defenderé
o a alguien auxilio pediré.

El hombre, capaz de sus gases expulsar,
¿acaso con su boca no puede gritar?

Si alguna otra vez por el deseo te ves asaltado,
veremos si encuentras quien duerma a tu lado.

(Joaya Mir Dard)[8]

La protagonista del relato «Diez rupias» es otra prostituta, Sarita, pero en este caso se trata de una niña capaz de encandilar a sus clientes con su inocencia infantil, y hacer que pierdan su timidez de inexpertos. Manto deja que el lector haga sus propias consideraciones éticas, y convierte lo que podía haber sido una sórdida historia sobre prostitución infantil en el alegre relato de una excursión a la playa. En «Tras el juncal», vuelve a tratar el tema de la prostitución infantil, pero con un tono muy diferente, como podrá apreciar el lector.

En su famoso relato «Mummy», la protagonista, en contraposición a las anteriores, no es una prostituta de clase humilde, sino una *madame* inglesa de clase media. Esta historia le sirve a Manto para reflejar un entorno, probablemente muy similar al suyo. De hecho, aparecen como personajes él y su mujer. Es un ambiente desprejuiciado, de fiestas y alcohol, en el que desfilan todo tipo de personajes: prostitutas locales y extranjeras, homosexuales, músicos, directores de cine, actores o cantantes. Una vez más Manto se limita a presentar las escenas sin juzgar a sus personajes, e incluso defiende este tipo de ambiente como un modo de desfogarse, y tampoco critica a la figura de Mummy, ya que, superado el rechazo que le produce en un principio su imagen,

[8] «Mullhe kuch bhi kahna hai», en *Manto ke mazameen*, Delhi: Saqi Book Depot, 1997, p. 307. Joaya Mir Dard (1720-1785) es uno de los grandes poetas de la lengua urdu, representante de la escuela de Delhi junto a sus contemporáneos Mir y Sauda, o los posteriores Zauq, Ghalib y Momin. Además de poeta fue un místico sufí.

descubre cómo en su pequeño círculo juega un papel beneficioso, estableciendo un orden y unos límites, y ayudando a todos aquellos que la rodean.

En «Recite la profesión de fe», ambientada en Bombay, la protagonista tampoco es una pobre y desvalida muchacha víctima de la sociedad, sino una mujer de gran carácter que embauca con sus artimañas a sus amantes para usarlos y después acabar con ellos. La historia está narrada en primera persona por una de sus víctimas en su declaración ante la policía, y destaca por su humor, su ritmo ágil y el uso del lenguaje coloquial.

Los relatos de tema político o de denuncia social también ofrecen gran variedad, y en ellos podemos apreciar la amplitud de miras y la imparcialidad de Manto. Quizás solo fuera capaz de una visión tan neutral alguien como él, que confesaba su desinterés por la política afirmando que a él le interesaba tan poco como a Gandhi el cine.

Entre ellos, en «La nueva ley», ambientada en la India previa a la independencia, Manto hace referencia al odio que habían alimentado algunos indios hacia los ingleses, y el deseo que albergaban de que la India se liberara del yugo británico. No obstante, al plantear la historia desde el punto de vista de un humilde cochero de *tonga*[9] que se guía por las confusas y embarulladas nociones políticas que va elaborando a través de las conversaciones que entreoye a sus pasajeros, en vez de ser un panfleto contra la opresión y la crueldad de los ingleses, el relato adquiere un tono burlesco., un tono burlesco. En él, todos los preparativos del cochero para recibir a la nueva ley desembocan en el inesperado final, en el que Manto muestra cierta empatía hacia el maltrecho oficial británico. Por otra parte, en «Sucedió en 1919», situada

[9] Carro tirado por un caballo y utilizado para el transporte de personas.

tras la Partición de la India, un narrador relata a su compañero de viaje los sucesos previos a la masacre de Yallianwalla Bagh, sucedida en 1919, en el albor de los movimientos proindependencia en la India. El interés de la historia radica en que, al entrecruzarse los dos momentos históricos, el propio narrador es capaz de poner en perspectiva ambos sucesos y, de ese modo, la crueldad de los ingleses se ve matizada por los terribles episodios que años después protagonizarán los propios indios.

«El grito» no es un relato político, pero sí de denuncia social. La historia se sitúa en Bombay, y en ella un inquilino, Keshu Lal, acude a casa de su casero con la esperanza de poder retrasar el pago del alquiler. En esta historia Manto utiliza con gran maestría el monólogo interior (como en otra de sus historias, «Khushia») reflejando cómo el protagonista se prepara mentalmente para su visita al casero, tras la cual, y después de ser insultado por este, se marcha, y camina por la calle rumiando en su mente todo aquello que ha sido incapaz de decirle, hasta llegar a la catarsis final. Como en otras historias suyas, hace en esta un uso excepcional del símil para reflejar el estado mental del protagonista, que se debate entre su deseo de rebelarse ante la injusticia y su impotencia, convirtiendo de este modo una anécdota insignificante en un relato de gran intensidad.

«Una historia espuria» es otro relato de denuncia, si bien con un tono muy distinto a los anteriores. Lo interesante en él es que Manto plantea la intervención del cultivado protagonista en la asamblea que está teniendo lugar como si de una *mushaira*[10] se tratara, ya que este va salpicando su discurso con versos, y el público reacciona a sus

[10] Velada poética tradicional en la que poetas noveles y consagrados recitan sus composiciones ante un público de entendidos.

intervenciones tal como hacen los asistentes a dichos actos al aclamar los versos del poeta que ha tomado la palabra. Manto aprovecha este ingenioso marco para denunciar el robo y la corrupción a nivel institucional, que, con frecuencia, pasan desapercibidos mientras se juzga a otros individuos por delitos menores. Para ello no recurre a un pobre trabajador indefenso, sino que el protagonista es aquí un hombre instruido, inteligente y perspicaz, capaz de desenmascarar los ardides de los más poderosos.

Pero Manto no limitó su crítica a asuntos políticos, sino que denunció asimismo las injusticias que se producían en su entorno más cercano, el mundo editorial, como podemos ver en este extracto de un artículo suyo:

> Protesto contra los editores de mesa que además de editores son jefes, y que, frente a los escritores, actúan como dueños de las editoriales, pero que, cuando tienen que pagarles un artículo, les dan los siete males.
>
> Protesto contra los editores que compran las obras por una cantidad misérrima mientras ellos amasan grandes fortunas, y que engañan con gran astucia a los escritores inocentes arrebatándoles sus derechos para siempre.
>
> Protesto contra esos ricos analfabetos que, en su avaricia, se hacen con las obras de escritores empobrecidos y las editan con su nombre.
>
> Pero, sobre todo, protesto contra aquellos literatos, poetas y escritores de relatos que envían sus textos a los periódicos y a las revistas sin percibir compensación alguna. ¿Por qué cultivan algo que ni siquiera les va a dar ni unas migajas que llevarse a la boca? ¿Por qué hacen algo que no les va a proporcionar ningún beneficio? ¿Por qué emborronan papeles si eso no les va a permitir siquiera comprarse su sudario?[11]

[11] «Mullhe shikayat hai», en *Manto ke mazameen*, Delhi: Saqi Book Depot, 1997, p. 97.

En «El último saludo» Manto hace referencia a un tema que aborda en otras historias famosas suyas como «Toba Tek Singh» o «El perro de Titwal»: el absurdo de la Partición, que conduce a que, de un día para otro, la religión convierta en enemigas a personas que hasta el momento habían convivido de forma pacífica. En esta historia el protagonista se ve obligado a luchar por la conquista de Cachemira contra un compañero de su infancia, junto al cual combatió en la Segunda Guerra Mundial.

Los dos países implicados consideran la experiencia de la Partición y su subsecuente derramamiento de sangre como algo irreversible, de modo que se ven obligados a defender la creación de los dos Estados y a reforzar sus respectivas identidades. Este es especialmente el caso de Pakistán, que debe crear una identidad propia para la nueva nación, que, con el tiempo, se irá conformando en torno a la idea de nación islámica (opción que Manto se apresuró a satirizar en algunos escritos). Todo esto provoca que a ambos lados de la frontera se genere y se alimente el odio al otro, en una situación que se prolonga hasta el día de hoy, y que se traduce en tensión, avivada por algunos políticos, tanto entre ambos países como, dentro de la propia India, entre hindúes y musulmanes, estando siempre bajo sospecha la fidelidad de estos últimos a la India.

«Ram Khilawan» es una historia en primera persona que, con Manto como personaje y su lavandero como protagonista, refleja el período de su vida en Bombay previo a la Partición hasta el mismo día en que se marcha a Pakistán. El relato describe su ansiedad ante el hecho de que una persona agnóstica como él se vea obligada por las circunstancias a tener que definir su identidad religiosa, y deba optar por un país cuya creación nunca había defendido y que se fundamenta en una identidad islámica. Asimismo critica lo manipulables que pueden ser los sentimientos de las personas, arrojando un poco de luz sobre la cuestión de cómo pudieron estallar semejantes episodios de violencia entre personas que habían convivido en paz hasta el momento.

A pesar de hallarse inmerso en toda esta agitación Manto es capaz de hacer un análisis muy lúcido e imparcial de ese contexto terrible:

> El 14 de agosto se celebró con gran alegría en Bombay. Se declaró a Pakistán y a la India como dos países diferentes. Hubo un gran regocijo, pero los asesinatos y los incendios no cesaron. Junto a los gritos de «¡Viva la India!» se oían gritos de «¡Viva Pakistán!». La bandera islámica verde ondeaba junto a la bandera tricolor del Congreso Nacional Indio. Por las calles y los mercados se coreaban los nombres del Pandit Yawaharlal Nehru[12] y del Qaid-e-Azam Muhammad Ali Yinnah.[13] Me resultaba imposible saber cuál de los dos países era ahora mi hogar, India o Pakistán. ¿De quién era esa sangre que se derramaba todos los días de forma inmisericorde? ¿Dónde se quemarían y se enterrarían esos huesos a los que las aves carroñeras habían arrancado a picotazos la carne de la religión? Ahora que éramos libres, ¿quién sería nuestro esclavo? Cuando éramos esclavos, soñábamos con la libertad; ahora que éramos libres, ¿soñaríamos con la esclavitud? Pero la cuestión es si éramos realmente libres o no. Miles de hindúes y musulmanes estaban muriendo a nuestro alrededor. ¿Cómo era posible que estuvieran muriendo? ¿Por qué?

---

[12] Destacado político indio que jugó un papel muy importante durante la independencia india. Fue presidente del partido del Congreso y el primer jefe de Gobierno de la India independiente.

[13] Importante político indio de mediados del siglo XX, conocido como Qaid-e-Azam o «Gran Líder», que encabezó la Liga Musulmana, y fue uno de los primeros en defender un estado propio para los musulmanes. Fue el primer gobernador general de Pakistán.

> Había diferentes respuestas para todas esas cuestiones: la respuesta india, la respuesta pakistaní, la respuesta británica. Había una respuesta para cada pregunta, pero si preguntabas por la verdad, no había respuesta alguna. Algunos te decían que la buscaras en las ruinas de la revuelta de 1857, otros decían que no, que todo tenía que ver con la historia de la Compañía de las Indias Orientales. Algunos se retrotraían aún más y te aconsejaban que analizaras el Imperio mogol. Todos ellos se dirigían al pasado, mientras que los asesinos y los matones seguían actuando con total impunidad, escribiendo una historia cruenta sin parangón en la historia universal. La India se había independizado. Había nacido Pakistán, pero en esas dos naciones el hombre era un esclavo. Esclavo del fanatismo, esclavo de la locura religiosa, esclavo de la bestialidad y la barbarie.[14]

«El final del reinado» es un relato algo distinto, planteado como una serie de conversaciones telefónicas, en el que, probablemente, hay muchos datos autobiográficos, como el hecho de que el protagonista esté durmiendo temporalmente en la oficina, como le ocurrió a él al llegar a Bombay, así como la vida vagabunda del personaje por la ciudad y su interés por la fotografía.

Hay una faceta de la obra de Manto a la que la crítica no ha prestado atención, y que, sin embargo, creo que tiene un gran peso. Se trata del mundo infantil. Manto es un maestro en captar la psicología infantil y en sus relatos abundan las historias cuyos protagonistas son niños, en las que reproduce con gran frescura su lenguaje, su inocencia, su candidez y su malicia. Con frecuencia, se sirve de ellos para tratar temas mucho más graves. De hecho, el primer

---

[14] «Murli ki dhun», en *Ganje Farishte*, Delhi: Saqi Book Depot, 1973, p. 153.

relato que escribió, «Espectáculo», ya tiene como protagonista a un niño, y es a través de su mirada inocente como conocemos los terribles sucesos que están ocurriendo. También es un niño el protagonista de una de las historias por las que fue juzgado, su famosa historia «Humo», en la que una pequeña anécdota le sirve de excusa para hablar del despertar sexual. En esta selección encontramos algunos ejemplos de estas historias. Si en «Diez rupias» para Sarita todo es un juego, lo mismo pintar en la acera con tiza o montar en coche con sus clientes, y es capaz de vencer el apocamiento de estos con su candidez, en «El resumen del libro» el muchacho protagonista, aunque ya no tan niño, carece de la madurez suficiente para comprender el interés que puede tener en él esa amiga de su hermana tan anodina, hechizado como está por otra muchacha mucho más atractiva. En «Conjuro» el pequeño protagonista desarma con su franqueza a su padre, para después hacerlo víctima de su propia broma, ante la mirada cómplice de los otros viajeros del tren. En «Shushu» uno de los personajes no comprende por qué su amigo está enamorado de una muchacha, pero cuando alcanza a oír por casualidad la conversación que esta mantiene con unas amigas, también queda fascinado por ella. En «Mi venganza y la suya», un niño, aprovechando que se encuentra solo en casa, maquina un plan contra una amiga de su hermana, para vengarse de su coquetería y su presunción.

Para terminar la selección, he incluido dos historias con un carácter más poético. A pesar de que Manto en alguna ocasión declaró la inutilidad de la poesía, su propia obra lo contradice, ya que, además de mostrar en ella su devoción por Mirza Ghalib, el gran poeta en lengua urdu, al que dedica uno de sus libros y al que cita en algunas ocasiones, en muchos relatos abundan las imágenes líricas, acercándose algunos a la prosa poética. «La conspiración de las flores» es una breve bagatela literaria llena de encanto cuyas protagonistas son unas flores que se debaten entre el amor o la revolución. «A un lado de la calle», por su parte, es una historia de 1953, que, junto con otras de su última etapa, destaca por su carácter extremadamente lírico, impresionista y simbólico, que quizás anunciaba una evolución en su estilo que su temprana muerte nos impidió ver. El relato está narrado en primera persona, y en él la protagonista, tras ser abandonada por su amante, va expresando sus sentimientos con intensidad creciente hasta el desenlace final. Como en otra de sus historias más famosas, «Olor», aquí también hay frases que se van repitiendo a lo largo del relato, confiriéndole una cadencia poética, a la que se unen la intensidad de los sentimientos que refleja, y la belleza de los símiles que utiliza.

Aunque su posición como uno de los principales escritores del subcontinente es incontestable, el carácter controvertido de sus temas hace que todavía en ciertos círculos su figura sea algo incómoda, tanto en la India como en el Pakistán islámico donde el camino hacia su reconocimiento oficial no ha sido nada fácil. Mientras vivió allí se le censuró y se le cerraron puertas, y a su entierro no acudió casi ningún escritor consagrado, aunque sí muchos estudiantes y autores jóvenes. El Gobierno de Pakistán no le ofreció un reconocimiento público hasta 2012, año en que le concedió a título póstumo el Premio Nishan-e-Imtiaz, el mayor reconocimiento civil.

A pesar de todo, Manto nunca dudó del valor de su obra y no dejó de escribir, impulsado por una fuerza mayor, como nos describe en este extracto:

> Escribo porque soy adicto a la escritura, al igual que soy adicto al vino. Porque si no escribo un relato, siento como si

estuviera desnudo, como si no me hubiera bañado, como si no hubiera bebido vino.

En realidad, no escribo relatos, los relatos me escriben a mí. Soy una persona con una educación modesta, y aunque he escrito más de veinte libros, hay veces que me pregunto por ese que escribe esos relatos tan buenos por los que no hacen más que llevarlo a los juzgados.

Sin mi lápiz, no soy más que Saadat Hasan Manto, que no sabe ni urdu, ni persa, ni inglés ni francés.[15]

Su camino hacia el reconocimiento internacional comenzó en 1956, cuando su sobrino Hamid Yalal tradujo por primera vez al inglés una selección de sus historias supervisada por el propio escritor, que, publicada bajo el título «Black Milk», se presentó en la Universidad de Harvard. Desde entonces no han dejado de sucederse las traducciones al inglés y a otros idiomas como hindi, sindhi, francés, japonés y español, especialmente tras la celebración del centenario de su nacimiento, en 2012. Por otra parte, en 2015 se estrenó en Pakistán una película sobre su vida, dirigida por Sarmad Khusat, y en el Festival de Cannes 2018 se presentó una producción indo-francesa llamada «Manto», dirigida por la directora india Nandita Das.

Todo esto demuestra la vigencia de su obra, que sigue interpelándonos como solo son capaces de hacer las grandes obras que transcienden fronteras. Manto, que fue capaz de observar con imparcialidad el mundo convulso y violento que le rodeaba, y que se mantuvo al margen de corrientes y juicios morales, continúa invitándonos a desenmascarar la hipocresía y a contemplar la vida en su totalidad y cara a cara, sin máscaras ni adornos, como declara en esta breve oración:

---

[15] «Main Afsana Kyunkar likhta hun», en *Upar, Niche, aur Darmiyan*, Lahore: Gosha-e-Adab, 1990, pp. 237-240.

Dios mío, Señor del Universo, compasivo y misericordioso: nosotros, que estamos hundidos en el pecado, nos arrodillamos ante tu trono, y te suplicamos e imploramos que te lleves de este mundo a Saadat Hasan Manto, hijo de Ghulam Hasan Manto, que fue un hombre de gran piedad.

Llévatelo, Señor, porque rehúye toda fragancia y va en pos de la inmundicia. Detesta el refulgente sol prefiriendo los oscuros laberintos. Abomina la modestia, pero le fascinan la desnudez y la desvergüenza. Desprecia la dulzura y, en cambio, es capaz de dar su vida por un sabor amargo. No le interesan demasiado las amas de casa, pero entre meretrices se encuentra en el séptimo cielo. No se le verá nunca paseando a la vera de los riachuelos, pero le encanta vagar por la mugre. Donde otros lloran, él ríe, y donde otros ríen, él llora. Le gusta enjuagar con mimo los rostros ennegrecidos por el mal para hacer que surjan sus verdaderos rasgos.

Nunca piensa en Ti, sino que sigue a Satanás allá donde vaya, el mismo ángel caído que un día te desobedeció.[16]

Rocío Moriones Alonso

[16] Citado por Jalid Hasan en *Bitter Fruit. The Very Best of Saadat Hasan Manto*, Penguin Books, 2008. No he logrado encontrar el original en urdu de este texto, y, a pesar de que se ha reproducido en numerosas ocasiones, en todas ellas los autores que lo citan se remiten (cuando lo hacen) al mencionado libro de Jalid Hasan, que, por su parte, no cita la fuente. Confío en no estar contribuyendo a la difusión de otro texto espurio, que se sume a aquellos otros de autores como Jorge Luis Borges o Gabriel García Márquez que circulan por el mundo virtual.

# EL *SALVAR*[17] NEGRO

Antes de vivir en Delhi vivía en el acantonamiento de Ambala. Allí tenía varios clientes blancos, y a fuerza de relacionarse con ellos había aprendido unas quince frases en inglés. Aunque no tenía la costumbre de utilizarlas en las conversaciones, cuando llegó a Delhi y vio que su negocio no terminaba de cuajar, le dijo a su vecina Tamancha Yan: «*This life very bad*». Es decir: esta vida es muy mala cuando no se tiene ni para comer.

En el acantonamiento de Ambala, su trabajo iba muy bien. Los blancos que vivían allí solían visitarla después de emborracharse, y, por lo general, en dos o tres horas, tras despachar a ocho o diez de ellos, conseguía unas veinte o treinta rupias. Esos blancos eran mucho mejores que sus compatriotas. No había duda de que hablaban una lengua que Sultana no entendía, pero esa ignorancia redundaba en su propio beneficio, ya que, cuando le pedían algún favor especial, ella se limitaba a mover la cabeza y decía: «*Sahab*,[18] no entiendo lo que me estás diciendo». Y si intentaban propasarse con ella más de lo permitido, empezaba a insultarles en su idioma. Ellos se quedaban asombrados mirándola, y ella les decía: «*Sahab*, eres un auténtico imbécil. Un cerdo. ¿Me entiendes?». Estas palabras no las pronunciaba con enojo, sino con gran ternura, por lo que, al oírlas, los

[17] Pantalones anchos de tela fina atados a la cintura con un cordel.
[18] Título de respeto que equivale a «señor».

blancos sonreían, haciendo que en ese momento a Sultana le parecieran unos completos idiotas.

Sin embargo, desde que había llegado a Delhi, no había ido a su casa ni un solo blanco. Llevaba tres meses viviendo en aquella ciudad, y, a pesar de que le habían dicho que allí vivía un montón de gente con dinero que en verano se trasladaba a Shimla, a su casa solo habían ido seis hombres. Únicamente seis. Es decir, dos al mes. Y de esos seis clientes, Dios sabe que es verdad, tan solo había conseguido dieciocho rupias y media, ya que ninguno de ellos había estado dispuesto a pagar más de tres rupias. A cinco de ellos Sultana les dijo que su tarifa eran diez rupias, pero, curiosamente, todos ellos contestaron:

—Mira, no te pienso pagar nada más que tres rupias.

A saber por qué, todos ellos la consideraron digna únicamente de tres rupias; por eso, cuando llegó el sexto, ella misma le dijo:

—Mira, son tres rupias. No lo pienso hacer por menos, así que si quieres, te quedas, y si no, te marchas.

Al oír eso, el sexto no rechistó y se quedó en su casa. Sultana cerró la puerta y, cuando él estaba quitándose la chaqueta, le dijo:

—Bueno, y una rupia más para comprar leche.

Una rupia no le dio, pero sí sacó de su bolsillo media rupia reluciente con el nuevo rey, y se la entregó. Ella la aceptó en silencio, pensando que menos daba una piedra.

Dieciocho rupias y media en tres meses. El alquiler de ese piso, al cual el dueño llamaba, en inglés, *flat*, era de veinte rupias al mes. En ese *flat* había una letrina con una cadena, y cuando se tiraba de ella comenzaba a salir agua a borbotones con gran estruendo, llevándose toda la suciedad por la tubería. Al principio aquel ruido le producía pavor. El primer día que fue allí a hacer sus necesidades le dolía mucho la espalda, por lo que, una vez que hubo terminado, al levantarse, se ayudó de aquella cadena colgante. Al verla pensó que, puesto que habían construido esas casas especialmente para ellas, habían tenido el detalle de poner esa cadena para que se agarraran y no tuvieran problemas al ponerse de pie, pero, en cuanto la cogió, se produjo un gran estrépito sobre su cabeza, y el agua comenzó a salir con tal fuerza que ella, aterrorizada, pegó un grito.

Juda Bajsh estaba en la otra habitación colocando su material fotográfico y, justo cuando estaba echando líquido revelador en una botella nueva, oyó el grito de Sultana, por lo que salió corriendo y le preguntó:

—¿Qué ha pasado? ¿Has sido tú la que ha gritado?

Sultana, con el corazón a punto de estallar, le respondió:

—Pero ¿se puede saber qué es esto? ¿Una letrina o qué? ¿Qué hace esa cadena colgada ahí en medio como si esto fuera un tren? Como me dolía la espalda, me sujeté ahí, pero en cuanto agarré la maldita cadena se produjo esa explosión de mil demonios.

Al oír esto, Juda Bajsh estalló en una carcajada, y luego le explicó todos los detalles acerca de esa letrina, que era una nueva moda y que, al tirar de la cadena, toda la suciedad desaparecía bajo la tierra.

¿Cómo comenzó la relación de Juda Bajsh y Sultana? Esa es una larga historia. Él era de Rawalpindi. Al acabar sus estudios de secundaria, aprendió a conducir camiones, tras lo cual estuvo trabajando durante cuatro años como camionero entre Rawalpindi y Cachemira. Después conoció a una mujer de Cachemira que se escapó con él a Lahore. Como él no encontró allí ningún empleo, la puso a trabajar, y así vivieron durante dos o tres años hasta que ella se fugó con otro. Juda Bajsh sabía que estaba en Ambala, de modo que fue a buscarla, y allí fue donde conoció a Sultana. A Sultana le gustó él y empezaron a salir juntos.

En cuanto llegó Juda Bajsh, el negocio de Sultana comenzó a ir viento en popa. Ella, que era una mujer muy cándida, lo consideró como una especie de gran dios que le había traído toda esa prosperidad, y eso le hizo sentir un gran respeto por él.

Él era un hombre trabajador, al que no le gustaba estar todo el día sin hacer nada; por eso entabló amistad con un fotógrafo que se dedicaba a hacer fotos en el exterior de la estación con una cámara Polaroid, y de él aprendió este oficio. Después le pidió sesenta rupias a Sultana y se compró una cámara fotográfica. Poco a poco también encargó una tela para utilizarla como fondo, compró dos sillas y, tras conseguir todo el material necesario para revelar las fotos, comenzó a trabajar por su cuenta.

Como le empezó a ir bien, al cabo de poco tiempo montó su propio puesto en el acantonamiento de Ambala, en el que hacía fotos a los blancos. Al cabo de cerca de un mes ya conocía a casi todos los soldados del acantonamiento, por eso llevó también allí a Sultana, que, gracias a él, consiguió varios clientes blancos fijos.

Ella se compró unos pendientes, encargó ocho brazaletes con cinco *tolas*[19] y medio de oro que tenía, reunió unos diez o quince saris buenos y también compró muebles y otras cosas para la casa. En resumen, que estaba muy contenta en Ambala, pero, de repente, quién sabe qué se le metería en la cabeza a Juda Bajsh, que decidió que se tenían que ir a Delhi. ¡Cómo iba a negarse si Juda Bajsh siempre pensaba lo mejor para ella! Por eso aceptó de buen grado ir allí, pensando también que en una ciudad tan grande, en la que vivían

[19] Medida de peso.

tantos ricos, su negocio marcharía mucho mejor aún. Había oído hablar muy bien de Delhi a sus amigas, y además allí estaba la *janqah*[20] de Hazrat Nizamuddin Auliya,[21] por el cual ella sentía una gran devoción. Por eso empaquetó todo rápidamente y se marchó a Delhi con Juda Bajsh. Al llegar allí, él encontró aquel piso por veinte rupias al mes, y se instalaron en él.

Estaba situado en una calle larga en la que se alineaban toda una serie de casas iguales. Era una zona que había edificado el ayuntamiento especialmente para las prostitutas, con la intención de evitar que se establecieran por toda la ciudad. En la planta baja estaban las tiendas y en la parte superior estaban las viviendas. Como todos los edificios eran iguales, al principio a Sultana le costaba mucho encontrar el suyo, pero cuando el lavandero de abajo puso delante de su negocio el letrero de «Se lava ropa sucia», ya tuvo una referencia por la que guiarse. Colocaron muchos otros carteles parecidos; por ejemplo, donde ponía con letras muy grandes «Carbonería» vivía su amiga Hirabai, que de vez en cuando iba a cantar a la radio. Donde ponía «Se prepara comida deliciosa para gente decente» vivía su otra amiga Mujtar. Encima de la fábrica de cinta de algodón vivía Anwari, que trabajaba para el dueño de esa fábrica. Como él tenía que cuidar del local por la noche, vivía allí con ella.

[20] Edificio destinado a la reunión de la comunidad sufí, situado normalmente en las inmediaciones de una *dargah* o mausoleo sufí. En origen servía como lugar de acogida de los viajeros sufíes.

[21] Hazrat Nizamuddin (1238-1325), famoso santo sufí de la orden Chishti. Hizo hincapié en la importancia de la renuncia, en la ayuda a los necesitados y en el *sama*, ritual sufí en el que se busca la unión con Dios a través de la danza y la música. Se dice que el *qawwali*, forma de canto devocional sufí, fue creado por su discípulo, poeta y músico Amir Jusro. La *dargah* de Hazrat Nizamuddin está situada en Delhi, y en ella el santo es objeto de gran veneración tanto por hindúes como por musulmanes.

Al cabo de un mes seguía sin trabajar, pero Sultana se consoló pensando que al principio, cuando se abre una tienda, no acuden muchos clientes; no obstante, cuando, transcurridos dos meses, seguía sin tener ningún cliente, le dijo a Juda Bajsh con preocupación:

—¿Qué ocurre, Juda Bajsh? Ya han pasado dos meses y todavía no ha venido nadie por aquí. Ya sé que hoy en día el negocio está muy flojo, pero tampoco tanto como para que no aparezca ni un alma por aquí durante meses…

El propio Juda Bajsh llevaba tiempo preocupado, aunque no le había comentado nada a ella, de modo que, cuando esta sacó a colación el tema, le dijo:

—Llevó varios días pensando en eso. Yo creo que con la guerra la gente está ocupada en otras cosas y no viene por aquí. O también puede ser que…

Justo cuando iba a continuar la frase, se oyeron unos pasos en las escaleras. Juda Bajsh y Sultana prestaron atención. Al cabo de un rato llamaron a la puerta, y él fue rápidamente a abrirla. Entró un hombre. Fue el primer cliente con el que fijó una tarifa de tres rupias. Después de él tuvo otros cinco, es decir, seis en un mes, de los cuales Sultana solo consiguió dieciocho rupias y media.

Únicamente en el alquiler del piso se iban ya veinte rupias, sin incluir la luz ni el agua. Además, había que tener en cuenta los otros gastos de la casa, la comida, la bebida, la ropa, las medicinas, y no contaban con ingreso alguno, ya que a las dieciocho rupias y media que habían conseguido en tres meses no es que se las pudiera denominar ingreso. Sultana estaba preocupada. Poco a poco fue vendiendo las ocho pulseras de cinco *tolas* y medio que se había hecho en Ambala, y cuando le llegó el turno a la última le dijo a Juda Bajsh:

—Hazme caso y vamos a volver a Ambala. ¿Qué nos retiene aquí? Puede que esta ciudad tenga algo, pero a nosotros no nos sirve de nada. Además, tu negocio allí iba muy bien. Venga, vámonos. Considera todo lo que hemos perdido como una ofrenda. Vete a vender esta pulsera, y yo, mientras, voy preparando todo el equipaje. Nos marchamos hoy en el tren nocturno.

Juda Bajsh cogió la pulsera y le dijo:

—¡No, mi vida! No vamos a volver a Ambala. Nos quedaremos, ganaremos dinero y volverás a recuperar todas tus pulseras. Ten confianza en Dios. Él es un gran socorro y aquí también nos permitirá ganar algo.

Sultana se quedó callada, de modo que también le desapareció la última pulsera de la muñeca. Al contemplar su brazo desnudo, se entristeció mucho, pero ¿qué podía hacer? De algo había que comer.

Al cabo de cinco meses, cuando los ingresos suponían menos de una cuarta parte de los gastos, aumentó su preocupación. Además, entonces Juda Bajsh comenzó a pasar todo el día fuera de casa, lo cual también la deprimía. Tenía entre las vecinas dos o tres amigas con las que pasar el rato, pero no le parecía bien ir a su casa todos los días y quedarse allí sentada durante horas sin hacer nada. Por eso, poco a poco dejó de ir a visitarlas, quedándose todo el día en su silenciosa casa. Allí se dedicaba a cortar hojas de betel, remendaba su ropa vieja y rota, o salía al balcón y permanecía de pie, apoyada en la barandilla durante horas sin hacer nada, solo limitándose a contemplar los trenes en marcha y aquellos que estaban parados bajo el techado de la estación.

Frente a su calle se extendía de un extremo a otro el almacén de mercancías. A la derecha, bajo el techado de hierro, se amontonaban grandes paquetes y multitud de bultos y equipaje de todo tipo. A la izquierda había una amplia explanada en la que se desplegaban un montón de vías de tren. Cuando veía aquellas vías de hierro resplandecer bajo la luz del sol, Sultana se miraba las manos y le parecía que las venas azules resaltaban en ellas exactamente igual que esas vías. En esa larga y amplia explanada no hacían más que pasar locomotoras y vagones en ambas direcciones con un traqueteo incesante. Cuando se levantaba por las mañanas, se asomaba al balcón y presenciaba una extraña escena. Entre la luz brumosa del alba, se alzaban de las locomotoras densas nubes de humo que se erguían en el turbio cielo como orondos y pesados hombres, y de las vías surgían, entre ruidos, grandes nubes de vapor que se disolvían inmediatamente en el aire. En ocasiones, cuando veía algún vagón que, después de ser empujado por una locomotora, seguía avanzando abandonado a su suerte, le parecía verse a sí misma. Pensaba que a ella también le había empujado alguien a la vía de la vida, para luego abandonarla allí, y que ahora se movía por sí sola. Los demás cambiaban de vía, y ella seguía andando, sin saber adónde se dirigía. La fuerza de aquel impulso se iría agotando poco a poco y llegaría un día en que terminaría deteniéndose en algún lado, en algún lugar donde no habría nadie que la cuidara.

Así se pasaba el día, contemplando aquellas vías y los trenes que pasaban, pero sin dejar de pensar. Cuando vivía en Ambala, su casa estaba justo al lado de la estación, pero allí nunca había observado aquellas cosas de ese modo. Ahora, en ocasiones también pensaba que toda esa red de vías que se extendía frente a ella y las nubes de humo y de vapor que se encaramaban hacia el cielo no eran sino un gran burdel, en el que había muchos vagones a los cuales unas cuantas locomotoras muy grandes no cejaban de empujar de un lado a otro. En ocasiones esas locomotoras le recordaban a aquellos ricos que a veces iban a su casa en Ambala. Otras veces, cuando veía una locomotora pasar lentamente al lado de una serie de vagones, le parecía un hombre que estuviera paseando por el barrio de las prostitutas de una ciudad contemplando a las meretrices asomadas a los balcones.

Sultana sabía que pensar ese tipo de cosas no era bueno para la salud mental; por eso, cuando se le empezaron a ocurrir esas ideas, dejó de salir al balcón. Le había dicho muchas veces a Juda Bajsh:

—Mira, ten piedad de mí. Quédate en casa. Me paso todo el día aquí como una enferma.

Sin embargo, él siempre la consolaba diciéndole:

—Mi vida, estoy todo el día fuera buscando trabajo. Si Dios quiere, dentro de unos días superaremos esta etapa de vacas flacas.

Habían pasado cinco meses, pero las vacas seguían igual de flacas. Se estaba acercando Muharram,[22] pero Sultana no tenía ninguna tela negra para hacerse un conjunto nuevo. Mujtar se había mandado hacer un nuevo *camiz*[23] al estilo *lady* Hamilton, con las mangas de *georgette* negro, y para combinar con él tenía un *salvar* negro de satén que brillaba como el *kayal*.[24] Anwari se había comprado un sari muy elegante de *georgette* de seda, y le había dicho a Sultana que debajo llevaría un *peticot*[25] blanco porque esa era la nueva moda. Para ponérselos con ese sari, Anwari se había comprado unos zapatos de terciopelo negro muy elegantes. Al ver todas esas cosas, Sultana se entristeció mucho pensando que ella no podía comprarse ese tipo de ropa para celebrar Muharram.

Tras ver la ropa de Anwari y de Mujtar, regresó a su casa muy deprimida. Se sentía como si le estuviera saliendo un

---

[22] Quinto mes del calendario musulmán, en el cual los chiítas conmemoran durante diez días el aniversario del martirio de Husain, el nieto de Mahoma.

[23] Camisa larga que llevan las mujeres sobre el *salvar*, combinada con una *dupatta*.

[24] Pasta hecha de hollín utilizada para dibujar la línea de ojos.

[25] Falda que se lleva debajo del sari.

grano. La casa estaba completamente vacía. Como de costumbre, Juda Bajsh estaba fuera. Pasó un buen rato tumbada en la alfombra con la cabeza apoyada sobre la almohada y los cojines, pero, cuando le empezó a doler el cuello, salió al balcón para intentar alejar todos aquellos pensamientos tristes.

Enfrente, sobre las vías, había varios vagones, pero ninguna locomotora. Era por la tarde y acababa de lloviznar, de modo que había desaparecido todo el polvo. Por el mercado comenzaron a deambular ese tipo de hombres que se limitan a echar un vistazo para luego regresar a su casa en silencio. Uno de ellos había alzado la vista y estaba mirando hacia Sultana. Ella sonrió y se olvidó inmediatamente de él, ya que justo en ese momento apareció sobre las vías de enfrente una locomotora. Se quedó contemplándola y le empezó a parecer que la locomotora también llevaba un vestido negro. Para quitarse esa extraña idea de la cabeza volvió a dirigir la vista hacia la calle, donde, junto a un carro de bueyes, vio de nuevo a aquel hombre que la observaba con mirada de deseo. Le hizo una señal con la mano, y él, después de mirar en todas direcciones, le preguntó con un gesto amable que por dónde podía subir. Sultana le indicó el camino. Él permaneció allí de pie unos instantes y después subió rápidamente.

Ella le invitó a sentarse en la alfombra, y para iniciar la conversación le preguntó:

—¿Por qué tenía miedo de subir?

El hombre sonrió.

—¿Tú qué sabes? ¿Por qué debería tener miedo?

A lo cual Sultana respondió:

—Lo digo porque se quedó un rato de pie pensando antes de decidirse a subir.

Al oír eso, él sonrió y dijo:

—No, te equivocas; estaba mirando al piso de arriba, donde había una mujer de pie rechazando a un hombre, y esa escena me hizo gracia. Después se encendió en el balcón una luz verde y me quedé un rato mirando, ya que me gusta la luz verde, es muy agradable a los ojos.

Dicho esto, echó un vistazo a la habitación y después se levantó.

Sultana le preguntó:

—¿Ya se marcha?

El hombre respondió:

—No, es que quiero ver tu piso. Vamos, enséñame todas las habitaciones.

Sultana le enseñó las tres habitaciones. Él las examinó en silencio y, cuando regresaron al cuarto en el que estaban sentados anteriormente, dijo:

—Me llamo Shankar.

Sultana lo observó con atención por primera vez.

Era un hombre de mediana estatura y aspecto normal, pero tenía unos ojos inusualmente transparentes y limpios, que a veces brillaban de una forma especial. Tenía un cuerpo robusto y atlético, el pelo de las sienes encanecido, y llevaba un pantalón de color tierra y una camisa blanca con el cuello alzado.

Shankar estaba sentado en la alfombra de tal manera que parecía que, en vez de él, fuera Sultana la cliente. Al percibir eso, ella se sintió un poco incómoda y le dijo:

—Pues usted dirá.

Él, que estaba sentado, al oír eso, se tumbó y dijo:

—¿Qué te puedo decir yo? Dime algo tú. Tú eres la que me ha llamado.

Al ver que Sultana no decía nada, se levantó:

—Ya veo. Pues oye una cosa: no es lo que tú habías pensado. Yo no soy de esos que pagan y se van. A mí me pagan como a los médicos. Cuando me llaman, me tienen que pagar.

Sultana, al oír eso, se quedó atónita, a pesar de lo cual se echó a reír despreocupadamente.

—¿En qué trabaja usted?

Él le respondió:

—En lo mismo que la gente como tú.

—¿En qué?

—¿Tú a qué te dedicas?

—Yo…, yo…, yo no hago absolutamente nada.

—Pues yo tampoco hago nada.

Sultana, un poco cansada, le dijo:

—Eso no puede ser. ¡Algo tendrá que hacer!

Shankar le respondió con gran tranquilidad:

—Tú también. Algo tendrás que hacer.

—Yo digo tonterías.

—Yo también digo tonterías.

—Pues venga, vamos a decir tonterías juntos.

—De acuerdo, pero yo jamás pago por decir tonterías.

—¿Tú estás loco? ¡Oye, que esto no es un comedor de la caridad!

—Y yo tampoco soy ningún voluntario.

—¿Qué es un voluntario?

—Un voluntario es un idiota.

—Yo no soy ninguna idiota.

—Pero ese hombre que vive contigo, Juda Bajsh, ese sí que es un idiota.

—¿Por qué?

—Porque lleva varios días yendo a visitar a un santón para ver si cambia su fortuna, cuando aquel hombre es incapaz de cambiar su propia suerte. —Tras decir esto, Shankar se rio.

Al oír esto, Sultana respondió:

—Tú eres hindú y por eso te burlas de nuestros mayores.

Shankar sonrió.

—En esas cuestiones da lo mismo ser hindú que musulmán. Si vinieran aquí grandes *molvis*[26] o *pandits*,[27] se comportarían honradamente.

—No sé qué tonterías estás diciendo. Dime de una vez: ¿te vas a quedar o no?

—Sí, pero con la condición que antes te dije.

Sultana se levantó.

—Pues ¡hala, vete! Ahí tienes la puerta.

Shankar se levantó con gran tranquilidad, se metió las manos en los bolsillos y, cuando se disponía a marcharse, dijo:

—A veces paso por esta calle. Si alguna vez me necesitas, llámame. Soy un hombre muy útil.

Shankar se marchó, y Sultana se quedó pensando en él un buen rato, olvidándose del *salvar*. Sus palabras habían hecho que disminuyera su tristeza. Si hubiera ido a verla a Ambala, donde ella era feliz, habría actuado de forma distinta, y lo más probable es que le hubiera echado sin contemplaciones. Sin embargo, como allí estaba muy deprimida, le agradaron las palabras de Shankar.

Por la tarde, cuando llegó Juda Bajsh, Sultana le preguntó:

—¿Dónde has estado todo el día?

Juda Bajsh, que estaba completamente agotado, le dijo:

—He estado en Purana Qila. Hace varios días que hay allí un anciano al que voy a visitar a diario para ver si volvemos a tener suerte.

—Y ¿te ha dicho algo?

—No, todavía no me ha hecho ese favor, pero, Sultana, los servicios que le estoy haciendo no caerán en saco roto. Si

---

[26] Experto en ley islámica.

[27] Experto hindú en determinada materia. En su sentido más estricto, un hindú brahmán que ha memorizado una parte de los Vedas.

la misericordia de Dios nos acompaña, seguro que obtendremos un gran beneficio.

Sultana volvió a pensar en la celebración de Muharram. Le dijo a Juda Bajsh con voz llorosa:

—Estás todo el día fuera de casa, y yo, aquí, encerrada como si estuviera en una jaula, sin poder salir a ningún lado. Dentro de poco será el Muharram. ¿Acaso se te ha pasado por la cabeza que me hace falta un vestido negro? Y aquí en casa no hay ni una sola rupia. Lo único que tenía eran las pulseras, y las fui vendiendo una a una. Ahora dime tú qué va a pasar. ¿Hasta cuándo te vas a dedicar a ir detrás de esos santones? A mí me da la impresión de que aquí, en Delhi, Dios nos ha dado la espalda. Haz el favor de hacerme caso y de ponerte a trabajar en lo tuyo. Al menos un poco de ayuda.

Juda Bajsh se tumbó en la alfombra y replicó:

—Pero para ponerme a trabajar en eso necesito un poco de dinero. ¡Por Dios, no digas cosas tan tristes, que ahora no estoy de buen ánimo para soportarlas! Es verdad que me equivoqué completamente al dejar Ambala, pero todo lo que sucede es por voluntad de Dios, y Él lo hace por nuestro bien. ¿Quién sabe? Quizás tras un período de dificultades…

Sultana le dijo cortándole:

—¡Mira, me da igual que robes o que atraques un banco, pero tráeme tela para hacerme un *salvar* sin falta! Tengo un *camiz* blanco, que llevaré a teñir, y también tengo una *dupatta*[28] de nailon blanco, esa que me regalaste tú por Diwali.[29] La llevaré también a teñir junto con el *camiz*. Lo

[28] Pañuelo largo y ancho que forma parte de la vestimenta de las mujeres indias.

[29] Una de las festividades más importantes del calendario hindú. Conmemora el retorno a Ayodhya de Rama, junto con Sita y Lakshman, después de catorce años de exilio, tras vencer a Ravana. También se conoce como el festival de las luces. En él se celebra la victoria del bien contra el mal, encarnados en diferentes

único que me falta es el *salvar*, así que consíguemelo tú de alguna manera. ¡De verdad, haz lo que quieras, pero consígueme uno! ¡Como no me lo traigas, te vas a enterar!

Juda Bajsh se levantó.

—No haces más que presionarme. ¿De dónde lo voy a sacar si ni siquiera tengo dinero para un poco de opio?

—Pues haz lo que sea, pero tráeme cuatro metros de satén negro.

—Reza para que esta misma noche Dios te envíe a dos o tres hombres.

—Entonces, ¿no piensas hacer nada? Si quisieras, podrías conseguir ese dinero. Antes de la guerra el satén valía doce o catorce *annas*[30] por metro; ahora vale una rupia con veinticinco el metro. ¿Cuánto costarán cuatro metros?

—Bueno, ya se me ocurrirá algo. —Tras decir eso, Juda Bajsh se levantó y dijo—: Venga, olvídate de eso. Voy a traer comida de un restaurante.

Cuando regresó con la comida, cenaron sin intercambiar palabra alguna y se acostaron. Al amanecer, Juda Bajsh se fue a ver al santón de Purana Qila, y Sultana se quedó sola. Pasó un rato tumbada, otro rato durmiendo, y después estuvo paseando de una habitación a otra. A mediodía, después de comer, sacó su *dupatta* blanca de nailon y el *camiz* blanco y los llevó a la lavandería que había debajo de su casa para que se los tiñeran, ya que allí, además de lavar la ropa, también teñían. Al regresar a su casa, se puso a leer un libro sobre cine en el que hablaban de los argumentos y las canciones de las películas que había visto, y se quedó dormida. Cuando se despertó, eran más de las cuatro, ya que la luz del

---

dioses según la zona de la India. Ese día limpian a fondo las casas, se decoran con lamparillas de aceite, y se tiran cohetes y fuegos artificiales.

[30] Dieciseisava parte de una rupia.

sol en el patio interior había llegado más allá del sumidero. Después de bañarse se envolvió en una manta y salió al balcón, donde permaneció de pie cerca de una hora. Se había hecho de noche y se estaban encendiendo las luces.

Abajo, la calle comenzaba a llenarse de gente. Hacía bastante frío, pero a ella no le desagradaba. Llevaba un tiempo contemplando los *tongas* y coches que pasaban. De repente vio a Shankar, el cual, al llegar debajo de su casa, alzó la vista, miró a Sultana y sonrió. Ella le hizo una seña sin demasiada intención y le dijo que subiera.

Mientras subía, se puso muy nerviosa pensando en qué le iba a decir, ya que en realidad le había hecho la señal de forma inconsciente. Shankar estaba completamente tranquilo, como si estuviera en su casa, de modo que, al igual que el primer día, se tumbó con toda confianza apoyando la cabeza en los cojines.

Al ver que al cabo de un rato Sultana seguía en silencio, dijo:

—Me puedes llamar cien veces y decirme cien veces que me marche, que yo nunca me enfado por esas cosas.

Sultana, sin saber qué hacer, le dijo:

—No, siéntate. ¿Quién te ha dicho que te vayas?

Shankar sonrió y le dijo:

—Entonces, ¿aceptas mis condiciones?

—¿Qué condiciones? —dijo Sultana—. ¿Es que te vas a casar conmigo?

—¿Casarnos? Tú no te vas a casar nunca, ni yo tampoco. Esas costumbres no son para nosotros. Déjate de tonterías y cuéntame algo útil.

—Y ¿qué quieres que te diga?

—Tú eres una mujer. Cuéntame algo que me distraiga durante dos horas. No todo es negocio en esta vida, también hay otras cosas…

Sultana, que en su fuero interno ya había aceptado a Shankar, le dijo:

—Dime claramente qué es lo que quieres de mí.

—Lo mismo que los demás.

Shankar se incorporó.

—Entonces, ¿qué diferencia hay entre tú y los demás?

—Entre nosotros dos no hay ninguna diferencia. Entre los demás y yo hay una diferencia abismal. Hay muchas cosas que no se deben preguntar, sino que se deben intuir.

Sultana estuvo durante un rato intentando comprender lo que acababa de decir Shankar, y a continuación dijo:

—Ya lo he entendido.

—Entonces, dime: ¿qué quieres hacer?

—Has ganado, pero que sepas que hasta el día de hoy no debe de haber habido nadie que haya aceptado algo así.

—Te equivocas. En este barrio puedes encontrar a otras mujeres simples como tú, que serían incapaces de creer que una mujer pudiera aceptar un deshonor como el que tú aceptas habitualmente sin planteártelo siquiera. Pero, aunque ellas no lo crean, tú no eres más que una entre otras mil. Te llamas Sultana, ¿no?

—Sí.

Shankar se levantó y se comenzó a reír.

—Yo me llamo Shankar. Esto de los nombres es una estupidez. Venga, vamos adentro.

Cuando regresaron a la habitación de la alfombra, se estaban riendo por algo. Justo cuando Shankar se disponía a marcharse, Sultana le preguntó:

—Shankar, ¿me podrías hacer un favor?

Él le respondió:

—Dime primero de qué se trata.

Ella, con cierta timidez, le dijo:

—Es que vas a pensar que quiero recuperar mi dinero de alguna manera.

—No, dime, dime.

Sultana se armó de valor y le dijo:

—Bueno, es que dentro de poco será Muharram y no tengo tanto dinero como para hacerme un *salvar* negro... Ya te he contado todos mis problemas. *Camiz* y *dupatta* sí que tengo. Hoy los he llevado a teñir...

Al oír esto, Shankar dijo:

—Entonces, ¿quieres que te dé algo de dinero para que te puedas hacer un *salvar*?

Sultana le respondió inmediatamente:

—No, no; lo que quiero decir es que, si puedes, me traigas un *salvar*.

Shankar se rio.

—Normalmente no tengo nada de dinero, pero lo intentaré de todos modos. El primer día de Muharram te daré el *salvar*. Bueno, ahora ya estás contenta, ¿no?

A continuación se quedó mirando los pendientes de Sultana y le preguntó:

—¿Me puedes dar esos pendientes?

Sultana se rio y le respondió:

—Y ¿qué vas a hacer con ellos? Si son unos pendientes muy normalitos de plata... Como mucho, costarán cinco rupias.

Shankar respondió:

—Te he preguntado si me puedes dar los pendientes, no el precio. Dime: ¿me los das?

—Toma.

Se quitó los pendientes y se los dio. Después se arrepintió, pero él ya se había ido.

Aunque no estaba demasiado convencida de que fuera a cumplir su promesa, al cabo de ocho días, el primer día de Muharram, a las nueve de la mañana, llamaron a la puerta. Cuando abrió, vio a Shankar, que le entregó una cosa envuelta en papel de periódico y le dijo:

—Es un *salvar* negro de satén. Pruébatelo, porque a lo mejor te queda un poco largo. Bueno, ahora me voy.

Tras darle el *salvar*, se marchó sin decirle nada más. Tenía el pantalón completamente arrugado y estaba muy despeinado. Parecía como si se acabara de levantar.

Sultana abrió el paquete, y allí estaba el *salvar* negro de satén. Exactamente igual al que le había enseñado Mujtar. Se alegró mucho. El hecho de tener el *salvar* y de que Shankar hubiera cumplido su promesa le hizo olvidar la tristeza de no tener pendientes y otras cosas.

A mediodía bajó a la lavandería y recogió el *camiz* y la *dupatta* que había mandado teñir. Cuando se puso las tres piezas negras, oyó que llamaban a la puerta.

Sultana abrió y entró Mujtar. Al ver a Sultana, le dijo:

—El *camiz* y la *dupatta* son teñidos, pero el *salvar* es nuevo. ¿Cuándo te lo has hecho?

Ella respondió:

—Me lo ha traído el sastre hoy mismo. —Al decir esto, se quedó mirando las orejas de Mujtar—. ¿De dónde has sacado esos pendientes?

Ella le respondió:

—Me los he comprado hoy mismo.

A continuación, ambas permanecieron en silencio durante un buen rato.

# LA NUEVA LEY

El cochero Mangu tenía fama de sabio en su parada de *tongas*. A pesar de que su educación era nula y de que no había pisado una escuela en su vida, su cultura abarcaba todos los campos del saber. Todos los cocheros de la parada interesados en saber lo que ocurría en el mundo estaban al tanto de los amplios conocimientos de Mangu.

Unos días atrás, cuando *Ustad*[31] Mangu oyó a un pasajero comentar que se rumoreaba que en España estaba a punto de estallar una guerra, le dio unas palmaditas a Gama Chowdhuri en sus anchos hombros, y con ademán de político le dijo:

—Chowdhuri, vas a ver tú como dentro de unos días estalla la guerra en España.

Y cuando Gama Chowdhuri le preguntó que dónde estaba España, le respondió con gran seriedad:

—Pues ¿dónde va a estar? ¡En el extranjero!

Cuando la guerra estalló en España y se difundió la noticia, todos los cocheros que estaban reunidos en la parada fumando un *huqqa*[32] reconocieron en lo más profundo de sí mismos la superioridad de *Ustad* Mangu. En ese momento él estaba conduciendo su *tonga* por el reluciente pavimento de Mall Road, cambiando impresiones con sus pasajeros sobre las recientes revueltas entre hindúes y musulmanes.

---

[31] Maestro, en el mundo musulmán.

[32] Pipa de agua.

Aquel mismo día, al anochecer, regresó a la parada y su rostro brillaba de forma inusual. Durante la ronda de *huqqa*, cuando salió el tema de los disturbios entre hindúes y musulmanes, *Ustad* Mangu se quitó el turbante caqui, se lo puso bajo el brazo y con semblante preocupado dijo:

—Esta situación es el resultado de la maldición de un *pir*;[33] por eso los hindúes y musulmanes no hacen más que atacarse con navajas y cuchillos. Además, ya oí yo decir a mis mayores que el emperador Akbar contrarió a un derviche, y este, enfurecido, lo maldijo diciéndole: «¡Fuera de mi vista! A partir de ahora el Indostán se verá sacudido continuamente por revueltas». Y ahí lo tenéis: desde el final del reinado de Akbar, en la India no ha habido más que revueltas.

Dicho esto, lanzó un hondo suspiro y, después de dar otra calada al *huqqa*, continuó diciendo:

—Este partido del Congreso quiere conceder la independencia a la India, pero yo estoy convencido de que, por mucho que lo intenten, no lo conseguirán. Lo más que puede ocurrir es que se marchen los ingleses y vengan los italianos, o los rusos, de los que he oído decir que son unos tipos muy brutos, pero la India siempre estará sometida. ¡Ah!, y, además, antes se me olvidó decir que el *pir* también lanzó la maldición de que la India siempre estaría gobernada por extranjeros.

*Ustad* Mangu sentía un profundo odio por los ingleses, y decía que la razón de ese odio era que gobernaban la India en contra de la voluntad de los indios y cometían todo tipo de crueldades, pero la causa fundamental era que en los cuarteles de los blancos lo trataban con un gran desprecio, como si fuera un perro sarnoso. A esto habría que añadir que a él tampoco le gustaba nada el color que tenían. Cada vez

[33] Anciano, maestro sufí.

que veía la cara sonrosada de un blanco, no sabía por qué, pero le daban ganas de vomitar. Decía que al ver sus rostros llenos de arrugas rojas le parecían cadáveres con el pellejo podrido cayéndose a tiras.

Cuando se peleaba con algún blanco borracho, permanecía todo el día nervioso, y, al llegar por la noche a la parada, empezaba a insultarlo hasta que se cansaba, mientras fumaba algún cigarro o aspiraba el humo del *huqqa*.

Después de lanzarle un gran insulto, agitaba la cabeza con el turbante medio suelto y decía:

—Vinieron por lumbre y ahora se han hecho los dueños de la casa. Esos monos no hacen más que fastidiarnos y aterrorizarnos. ¡Ni que fuéramos sus criados!

Sin embargo, esto tampoco conseguía calmarle, y mientras había alguien con él seguía desahogando su rabia.

—Tú le viste la cara a ese, ¿no? Era como si tuviera lepra..., como un muerto. Me daban ganas de darle una bofetada, pero él encima hablaba en esa jerigonza suya como si me fuera a pegar él a mí. Te lo juro, al principio me entraron ganas de partirle el cráneo a ese desgraciado, pero luego me contuve porque pensé que pegar a ese infiel sería un insulto para mí. —Tras decir esto se quedaba un rato en silencio y, después de limpiarse la nariz con la manga de su camisa caqui, murmuraba—: ¡Te juro por Dios que ya me he hartado de aguantarles las tonterías a estos señoritos! Cada vez que veo una de sus horribles caras, me empieza a hervir la sangre. A ver si sacan una ley nueva o lo que sea y nos libramos ya de ellos. ¡No sabes lo tranquilo que me iba a quedar yo!

Un día en que *Ustad* Mangu recogió a dos pasajeros en el Tribunal de Justicia y, al oír su conversación, se enteró de que en la India iban a entrar en vigor unas nuevas leyes, no cupo en sí de dicha.

Se trataba de dos pasajeros *marwaris*[34] que habían ido al Tribunal de Justicia en relación con un pleito, y al regresar a su casa estaban hablando de las nuevas leyes, es decir, del India Act.[35]

—He oído que la nueva ley entrará en vigor en la India el primero de abril. ¿Tú crees que cambiará todo?

—No todo, pero dicen que cambiarán muchas cosas y que los indios serán libres.

— Y ¿qué pasará con el interés? ¿Habrá también una nueva ley al respecto?

—Tendremos que consultarlo. Mañana se lo preguntaremos a un abogado.

La conversación de aquellos *marwaris* le estaba produciendo a *Ustad* Mangu una alegría inenarrable. Aunque habitualmente insultaba a su caballo y le daba fuertes latigazos, ese día, en cambio, no hacía más que volverse para ver a los *marwaris*, tras lo cual se atusaba sus grandes bigotes poniéndose las puntas hacia arriba con el dedo, aflojaba un poco las riendas y le decía al caballo con gran cariño:

—Vamos, hijo, vamos..., enséñales cómo vuelas.

Una vez que hubo dejado a los pasajeros en su destino se dirigió a Anarkali, a la tienda de Dino el pastelero, y tras

[34] Grupo étnico perteneciente a la zona de Marwar (Rayastán), famoso por su habilidad para los negocios.

[35] Ley aprobada por los ingleses en la India en 1935, antes de la independencia, ante las demandas de los indios de una mayor participación en el Gobierno. En ella, entre otras medidas, se concedió una mayor autonomía a los distintos estados, se crearon algunos estados nuevos, y se hablaba de un Gobierno federado (que nunca se llevó a cabo) entre el Gobierno británico y los estados indios. En realidad, la supuesta autonomía se veía bastante limitada, ya que los gobernadores generales seguían teniendo mucho poder y el propio Gobierno británico tenía el derecho de vetar al Gobierno.

beberse medio litro de *lassi*[36] lanzó un gran eructo, se relamió los bigotes y dijo a voz en grito:

—¡Que se vayan al infierno!

Por la noche, cuando llegó a la parada, en contra de lo habitual, no se encontró allí a ningún conocido, y eso le hizo sentirse muy inquieto. Tenía la intención de contarles a sus amigos una importante noticia. Era una noticia trascendental, y estaba ansioso por compartirla, pero allí no había nadie a quien contársela.

Durante media hora estuvo paseando muy nervioso bajo el techado de hierro de la estación con la fusta bajo el brazo. En su mente se agolpaban un sinfín de grandes pensamientos. La noticia de la entrada en vigor de la nueva ley le había abierto las puertas a un mundo completamente nuevo. Había encendido todas las luces de su cerebro, y estaba meditando profundamente sobre esa nueva ley que entraría en vigor el 1 de abril en la India. En sus oídos no dejaban de resonar las palabras del pasajero: «Y ¿qué pasará con el interés? ¿Habrá también una nueva ley al respecto?», y una oleada de placer recorría su cuerpo. En varias ocasiones, sonriendo bajo sus poblados bigotes, lanzó varios insultos dirigidos a los *marwaris*:

—¡Pulgas que os dedicáis a chuparles la sangre a los pobres, la nueva ley será como agua hirviendo para vosotras!

Estaba exultante. Sobre todo le regocijaba pensar que, cuando llegara la nueva ley, los blancos, esas ratas blancas (como él los llamaba), se esconderían en sus ratoneras para siempre.

Cuando llegó a la parada Nathu, el calvo, con el turbante bajo el brazo, *Ustad* Mangu se adelantó para saludarlo, le cogió la mano y comenzó a decirle en voz bastante alta:

[36] Bebida hecha de yogur batido.

—¡Dame la mano, que te voy a contar una noticia con la que te vas a poner tan contento que te van a salir pelos en esa calvorota!

A continuación, Mangu comenzó a hablarle a su amigo con gran satisfacción sobre la nueva ley. Mientras hablaba, en varias ocasiones, le apretó la mano con fuerza y le indicó:

—Tú estate muy atento a lo que ocurre, pero yo estoy segurísimo de que el rey ruso hará algo.

*Ustad* Mangu había oído muchas cosas sobre los fervientes socialistas del Gobierno soviético, y le parecían muy acertadas las nuevas leyes y las otras transformaciones que se habían producido allí. Por eso mezcló «el rey ruso» con la «India Act», es decir, la nueva ley, y llegó a la conclusión de que los nuevos cambios que se iban a producir en el viejo Gobierno el primero de abril eran consecuencia directa del «rey ruso».

Hacía tiempo que en Peshawar y en otras regiones se estaban produciendo agitaciones de los Camisas Rojas.[37] *Ustad* Mangu se hizo un batiburrillo en la cabeza entre esas agitaciones, «el rey ruso» y la nueva ley. Además, cuando oía decir a alguien que en tal ciudad habían atrapado a muchos terroristas o que en tal otra habían acusado de rebeldía a muchos hombres, para él todos esos sucesos no eran sino un preludio de la nueva ley, y eso le hacía sentirse dichoso.

Un día llevaba en su *tonga* a dos abogados que estaban criticando duramente la nueva ley mientras él los escuchaba en silencio. Uno de ellos le estaba diciendo al otro:

—El capítulo segundo de la nueva ley habla de una federación que todavía no consigo entender. En la historia de la humanidad todavía no se ha planteado ni se ha producido

[37] Los Camisas Rojas *(Surj Posh)*, o *Judai Jidmatgar*, fueron un grupo de pastunes liderado por Jan Abdul Ghaffar Jan, que abogaba por la reforma social y la resistencia pacífica al Gobierno inglés.

una federación de ese tipo. No solo es completamente errónea desde el punto de vista político, sino que se podría decir que no es ni siquiera una federación.

Dado que los abogados, durante la conversación, utilizaron un gran número de palabras en inglés, *Ustad* Mangu únicamente fue capaz de entender algunas frases por encima, de las cuales dedujo que ellos no veían con buenos ojos la llegada de esta nueva ley a la India y que no querían que su país fuera independiente; por eso, llevado por esta idea, lanzó en varias ocasiones una mirada de odio a los dos abogados diciendo para sus adentros:

—¡Serviles!

Siempre que le murmuraba a alguien el término *servil* se sentía muy orgulloso, pensando que lo estaba usando muy bien y que tenía la capacidad de distinguir a un hombre honrado de un servil.

Al cabo de tres días de aquel suceso recogió a tres alumnos del Government College que querían ir a Mozang, y estuvo escuchando su conversación:

—Ahora, con esta nueva ley, tengo la esperanza de que si el señor X se convierte en miembro de la Asamblea conseguiré trabajo en alguna oficina del Gobierno.

—Se crearán nuevos puestos de trabajo, y quizás todo eso redunde en nuestro beneficio.

—Sí, sí, desde luego.

—Habrá menos graduados desempleados.

Esta conversación hizo que la nueva ley, en la mente de *Ustad* Mangu, cobrara aún una mayor importancia, y comenzó a pensar en ella como en una «cosa» muy brillante.

—¡La nueva ley! —pensaba varias veces al día. Es decir, «una cosa nueva», y cada vez que lo hacía recordaba los arneses y aparejos de metal que le había comprado dos años antes a su caballo en el negocio de Chowdhuri Juda

Bajsh tras comprobar muy bien su calidad. Tenían un montón de remaches relucientes de hierro bañado en níquel y numerosos adornos de latón que brillaban como el oro. Los brillos y fulgores de la nueva ley debían de ser algo parecido.

Hasta el primero de abril, *Ustad* Mangu oyó muchas cosas a favor y en contra de la nueva ley, pero no cambió la idea que se había hecho de ella. Estaba convencido de que, en cuanto llegara la nueva ley el primero de abril, se solucionarían todos los problemas, y de que todo lo que vería le resultaría satisfactorio.

Finalmente, llegó el 31 de marzo, y solo quedaban unas horas silenciosas de la noche para que comenzara el primero de abril. Hacía bastante frío para aquella estación y soplaba un viento fresco. *Ustad* Mangu se levantó por la mañana temprano y se dirigió al establo, ensilló su caballo y salió a trabajar. Ese día se encontraba extrañamente feliz. Iba a ver la nueva ley.

Envuelto por el frío y la bruma matutina recorrió varios bazares, unos angostos y otros amplios, pero todo tenía el mismo aspecto añejo, tan añejo como el cielo. Hoy su mirada deseaba ver nuevos colores, pero, a excepción de aquel penacho de plumas multicolor que llevaba su caballo sobre la cabeza, todo parecía viejo. Ese nuevo penacho se lo había comprado a Chowdhuri Juda Bajsh el 31 de marzo por catorce *annas*[38] y media para celebrar la nueva ley.

El sonido de los cascos de los caballos, la calzada negra en cuyos laterales se sucedían las farolas a distancias regulares, los carteles de las tiendas, el tintineo del collar de cascabeles de su caballo, los hombres que pasaban por el mercado… ¿Qué había de nuevo en todo eso? Era evidente que nada, pero *Ustad* Mangu no se dio por vencido.

---

[38] Dieciseisava parte de una rupia.

—Todavía es muy temprano y todas las tiendas están cerradas. —Esta idea le tranquilizó. A continuación pensó—: El Tribunal Supremo no abre hasta las nueve y media. ¿Cómo se va a ver la nueva ley antes?

Cuando su *tonga* se aproximó a la entrada del Government College, las campanas del colegio comenzaron a anunciar con gran altivez las nueve de la mañana. Los estudiantes que salían de la gran entrada del colegio iban muy bien vestidos, pero, aunque no sabía muy bien por qué, a *Ustad* Mangu le parecía que tenían la ropa sucia, quizás porque su mirada hoy iba a ver un brillo deslumbrante.

Giró el *tonga* a la derecha, y al cabo de un rato estaba nuevamente en Anarkali. La mitad de las tiendas del mercado ya habían abierto, y ahora había un mayor ajetreo. Las pastelerías estaban llenas de clientes, las pulseras expuestas en vitrinas de cristal invitaban a contemplarlas, y sobre los cables de la luz peleaban entre sí varias palomas, pero para *Ustad* Mangu todas estas cosas carecían de interés. Él quería ver la nueva ley, exactamente del mismo modo en que veía a su caballo.

Cuando su mujer estuvo embarazada, pasó unos cuatro o cinco meses muy ansioso. Sabía que el niño nacería algún día, pero era incapaz de esperar todo ese tiempo. Quería ver a su hijo aunque solo fuera un momento y que luego naciera cuando quisiera. Por eso, como no podía cumplir su deseo, en varias ocasiones le dio masajes en la tripa a su mujer, que estaba postrada en la cama, y apoyó la oreja en su vientre para saber algo de su hijo, pero todo fue en vano. En una ocasión se cansó tanto de esperar que se enfadó con ella y le gritó:

—¡Te pasas todo el día tumbada como un muerto! Levántate un poco y camina, y así tendrás más fuerza en el cuerpo. ¡Como te quedes ahí tirada todo el día como un tablón de madera, no va a pasar nada! ¿O te crees que estando tumbada el día entero va a nacer el niño?

*Ustad* Mangu era una persona muy impaciente. No solo deseaba, sino que ansiaba ver el efecto práctico de toda causa. Su mujer, Ganga Dai, al ver su inquietud, le decía a menudo:

—Todavía no han cavado el pozo y ya quieres beber.

A pesar de todo, *Ustad* Mangu no estaba tan nervioso por la nueva ley como cabía esperar. Aquel día salió de casa para ver la nueva ley, igual que cuando iba a las manifestaciones a ver a Gandhi o a Yawaharlal Nehru.

Evaluaba la grandeza de los políticos por los alborotos que se producían en sus manifestaciones o por las guirnaldas de flores que llevaban al cuello. Si un político estaba lleno de guirnaldas de caléndulas, para él significaba que era un gran hombre, o, si en alguna manifestación de algún político se producían disturbios entre la multitud, para él quería decir que era aún más grande. En ese momento quería pesar la nueva ley en esa misma balanza.

Tras abandonar Anarkali comenzó a conducir su *tonga* despacio por la brillante superficie pavimentada de Mall Road, y, al llegar junto a la tienda de coches, encontró un pasajero que se dirigía a los cuarteles. Después de fijar el precio, azuzó con la fusta al caballo y pensó:

—Bueno, no es mala idea. Quizás justo en los cuarteles se sepa algo de la nueva ley.

Al llegar al acantonamiento, *Ustad* Mangu dejó a su pasajero en su destino, sacó un cigarro de su bolsillo y, sujetándolo entre dos dedos de la mano izquierda, le dio una calada y se sentó en el asiento trasero del *tonga*. Normalmente, cuando no estaba buscando ningún pasajero o cuando quería meditar sobre algún asunto, se sentaba en el asiento trasero con gran tranquilidad, enrollándose las bridas en la mano derecha. En esas ocasiones, su caballo relinchaba un poco y comenzaba a andar muy despacio, como si le hubieran dado vacaciones durante un rato.

Tanto el caminar del caballo como el flujo de pensamientos en su cabeza eran muy parsimoniosos. Su mente comenzó a elaborar nuevas suposiciones acerca de la nueva ley con la misma calma con la que andaba su caballo.

Pensaba cómo realizaría el comité municipal con esta nueva ley la concesión de nuevas matrículas de *tongas*, e intentaba meditar acerca de otras cuestiones trascendentales como esta a la luz de la nueva ley. Mientras se hallaba sumido en estos pensamientos, le pareció que un pasajero le llamaba, y al volverse vio que un poco más allá, al lado de una farola, había un blanco que le estaba llamando agitando la mano.

Como ya se ha dicho anteriormente, *Ustad* Mangu odiaba con toda su alma a los blancos. Cuando vio que su nuevo pasajero era blanco, comenzó a sentir odio. En un principio pensó no hacerle caso y dejarlo ahí, pero después pensó:

—Es una tontería desperdiciar su dinero. Voy a recuperar de su bolsillo las catorce *annas* y media que me gasté en el penacho del caballo. Vamos.

De modo que con gran destreza giró el *tonga* en la calle vacía, y, con solo mostrarle la fusta al caballo, en un abrir y cerrar de ojos estuvo al lado de la farola. Tiró de las riendas para detener al caballo, y sin abandonar el asiento trasero le preguntó al blanco:

—¿Dónde desea ir el *sahab bahadur*?[39]

Su tono era completamente cáustico, y, al decir «*sahab bahadur*», bajó su labio superior poblado de bigotes, y la leve

[39] Literalmente, «valiente». Título que se confería a las personas notables y que con frecuencia se utilizaba para nombrar a las autoridades británicas.

marca que tenía desde la nariz hasta la barbilla tembló y se hizo más profunda, como si alguien hubiera rayado con un cuchillo afilado la madera castaña del *shisham*.[40] Su rostro era risueño, pero en su interior estaba abrasando a ese blanco con todo el fuego de su corazón hasta reducirlo a cenizas.

En el instante en que el blanco, que estaba encendiéndose un cigarrillo protegiéndose del viento tras la farola, se volvió y se dispuso a poner un pie en el *tonga*, sus miradas se encontraron, y fue como si se hubiera producido un fuego cruzado entre dos fusiles enfrentados, y las balas, al chocar, se hubieran convertido en un torbellino de fuego que se alzara en el aire.

*Ustad* Mangu, aflojó un poco las bridas con la mano derecha, y, al bajar del *tonga*, lanzó una mirada al blanco, que se hallaba frente a él, como si quisiera devorar cada molécula de su ser con la mirada, mientras el blanco se limitaba a quitarse motas invisibles de sus pantalones azules como intentando salvar alguna parte de sí mismo de ese enfrentamiento con *Ustad* Mangu.

El blanco, mientras soltaba una bocanada de humo del cigarro, le dijo:

—¿Me vas a llevar o es que hoy también vamos a tener problemas?

—¡Es él! —pensó *Ustad* Mangu, y estas palabras comenzaron a hervir en su pecho.

—¡Es él! —no hacía más que repetirse interiormente, al tiempo que se convencía de que el hombre que estaba frente a él era el mismo con el que se había peleado el año anterior. En esa inesperada pelea, cuya causa fue que el blanco había bebido y se le había subido el alcohol a la cabeza, tuvo que

[40] Tipo de árbol característico del subcontinente indio.

oír todo tipo de insultos. A él le habría gustado no solo arreglarle la cabeza, sino hacérsela pedacitos, pero tuvo la prudencia de quedarse quieto, ya que sabía que en este tipo de disputas los jueces siempre culpaban a los cocheros.

*Ustad* Mangu miró fijamente al blanco pensando en el altercado del año anterior y en la nueva ley del primero de abril, y le dijo:

—¿Dónde desea ir?

Su tono era restallante como un látigo.

El blanco respondió:

—A Hira Mandi.

—Son cinco rupias —dijo *Ustad* Mangu moviendo los bigotes.

Al oír esto, el blanco se quedó asombrado y comenzó a gritar:

—¡Cinco rupias! ¡Pero tú…!

—Sí, sí, cinco rupias. —Y, al decir esto, *Ustad* Mangu cerró su velluda mano derecha y acercándole el puño a la cara añadió—: ¿Piensas montar o vas a seguir diciendo tonterías?

Su tono se había vuelto muy hostil.

El blanco, recordando el suceso del año anterior, pasó por alto la corpulencia de *Ustad* Mangu y sintió el deseo de volver a machacarle la cabeza. Envalentonado por estos pensamientos, se acercó al *tonga* con altanería e hizo una señal con su bastón a *Ustad* Mangu para que bajara, dándole varios golpecitos en el recio muslo con su fino bastón de caña barnizado. *Ustad* Mangu, de pie en el *tonga*, contempló desde esa altura a ese enano blanco como si quisiera aplastarlo con el peso de su mirada. A continuación levantó el puño como el arquero que tensa la flecha en su arco, y en un abrir y cerrar de ojos le propinó un golpe en la barbilla. Después le dio un empujón para apartarlo a un lado, se bajó del *tonga* y comenzó a darle puñetazos.

El blanco, aturdido, se movía de un lado a otro intentando esquivar los golpes del cochero, y, cuando se dio cuenta de que su oponente estaba medio enloquecido y de que sus ojos echaban chispas, empezó a gritar con todas sus fuerzas. Al oír sus gritos, *Ustad* Mangu comenzó a pegarle más fuerte aún. Le golpeaba con todas sus ganas al tiempo que le decía:

—¡El primero de abril, y todavía con esos aires! ¡El primero de abril, y todavía con esos aires! ¡Ahora ha llegado el momento de nuestro reinado, amiguito!

La gente comenzó a concentrarse y también llegaron dos soldados, que con gran dificultad lograron liberar al blanco del cochero. *Ustad* Mangu estaba de pie en medio de los soldados. Su amplio pecho subía y bajaba a causa de la respiración agitada. Mientras echaba espuma por la boca y contemplaba con mirada ebria a la asamblea atónita, decía con voz jadeante:

—¡Se os acabó la buena vida! ¡Ahora ha llegado la nueva ley, la nueva ley!

Y el pobre blanco, con la cara desfigurada, miraba alternativamente con cara de tonto a *Ustad* Mangu y a la multitud.

Acto seguido condujeron a *Ustad* Mangu a la comisaría mientras este, tanto durante el camino como una vez allí, no hacía más que gritar:

—¡La nueva ley! ¡La nueva ley! —pero nadie le hacía caso.

—Pero ¿qué nueva ley ni qué historias? ¿Qué tonterías estás diciendo? ¡La ley sigue siendo la misma de siempre, la antigua!

Y lo encerraron en una celda.

## DIEZ RUPIAS

Ella estaba jugando con otras niñas pequeñas en la esquina de la calle, mientras su madre la buscaba por el *chawl*.[41] Tras invitar a Kishori a que pasara a su casa, pidió a un mozo que le llevara un té mezclado con café, y se puso a buscar a su hija por las tres plantas del edificio. Pero ¡vete a saber dónde se habría metido! Incluso fue al servicio y empezó a gritar:

—¡Sarita! ¡Oye, Sarita!

Lo que ocurría es que no estaba en el edificio, y, además, su madre ya se había dado cuenta de que ya no tenía diarrea, se le había pasado sin necesidad de tomar ninguna medicina. De modo que en ese momento estaba fuera, en aquella esquina de la calle en la que siempre había un montón de barro, jugando con otras niñas pequeñas, ajena a toda inquietud y desazón.

Su madre estaba muy preocupada. Kishori estaba en su casa, y, según le había dicho, en el mercado había dos señores ricos esperando en un coche. Pero Sarita había desaparecido. No todos los días iban señores con coche. Eso se lo debían a la gentileza de Kishori, que un par de veces al mes llevaba a clientes buenos. De lo contrario, qué hombre acaudalado se iba a acercar a aquel barrio inmundo cuyo hedor, a una mezcla de gargajos de *pan*[42] y colillas de cigarro, causaba repulsión

[41] Edificio de varios pisos subdividido en pequeños habitáculos, típico de Bombay, y que ofrece alojamiento económico para los trabajadores de las fábricas.

[42] Mezcla de nuez de betel y diversas especias envuelta en una hoja que se masca, produciendo una salivación de color rojo que luego se escupe.

al propio Kishori. No obstante, como era listo, nunca iba a la casa con los clientes, sino que siempre llevaba a Sarita, vestida y preparada, hasta ellos, y les decía:

—Miren, es que estamos atravesando tiempos muy difíciles, la policía no hace más que hacer redadas cada dos por tres, y ya se ha llevado a doscientas de estas muchachas. Yo mismo tengo un juicio pendiente, por eso hay que andarse con mucho cuidado.

La madre de Sarita se estaba enfadando mucho. Cuando bajó se encontró a Ram Dai sentada al lado de las escaleras cortando hojas de *biris*,[43] y le preguntó:

—¿Has visto a Sarita por alguna parte? ¡No sé dónde se habrá metido! ¡En cuanto la encuentre le voy a dar una tunda que se va a enterar! Ya es toda una mujercita y se pasa el día entero por ahí correteando con los chiquillos del barrio.

Ram Dai siguió cortando las hojas de los *biris* sin responder nada. En realidad la pregunta de la madre de Sarita no iba dirigida expresamente a ella, esta solo había pasado a su lado murmurando, tal como hacía siempre. Cada dos o tres días tenía que ir a buscar a su hija, y siempre le repetía lo mismo a Ram Dai, que estaba todo el día junto a las escaleras con una cesta delante, y enrollando los cigarrillos con hilos rojos y blancos.

Otra de las cosas que solía decir a las otras vecinas era:

—Pues yo a mi Sarita la voy casar con un gran señor. Por eso le digo que estudie algo. El ayuntamiento acaba de abrir un colegio aquí al lado y estoy pensando inscribirla. Chicas, su padre soñaba con que mi niña recibiera una educación…

Acto seguido, tras lanzar un profundo suspiro, lo habitual es que empezara a contar la historia de su difunto

[43] Cigarrillos hechos con hojas de tabaco enrolladas y atadas con un hilo.

marido, que todas las vecinas ya se sabían de memoria. Si le preguntaras a Ram Dai:

—Entonces, ¿qué pasó cuando ese alto cargo insultó al padre de Sarita, que trabajaba en el departamento ferroviario?

Ram Dai te respondería inmediatamente que el padre de Sarita se puso a echar espuma por la boca de rabia y replicó al oficial:

—«Yo no estoy a tu servicio, estoy al servicio del Gobierno. Tú a mí no me achantas. Mira, como me vuelvas a insultar, te parto la boca». Y ¿qué pasó después? Pues que el oficial, enfurecido, le insultó una vez más, y el padre de Sarita, encolerizado, le dio tal puñetazo en el cuello que se le cayó la gorra a diez metros y empezó a ver las estrellas. A pesar de todo, como era un hombre fuerte, el oficial se adelantó y le pegó al padre de Sarita una patada en el estómago con su bota militar que le hizo estallar el bazo, y el hombre se desplomó allí mismo, junto a las vías, y se murió. El Gobierno juzgó al oficial y le obligó a pagar a la madre de Sarita quinientas rupias, pero la suerte no quiso acompañarla, ya que se aficionó al juego y en cinco meses perdió todo el dinero.

La madre de la muchacha se pasaba la vida contando esta historia, pero nadie estaba seguro de que fuera verdad. En el *chawl* no había quien se compadeciera de ella, quizás porque allí todos eran dignos de compasión. En aquel lugar no existía la amistad. Por lo general, las personas que residían en aquel edificio eran de esas que duermen de día, y de noche están despiertas, ya que por la noche tenían que trabajar en la fábrica cercana. Allí vivían todos pegados unos a otros, pero no se preocupaban lo más mínimo por el prójimo.

En el *chawl* casi todos sabían que la madre de Sarita prostituía a su joven hija, pero como ella no tenía relación alguna con los vecinos, ni buena ni mala, nadie se molestaba en contradecirla cuando afirmaba:

—Mi hija no sabe nada del mundo.

No obstante, un día por la mañana, temprano, en que Tukaram se puso a hablar con Sarita junto al desagüe, su madre empezó a gritar:

—¿Por qué no controlas a ese maldito calvo? Quiera Dios que se quede ciego de los dos ojos todo aquel que mire con malas intenciones a mi inocente hija... ¡De verdad que un día se va a organizar una, que le voy a hacer papilla la cabeza a patadas a esa prenda tuya! ¡Fuera puede hacer todas las tonterías que quiera, pero aquí se tendrá que comportar como una persona decente! ¿Me has oído?

Tras oír esto salió la mujer bizca de Tukaram atándose el *dhoti*,[44] y diciendo:

—¡Cuidadito con decir una palabra más, maldita bruja! Tu virginal hija no hace más que lanzar miraditas a los chicos del restaurante. ¿O es que te piensas que aquí somos todos ciegos? Sabemos perfectamente por qué cada dos por tres van señores nuevos a tu casa, y por qué tu Sarita sale todos los días tan peripuesta. ¡Mira quién fue a hablar de honra y de recato!... ¡Anda, lárgate de aquí ya!

Sobre la mujer bizca de Tukaram se rumoreaban muchas cosas, pero lo que todos sabían era que cuando iba el vendedor de queroseno, ella le hacía pasar y cerraba la puerta. Por eso la madre de Sarita hacía hincapié en eso. No hacía más que repetirle con gran odio:

—Y ¿qué me dices de tu amiguito, el del queroseno? ¿Te dedicas a oler su keroseno durante dos horas después de hacerlo pasar a tu casa?

Pero los enfados entre la mujer de Tukaram y la madre de Sarita no duraban demasiado, ya que una noche la madre de Sarita descubrió a su vecina en total oscuridad hablando

[44] Tela grande de algodón atada a la cintura.

con alguien de forma muy acaramelada y, justo a la noche siguiente, cuando la mujer de Tukaram volvía del servicio, vio a Sarita en un coche con un *gentleman*. Por eso entre las dos se estableció un pacto tácito. De ahí que la madre de la muchacha le preguntara a la mujer de Tukaram:

—¿Has visto a Sarita por alguna parte?

Esta miró con su ojo bizco hacia la esquina de la calle y dijo:

—Allí está, al lado del basurero, jugando con la hija del administrador. —Tras lo cual añadió en voz baja—: Acaba de subir Kishori. ¿Lo has visto?

La madre de Sarita, miró a su alrededor, y le respondió bajando la voz:

—Sí, está en casa, pero esta Sarita siempre tiene que desaparecer en el momento más inoportuno. No tiene la más mínima consideración ni sensatez. Solo piensa en jugar y corretear por ahí todo el día.

Dicho esto se dirigió al basurero y cuando llegó a las letrinas de cemento Sarita se levantó inmediatamente con gesto contrito. Entonces su madre la agarró del brazo muy enfadada y le dijo:

—¡Venga, vete corriendo a casa, que lo único que haces es jugar y hacer el tonto!

A continuación, durante el camino, le dijo en voz baja:

—Kishori está allí y lleva esperándote un buen rato. Ha traído a unos señores ricos con coche... Venga, sube corriendo y prepárate muy rápido..., ah, oye..., y ponte el sari ese azul de *georgette*..., y ¡mira qué pelos llevas...! ¡Tú vístete rápido, que ya te peino yo!

Al oír que habían ido unos señores ricos con coche, Sarita se puso muy contenta. Le interesaba más el coche que los señores. Le encantaba montar en coche. Cuando iba a toda velocidad por las calles vacías, y sentía el viento en la cara, todas las cosas le parecían un torbellino, y se imaginaba a sí misma como un ciclón que iba volando por las calles.

Sarita tendría como mucho quince años, pero parecía una niña de trece. No le gustaba nada estar con mujeres ni hablar con ellas. Estaba todo el día jugando a tonterías con niñas más pequeñas. Juegos totalmente absurdos. Por ejemplo, le encantaba pintar rayas sobre el asfalto con tiza, y lo hacía con gran concentración, como si pensara que si no pintaba esas rayas torcidas, se iba a interrumpir la circulación, y después cogía las viejas esterillas de su casa y se pasaba horas jugando con sus amigas pequeñas a algo tan anodino como sacudir aquellas contra la acera para limpiarlas, extenderlas en el suelo y sentarse sobre ellas.

Sarita no era guapa. Era de color trigueño oscuro. Su rostro siempre estaba brillante a causa de la humedad de Bombay, y sus labios finos, que eran marrones como la piel del *chiku*,[45] temblaban ligeramente, con tres o cuatro trémulas gotas de sudor sobre el labio superior. A pesar de vivir en la inmundicia gozaba de buena salud, y tenía un cuerpo armonioso y proporcionado. Parecía como si la mocedad la hubiera atacado con gran ímpetu, pero la estuvieran conteniendo fuerzas opuestas. Era bajita, lo cual aumentaba su robustez. Cuando al pasear de un lado para otro por la calle se levantaba la falda sucia, las miradas de algunos transeúntes se fijaban en sus pantorrillas, que, a causa de su juventud, brillaban como la madera de teca recién acuchillada (en sus pantorrillas sin vello, las marcas de los poros recordaban a la piel de las naranjas, que tienen esos agujeritos siempre

[45] Fruto redondo y marrón del árbol Manilkara Zapota, que crece en Centroamérica y el Sudeste Asiático y de cuya savia se obtiene una sustancia gomosa llamada chicle (del náhuatl *tzictli*).

llenos de líquido, que a la más mínima presión sale disparado como un surtidor y se te mete en los ojos).

Sus brazos también eran armoniosos. Las curvas y redondez de sus hombros destacaban a pesar de su mal entallada blusa, y tenía una densa y larga melena que siempre olía a aceite de coco. Su coleta no hacía más que golpearle la espalda como un grueso látigo. A Sarita no le gustaba tener el pelo tan largo porque cuando jugaba, la coleta le molestaba mucho, y tenía que sujetársela de diferentes maneras.

La muchacha vivía ajena a los problemas y las preocupaciones. Comía dos veces al día, su madre hacía todas las tareas de la casa, y ella tan solo se ocupaba de llenar todas las mañanas cubos de agua y llevarlos a su casa, y por la noche, de ir a la tienda a rellenar la lámpara con una moneda de aceite. Llevaba años haciendo eso a diario, de modo que, a fuerza de la costumbre, al anochecer ella misma cogía el dinero de la taza en la que se guardaba, y bajaba con la lámpara.

Cuando en ocasiones, es decir, cuatro o cinco veces al mes, Kishori llevaba a hombres acaudalados, se tomaba como una diversión el hecho de ir con ellos a un hotel o de salir. Nunca se había parado a pensar en estas salidas desde otra perspectiva. Quizás pensaba que a las casas de las otras niñas también iban hombres como Kishori, y que ellas también tenían que salir con hombres de dinero, o que lo que ocurría allí por la noche sobre los fríos bancos de Worli, o la húmeda arena de Juhu, les pasaría a todas. Por eso en una ocasión le dijo a su madre:

—Mamá, Shanta ya es bastante mayor también. ¿Por qué no la mandas conmigo, eh? Esos señores que acaban de venir me dan de comer huevos, y a Shanta le encantan los huevos.

Para salir del paso la madre le respondió:

—Sí, sí. Cualquier día la mandaré también contigo. Cuando vuelva su madre de Puna.

Por eso al día siguiente, cuando Shanta estaba saliendo del servicio, Sarita le dio la buena noticia:

—En cuanto vuelva tu madre de Puna, se arreglará todo y tú también empezarás a venir conmigo a Worli.

Y a continuación Sarita le empezó a contar lo que pasaba por las noches como si fuera un sueño maravilloso. Al oírlo, Shanta, que era dos años más pequeña que Sarita, sintió como si tuviera un montón de cascabelitos tintineando por todo el cuerpo, pero tras escuchar todo lo que le contó su amiga tampoco se quedó satisfecha, así que le tiró del brazo y le dijo:

—Ven, vamos a bajar y hablamos allí.

Y abajo, junto a aquella letrina donde Guirdhari, el tendero, había puesto a secar sobre muchos sacos trozos sucios de coco, se quedaron las dos hasta tarde hablando de cosas que les hacían estremecerse. A Sarita, cuando se estaba poniendo el sari azul de *georgette* detrás de la cortina hecha con un *dhoti*, el roce de la tela en el cuerpo también le estaba produciendo un cosquilleo, y la perspectiva de ir a dar un paseo en coche empezó a provocar en su mente una especie de aleteo de pájaros. No pensó cómo sería en esa ocasión el señor, a dónde la llevaría, ni cosas por el estilo, pero lo que sí que pensó un par de veces mientras se cambiaba de ropa rápidamente fue que ojalá no montaran solo unos minutos en coche para luego pararse en la puerta de algún hotel, donde el señor se pusiera a beber alcohol en una habitación cerrada, y ella se empezara a asfixiar. A ella no le gustaban las habitaciones cerradas de los hoteles, en las que solía haber dos camastros de hierro dispuestos de tal manera que parecía que estaba prohibido dormir a pierna suelta en ellos.

Se puso el sari de *georgette* a toda prisa, y, mientras arreglaba los pliegues, se detuvo un instante delante de Kishori.

—Kishori, mira un momento… Tengo bien el sari por detrás, ¿no? —Y sin esperar la respuesta, se acercó al baúl de madera en el que tenía el colorete y el pintalabios japoneses, colocó un espejo oxidado en la barra de la ventana, e inclinándose, se puso el colorete y se pintó los labios, y cuando ya estuvo completamente lista miró a Kishori sonriendo, buscando su aprobación.

Vestida con ese sari azul brillante, con los labios pintarrajeados de mala manera de rojo, y con las mejillas trigueñas retocadas con colorete rosa, parecía una de esas figuritas de barro que se suelen ver en todas las tiendas de juguetes en Diwali.

Entre tanto llegó su madre, que peinó a Sarita rápidamente y le dijo:

—Bueno, hija, tú sé educada… y haz todo lo que te digan… ¿Sabes? Esos señores que han venido son unos señores muy importantes, y el coche que tienen es suyo.

A continuación, dirigiéndose a Kishori le dijo:

—¡Bueno, ahora date prisa y llévala allí, que los pobres llevan esperando un buen rato!

Fuera, en el mercado, allí donde se alzaba hasta lo lejos el muro de una fábrica, había un coche amarillo junto a un pequeño cartel en el que ponía «Prohibido orinar», y en su interior había tres jóvenes de Hyderabad tapándose la nariz con un pañuelo mientras esperaban a Kishori. Podían haber adelantado un poco el vehículo, pero el problema era que el muro se extendía un buen trecho y con él una línea continua de orines. Cuando el joven que estaba al volante vio a Kishori doblar la esquina de la calle dijo a sus amigos:

—Mirad, ya viene… Kishori y…, y… —Con la mirada fija en la esquina continuó—: Y…, y…, ¡pero bueno…! ¡Si es una niña pequeña…! Oye, mirad también vosotros…, ¡pero…! ¡Esa del sari azul!

Cuando Kishori y Sarita llegaron al coche, los dos jóvenes que estaban sentados en la parte de atrás quitaron de en medio sus sombreros y alguna otra cosa, dejando el asiento libre. Kishori se acercó, abrió la puerta trasera e introdujo rápidamente a Sarita en el coche. Tras cerrar la puerta, le dijo al joven que estaba al volante:

—Disculpe usted que nos hayamos retrasado un poco. Es que se había ido a casa de una amiga y…, y…

El joven se volvió a mirar a Sarita y le dijo a Kishori:

—No importa…, pero, una cosa… —Y, deslizándose ligeramente, sacó la cabeza por la otra ventanilla y le dijo en voz baja a Kishori al oído—: No montará ninguna escenita, ¿no?

Kishori, como respuesta, se llevó la mano al pecho y dijo:

—Usted confíe en mí.

Al oír eso aquel joven sacó dos rupias de su bolsillo y poniéndoselas en la mano a Kishori le dijo:

—Toma, diviértete. —Kishori se despidió y el coche se puso en marcha.

Eran las cinco de la tarde. En los mercados de Bombay había un gran bullicio de coches, tranvías, autobuses y personas. Sarita estaba sentada encogida entre aquellos dos hombres, y en silencio. De vez en cuando juntaba los muslos, ponía las manos encima, intentaba decir algo, pero al final, se quedaba callada. En realidad quería decirle al joven que conducía el coche:

—Oiga, conduzca más deprisa, que si no, me voy a asfixiar.

Durante un buen rato todos permanecieron en silencio. El conductor siguió conduciendo, y en el asiento trasero los dos jóvenes de Hyderabad ocultaban bajo sus chaquetas el nerviosismo que les producía el hecho de tener por primera vez a una muchacha tan cerca, y, además, una muchacha que iba a ser solo para ellos durante un rato. Es decir, a la que podrían tocar sin miedo alguno.

El joven que conducía vivía en Bombay desde hacía dos años y ya había visto a varias jóvenes como Sarita a la luz del día y en la oscuridad de la noche. En su coche amarillo ya habían montado chicas de todas las razas y colores; por eso, no estaba nada nervioso. Habían llegado dos amigos suyos de Hyderabad, y uno de ellos, que se llamaba Shahab quería disfrutar al máximo de la ciudad, y por eso Kafayat, es decir, el dueño del coche, en señal de amistad, había conseguido a Sarita a través de Kishori. Kafayat le había dicho a Anwar, el otro joven:

—Oye, si quieres otra para ti, no hay ningún problema.

Pero como aquel era más apocado, la vergüenza le impidió responder:

—Ah, pues mira, sí, consígueme una a mí también.

Kafayat no había visto nunca a Sarita antes porque hacía mucho tiempo que Kishori no llevaba a ninguna chica nueva, pero, a pesar de la novedad, todavía no había sentido ningún interés por ella. Quizás porque solo era capaz de hacer una cosa al tiempo, y no podía prestar atención a Sarita mientras conducía.

Cuando la ciudad llegó a su fin y el coche comenzó a circular por una calle de las afueras, Sarita pegó un salto. Con las ráfagas de aire fresco y la velocidad del coche desapareció por completo esa contención a la que se había sometido hasta ese momento, y una descarga eléctrica recorrió su cuerpo. De repente, se convirtió en una pura agitación. Sus piernas empezaron a moverse, sus brazos empezaron a bailar, sus dedos empezaron a dar golpecitos, y ella empezó a lanzar miradas veloces a ambos lados para contemplar los árboles huidizos.

Anwar y Shahab ya se habían relajado. Shahab, que consideraba que Sarita era suya, intentó rodear poco a poco la cintura de la joven con el brazo, pero a ella, inmediatamente, le entraron cosquillas y se empezó a mover, cayéndose sobre Anwar, mientras, a través de las ventanillas del coche amarillo, resonaban hasta lejos las carcajadas de la muchacha. Cuando Shahab volvió a adelantar el brazo para intentar rodearle la cintura, Sarita se encogió sin parar de reírse. Anwar permanecía acurrucado en una esquina intentando humedecer su garganta.

Shahab se empezó a animar y le dijo a Kafayat:

—¡Pero bueno, vaya chica más sinvergüenza! —Y acto seguido le dio un buen pellizco en el muslo a Sarita. Ella, como respuesta, le retorció suavemente la oreja a Anwar, ya que estaba justo a su lado. Las carcajadas inundaron el coche.

Kafayat no hacía más que volverse para mirar, a pesar de que podía ver todo por el retrovisor. Para acompañar el ruido de las carcajadas aceleró la marcha.

Sarita tenía ganas de salir y sentarse al frente, en el capó, donde estaba esa figurita de metal de un hada voladora. Se inclinó hacia delante, pero Shahab la sujetó, y ella, para mantener el equilibrio, se agarró al cuello de Kafayat con los brazos, y este, involuntariamente, le dio un beso en la mano. Un cosquilleo recorrió el cuerpo de Sarita, y de un salto se sentó en el asiento delantero, al lado de Kafayat, y empezó a juguetear con su corbata.

—¿Tú cómo te llamas? —le preguntó al joven.

—¿Que cómo me llamo? Me llamo Kafayat —respondió, y a continuación, sacó un billete de diez rupias y se lo dio.

Sarita, sin prestar atención alguna a su nombre, se metió el billete en el corpiño, y, contenta como una chiquilla, dijo:

—Tú eres un hombre muy bueno, y esa corbata que llevas es muy bonita.

En ese momento a Sarita todo le parecía bonito, y le habría gustado que las cosas feas también se volvieran bonitas y…, y…, que después, que después…, que el coche siguiera yendo a toda velocidad, y que todo se convirtiera en un torbellino.

De repente, le entraron ganas de cantar, de modo que dejó de juguetear con la corbata de Kafayat y empezó a cantar una canción.

*Tú me enseñaste a amar y despertaste mi corazón dormido.*

Tras cantar durante un rato esa canción perteneciente a una película, se dio la vuelta y al ver a Anwar callado le dijo:

—¿Tú por qué estás ahí callado? Di algo. Canta alguna canción. —Dicho esto, pegó un salto y se colocó en el asiento trasero, y empezó a peinar el cabello de Shahab con los dedos—. Venga, vamos a cantar nosotros dos. ¿Te sabes esa canción que cantaba Devika Rani?

*Me convertiré en gorrioncillo del bosque y no dejaré de decir «pío-pío».*

—¡Qué buena es Devika Rani!

Tras decir esto junto las manos, las puso bajo la barbilla y entornando los ojos con coquetería dijo:

—Ashok Kumar y Devika Rani estaban uno al lado del otro..., entonces Devika Rani decía...

*Me convertiré en gorrioncillo del bosque y no dejaré de decir «pío-pío»...*

»y Ashok Kumar decía... ¡venga, dilo tú!

Sarita empezó a cantar:

*Me convertiré en gorrioncillo del bosque y no dejaré de decir «pío-pío».*

Y Shahab con voz muy desafinada también cantó:

*Me convertiré en gorrioncillo del bosque y no dejaré de decir «pío-pío».*

Y acto seguido iniciaron un dúo, que Kafayat acompañó rítmicamente tocando la bocina del coche. Sarita empezó a dar palmas. La voz aguda de la muchacha, la voz ronca de Shahab, los bocinazos del coche, el silbido del aire y el rugido del motor sonaban al unísono como una orquesta.

Sarita estaba feliz, Shahab estaba feliz, Kafayat estaba feliz, y, al verlos a todos felices, a Anwar no le quedó más remedio que estar feliz. En realidad estaba muy avergonzado de haberse autoimpuesto esa circunspección. Sus brazos se empezaron a mover, sus emociones se desperezaron, y se dispuso a unirse al bullicioso júbilo de Sarita, Shahab y Kafayat.

Mientras cantaba, la muchacha le quitó a Anwar el sombrero de la cabeza y se lo puso ella, y, para ver cómo le quedaba, saltó al asiento delantero y se miró en el retrovisor... Anwar empezó a pensar:

—¿Llevo todo el rato en el coche con el sombrero puesto?

Sarita le propinó un gran palmetazo a Kafayat en su fornido muslo, y le dijo:

—¿A que si yo me pusiera esos pantalones, esa camisa, y esa corbata tuyos, sería igualita a un gran señor?

Al oír esto a Shahab no se le ocurrió qué hacer, de modo que le sacudió el brazo a Anwar y le dijo:

—¡Ay, madre mía, pero qué tonto eres!

Y Anwar se quedó un buen rato pensando que realmente era muy tonto.

Kafayat le preguntó a Sarita:

—¿Cómo te llamas?

—¿Que cómo me llamo? —Y tras ponerse la cinta del sombrero debajo de la barbilla, añadió—: Me llamo Sarita.

Shahab desde el asiento trasero dijo:

—Sarita, tú no eres una mujer, tú eres una bengala.

Anwar intentó decir algo, pero Sarita empezó a cantar en voz muy alta:

*En la ciudad del amor me construiré una mansión*
*que será la cumbre de la creaciooooón.*

Kafayat y Shahab empezaron a sentir a un tiempo el deseo de que el coche siguiera así, rodando toda la vida. Anwar estaba pensando otra vez que si no era tonto entonces qué era.

*En la ciudad del amor me construiré una mansión*
*que será la cumbre de la creaciooooón.*

Durante un rato siguieron volando pedazos de creación... El pelo de Sarita, que se había soltado de la colcta, empezó a ondular como un humo denso que se fuera dispersando al contacto con la brisa. Ella estaba feliz. Shahab estaba feliz, Kafayat estaba feliz, y, en ese momento, Anwar también se estaba disponiendo para ser feliz. Se acabó la canción y por un instante todos sintieron como si después de estar lloviendo a cántaros de repente hubiera escampado.

Kafayat le dijo a Sarita:

—Canta otra canción.

Desde el asiento trasero, dijo Shahab:

—Sí, eso, canta otra, que estos, mucho cine, pero no se acuerdan de ninguna.

Sarita empezó a cantar:

*A mi jardín vino mi amado*
*y yo caminé, con mi ser embriagado.*

El coche también empezó a andar como embriagado... Al final se acabaron las curvas de la carretera y llegaron a la orilla del mar. Estaba atardeciendo, y la brisa que surgía del mar se estaba volviendo más fresca.

El coche se detuvo. Sarita abrió la puerta, salió y empezó a alejarse, corriendo sin ton ni son por la orilla. Kafayat y Shahab también se unieron a su carrera. En medio de aquella amplitud, frente a la inmensidad del mar, sobre la arena húmeda en la que se alzaban las altas palmeras, Sarita era incapaz de desentrañar qué era lo que deseaba. Le habría gustado fundirse inmediatamente en esa atmósfera, expandirse en el océano o ser tan alta como para poder contemplar las palmeras desde arriba, absorber a través de los pies toda la humedad de la arena de la orilla, y después... después que siguieran presentes ese mismo coche, esa misma velocidad, las mismas fuertes ráfagas de viento y los mismos bocinazos. Estaba muy contenta. Cuando los tres jóvenes de Hyderabad se sentaron en la arena húmeda de la orilla y empezaron a beber cerveza, Sarita le quitó la botella a Kafayat y dijo:

—Esperad, que yo la sirvo.

La muchacha sirvió la cerveza en el vaso de tal modo que no había más que espuma, y, al verla, se puso muy contenta. Metió el dedo en la espuma dorada y después lo chupó. Al sentir su amargor hizo tal mueca que Kafayat y Shahab empezaron a reírse a carcajadas. Mientras se reían, Kafayat se volvió hacia atrás y vio que Anwar también se estaba riendo.

De esas seis botellas de cerveza, parte fue absorbida por la arena, convertida en espuma, y el resto fue a parar a los estómagos de Kafayat, Shahab y Anwar. Sarita siguió cantando… Anwar la miró un momento y le pareció como si estuviera hecha de cerveza. Sus mejillas trigueñas estaban mojadas por el contacto con la brisa marina cargada de humedad… Ella era inmensamente dichosa. En ese momento Anwar también era feliz. Sintió el deseo de que toda el agua del mar se convirtiera en cerveza y de zambullirse en ella, y que Sarita también buceara en ella.

La muchacha cogió dos botellas vacías y empezó a entrechocarlas, y al oír el sonido que producían prorrumpió en carcajadas. Kafayat, Shahab y Anwar también se unieron a sus risotadas. Entre risas, Sarita le dijo a Kafayat:

—Venga, vamos a montar en el coche.

Todos se levantaron, dejando las botellas tiradas sobre la arena húmeda, y fueron corriendo a subir al coche. Comenzaron una vez más esas fuertes ráfagas de viento…, esa misma retahíla de bocinazos, el pelo de Sarita dispersándose como el humo, y de nuevo las canciones.

El coche cortaba el viento como una sierra. Sarita siguió cantando, sentada en la parte de atrás, entre Shahab y Anwar. Anwar se estaba quedando dormido. Sarita empezó a peinarle el pelo a Shahab con los dedos, con picardía, pero el resultado fue que se quedó dormido. Cuando la muchacha se volvió hacia Anwar vio que él también estaba dormido. Se levantó de aquel asiento intermedio y tras sentarse delante, al lado de Kafayat, le dijo en voz baja:

—Acabo de dejar a tus dos amigos dormidos…, ahora, duérmete tú también».

Kafayat le contestó sonriendo:

—Entonces, ¿quién va a conducir el coche?

Sarita también sonrió:

—Seguirá andando solo.

Continuaron hablando los dos durante un buen rato, y entre tanto llegaron al mercado en el que Kishori había introducido a Sarita en el coche. Cuando llegaron al muro en el que había varios carteles en los que ponía «Prohibido orinar», la muchacha le dijo a Kafayat:

—Bueno, para aquí.

El coche se detuvo, y antes de que Kafayat fuera capaz de decir o hacer nada, la muchacha se bajó, se despidió con la mano y empezó a andar. Kafayat puso las manos en el volante, quizás intentando recordar todo lo que había ocurrido; entonces Sarita se detuvo, se dio media vuelta, y sacando el billete de diez rupias de su blusa lo dejó en el asiento, junto a Kafayat.

Este, asombrado, miró el billete y preguntó:

—Sarita, ¿qué es esto?

—Es que… ¿por qué voy a coger ese dinero?

A continuación echó a correr, y Kafayat se quedó mirando el billete que estaba sobre el asiento.

Entonces volvió la vista atrás y vio que Shahab y Anwar, como aquel billete, también estaban durmiendo.

# SUCEDIÓ EN 1919

—Sucedió en 1919, amigo mío, cuando en todo el Punyab se estaban produciendo protestas en contra de la Ley Rowlatt.[46] Lo que le cuento ocurrió en Amritsar. *Sir* Michael O'Dwyer,[47] de acuerdo con la Ley para la Defensa de la India,[48] había prohibido a Gandhi la entrada en el Punyab, de modo que cuando este se dirigía a Amritsar lo detuvieron en Pulwal, enviándolo de regreso a Bombay. Yo creo, amigo mío, que si los ingleses no hubieran cometido ese error, no habrían añadido la página sangrienta del suceso de Yallianwala Bagh[49] a la siniestra crónica de su gobierno.

Todos los indios, ya fueran musulmanes, hindúes o sijs, sentían un gran respeto por Gandhi y lo consideraban un *mahatma*;[50] por eso, cuando la noticia de su detención llegó a Lahore, cerraron todos los negocios, y desde allí esta

[46] Ley aprobada por el Gobierno inglés en la India en 1919, que supuso una ampliación de la anterior Ley para la Defensa de la India, en la que se autorizaban medidas de emergencia como la encarcelación sin juicio previo a los sospechosos de actos terroristas contra el Gobierno inglés.

[47] Vicegobernador del Punyab desde 1912 a 1919.

[48] Ley aprobada por el Gobierno británico en 1915 para controlar las actividades nacionalistas y revolucionarias en la India.

[49] Episodio ocurrido el 13 de abril de 1919, en el que cincuenta soldados británicos dirigidos por Reginald Dyer, como represalia por los actos de violencia producidos unos días antes en una manifestación (hechos que se relatan en esta historia), comenzaron a disparar contra una multitud indefensa congregada en un jardín cercado por muros con solo algunas estrechas puertas como salida, provocando una gran masacre.

[50] Gran alma.

se difundió hasta Amritsar, donde inmediatamente convocaron una huelga general.

Cuentan que el 9 de abril por la tarde el subinspector de policía recibió la orden de expulsar a Satya Pal y a Kitchlew.[51] Él no tenía intención de cumplir esa orden porque consideraba que en Amritsar no había riesgo de revueltas, ya que allí la gente protestaba y se manifestaba de forma pacífica, de modo que no se planteaba siquiera la posibilidad de tener que responder con violencia. Le estoy contando algo que vi con mis propios ojos. Ese día se celebraba el Ram Navami.[52] Comenzó la manifestación, y nadie se atrevía a oponerse a ninguna autoridad, pero, amigo mío, *sir* Michael estaba medio loco y no hizo caso al subinspector, ya que estaba obsesionado con la idea de que aquellos dos cabecillas, siguiendo órdenes de Gandhi, intentaran derrocar al Gobierno, y pensaba que las huelgas y manifestaciones que se estaban celebrando no eran sino modos de encubrir la conspiración.

La noticia de la expulsión de Satya Pal y Kitchlew se extendió como la pólvora, y todo el mundo temía que fuera a ocurrir algo. Amigo mío, reinaba una gran inquietud. Los negocios estaban cerrados y la ciudad parecía un cementerio, pero incluso en el silencio de aquel camposanto se oía un rumor. Cuando se difundió la noticia de la detención de los dos hombres, miles de personas se congregaron con el propósito de presentarse ante el subinspector y pedirle que derogara la orden de expulsión de sus queridos líderes. Pero esos, amigo mío, no eran tiempos en los que se escucharan las peticiones. *Sir* Michael, cual gran faraón, no solo desoyó esa solicitud, sino que declaró ilegal aquella manifestación.

---

[51] Satya Pal y Kitchlew fueron dos líderes del movimiento nacionalista indio cuya actividad política se desarrolló especialmente en el Punyab.

[52] Festival hindú en el cual se celebra el nacimiento de Rama en Ayodhya.

¿Qué ha sido de Amritsar, de aquella Amritsar que un día fue el centro más importante del movimiento a favor de la independencia, y en cuyo pecho lucía una cicatriz digna de orgullo como la de Yallianwala Bagh?… Pero bueno, dejemos eso, porque me entristece mucho. Dicen que lo que ocurrió en esa ciudad sagrada hace unos cinco años también fue culpa de los ingleses. Puede ser, amigo mío, pero si me preguntan mi opinión debo decir que nosotros también tenemos las manos manchadas de sangre de aquella matanza. ¡En fin!

El *bungalow* del subinspector de policía estaba en las Civil Lines. Todos los altos oficiales y los partidarios del régimen vivían en aquella zona apartada del resto de la ciudad. Si conoce usted Amritsar, sabrá que la ciudad se une a las Civil Lines a través de un puente, que una vez atravesado conduce a Thandi Sarak, donde los oficiales habían construido para ellos una especie de paraíso terrenal.

Cuando la multitud se aproximó a Hall Gate, vieron que el puente estaba protegido por soldados ingleses a caballo, pero eso no los detuvo, y continuaron avanzando. Yo me encontraba entre ellos, amigo mío. No puedo describirle la pasión que nos embargaba. No obstante, todos íbamos desarmados, no había nadie que tuviera siquiera un cuchillo. En realidad, nuestra única intención era aunar nuestras voces para hacernos oír ante el gobernador de la ciudad y pedirle que liberara incondicionalmente a Kitchlew y a Satya Pal. La multitud continuó avanzando hacia el puente, y, cuando estaba a punto de llegar, los ingleses comenzaron a disparar provocando una estampida. No eran más que unos veinte o veinticinco frente a una multitud de cientos de personas, pero los disparos nos aterrorizaron, y se produjo tal confusión que algunos resultaron heridos por los disparos y otros por la estampida.

A la derecha había un canal de desagüe, al cual caí en el tumulto de la huida. Cuando cesaron los disparos, me levanté y vi que la multitud ya se había dispersado. La calle estaba llena de heridos tendidos en el suelo, mientras los ingleses en el puente se reían. Amigo mío, no recuerdo muy bien en qué estado me hallaba, pero creo que no era plenamente consciente. Al caerme al canal me había desmayado, y cuando me levanté, poco a poco me fui dando cuenta de lo que había sucedido.

A lo lejos se oía un gran bullicio, como si hubiera una gran multitud gritando enfurecida. Al parecer, crucé el canal y llegué andando a Hall Gate, donde vi a unos treinta o cuarenta jóvenes enardecidos tirando piedras al reloj del Hall. Cuando se rompió el cristal y se cayó al suelo, uno de los muchachos gritó a los demás:

—¡Vamos a derribar la estatua de la reina!

Otro contestó:

—¡No, vamos a prender fuego a la comisaría!

Un tercero dijo:

—¡Y a todos los bancos!

Entonces, un cuarto joven los detuvo y exclamó:

—¡Un momento! ¿Qué vamos a conseguir con eso? ¡Vamos al puente a matarlos!

Reconocí a ese joven, era Thela Kanyar. Su auténtico nombre era Muhammad Tafil, pero se le conocía como Kanyar, ya que era hijo de una cortesana. Era un tipo bastante licencioso que ya desde pequeño bebía y se dedicaba al juego. Sus dos hermanas, Shamshad y Almas, eran las más bellas cortesanas de la época. Shamshad tenía una voz muy bella y había hombres muy ricos que iban a verla desde muy lejos para asistir a sus *muyras*.[53] Ambas se lamentaban de la conducta de su hermano, y todo el mundo en la ciudad sabía

[53] Tipo de danza practicada por las cortesanas o *tawaifs*, que combina elementos de la danza *kathak* y del *thumri* y que tiene su origen en Lucknow.

que prácticamente lo habían desheredado, aunque él siempre se las ingeniaba para conseguir de ellas lo necesario para sus necesidades, de modo que vestía con elegancia, y comía y bebía todo aquello que se le antojaba. Además de ser un amante de las exquisiteces, era un gran bromista y un buen contador de chistes, aunque sin llegar a ser vulgar como los cantantes profesionales y los bufones. Era alto, fuerte, apuesto y de cuerpo atlético.

Aquellos muchachos enfervorecidos hicieron caso omiso de sus palabras y se dirigieron a la estatua de la reina, pero él les volvió a arengar:

—Os he dicho que no malgastéis vuestro entusiasmo. ¡Venid conmigo! ¡Vamos a matar a esos blancos que asesinaron e hirieron a nuestros hermanos inocentes! ¡Os juro por Dios que, si unimos nuestras fuerzas, podremos acabar con ellos! ¡Vamos!

Algunos de ellos ya habían empezado a caminar, pero el resto se detuvo. Thela comenzó a avanzar hacia el puente, y los demás le siguieron. A mí me pareció que aquel muchacho se estaba metiendo innecesariamente en las fauces de la muerte, así que desde detrás de la fuente, donde yo me encontraba oculto, le grité:

—¡No vayas! ¿Por qué vas a entregarles tu vida y la de los demás?

Al oír esto, Thela soltó una gran carcajada y me dijo:

—Thela lo único que quiere es dejarles claro que no teme las balas.

A continuación se dirigió a sus compañeros y les dijo:

—Si tenéis miedo, podéis volver.

¿Quién hay que en una ocasión así retroceda? Máxime teniendo en cuenta que su cabecilla estaba avanzando valientemente. Thela comenzó a caminar más deprisa, y lo mismo hicieron sus compañeros.

Entre Hall Gate y el puente no había mucha distancia, más o menos unos sesenta metros. Thela encabezaba la marcha. A unos quince pasos de donde comenzaba la línea de *bungalows* había dos soldados a caballo. Thela iba gritando proclamas, y, cuando llegó al inicio de los *bungalows*, sonó un disparo. Aunque creí que había caído derribado, vi que seguía vivo y que continuaba avanzando. El resto de sus compañeros, presos del miedo, comenzaron a huir, pero él se volvió y les gritó:

—¡No huyáis! ¡Venid!

Justo cuando tenía el rostro vuelto hacia mí sonó otro disparo. Él se giró, miró a los ingleses y se llevó la mano al pecho. Amigo mío, preferiría no haberlo visto, pero el hecho es que tenía la camisa blanca cubierta de manchas rojas, a pesar de lo cual continuó avanzando con paso firme como un león herido. Sonó otro disparo y se tambaleó, pero, recuperando al punto el equilibrio, se abalanzó sobre el soldado a caballo. De repente, no sé qué es lo que ocurrió, pero el caballo estaba sin jinete, el inglés yacía en el suelo y Thela estaba encima de él. En un primer momento, el otro soldado inglés que estaba junto a él se puso nervioso, pero luego contuvo a su caballo asustado y comenzó a disparar sin parar. No sé qué es lo que ocurrió después, ya que me desmayé.

Amigo mío, cuando volví a recobrar la conciencia, me encontraba en mi casa, donde me llevaron unos conocidos. Por ellos supe que, después de que se produjeran los disparos sobre el puente, la multitud se enfureció. Como resultado, intentaron derribar la estatua de la reina, incendiaron el Town Hall y algunos bancos, mataron a cinco o seis europeos, y se produjo un saqueo descontrolado.

A los ingleses no les importaron demasiado los actos de pillaje y los destrozos, pero, como venganza por el asesinato de cinco o seis europeos, se produjo el episodio sangriento de Yallianwala Bagh. El subinspector de policía dejó el control de la ciudad en manos del general Dyer,[54] y este, el 12 de abril, marchó por distintos mercados de la ciudad con el ejército y arrestó a docenas de hombres inocentes.

El día 13 se produjo una concentración en Yallianwala Bagh a la cual asistieron cerca de veinticinco mil personas. Más o menos al atardecer, el general Dyer llegó allí con *gurkhas*[55] y sijs armados y ordenó disparar contra la multitud indefensa.

En un primer momento no se supo cuántos habían muerto, pero posteriormente se llevó a cabo una investigación, y se descubrió que habían muerto mil personas y que había habido cerca de cuatro mil heridos..., pero yo estaba hablando de Thela..., amigo mío, le he contado lo que vi con mis propios ojos. Solo Dios está libre de culpa. El difunto reunía todo tipo de pecados. Era hijo de una meretriz, pero era valiente. Ahora le puedo asegurar que la primera bala que dispararon esos malditos ingleses le hirió. Cuando, al oír voces, se volvió hacia sus compañeros y les infundió ánimos, estaba tan exaltado que no se dio cuenta de que una bala ardiente le había atravesado el pecho. La otra bala le dio en el vientre, y la tercera, de nuevo en el pecho. Yo no lo vi, pero me dijeron que, cuando levantaron el cadáver de Thela del cuerpo del inglés, tenía agarrado a este por el cuello con tal fuerza que no lo podían separar, y el inglés ya estaba en el infierno.

Al día siguiente, cuando entregaron el cadáver a su familia para que realizaran los ritos funerarios, tenía el cuerpo

[54] Reginald Edward Harry Dyer, general de brigada del Ejército inglés, tristemente famoso por llevar a cabo la masacre de Yallianwala Bagh, en Amritsar.

[55] Grupo étnico originario de Nepal famoso por su valentía, que contó con un regimiento especial en el Ejército indio y con una brigada especial en el Ejército británico.

tan lleno de agujeros como un colador. El otro blanco vació todo su cargador sobre él…, yo creo que para entonces su alma ya había alzado el vuelo de su jaula terrenal, pero aquel desgraciado seguía disparando sobre su cadáver.

Dicen que cuando el cadáver de Thela llegó a su barrio, comenzaron los sollozos. No es que fuera tan popular, pero, al ver su cuerpo destrozado, todos prorrumpieron en llanto, y sus hermanas Shamshad y Almas se desvanecieron. Cuando comenzó el funeral, ellas lanzaban unos lamentos tan desesperados que los demás presentes comenzaron a llorar desconsoladamente.

Amigo mío, en algún lugar he leído que el primer disparo que se produjo en la Revolución francesa mató a una prostituta. El difunto Muhammad Tafil era hijo de una cortesana. En medio del fragor de esta revolución nadie se preocupó de verificar si la bala que lo mató fue la décima o la quincuagésima, quizás porque para la sociedad aquel pobre hombre no tenía la más mínima importancia. Yo creo que el nombre de Thela Kanyar no estará ni siquiera en la lista de los que murieron en ese baño de sangre del Punyab… Tampoco estoy seguro de que se haya hecho tal lista.

Eran días muy difíciles. Reinaba la ley marcial, y el ejército gobernaba como un dios absoluto, caminando con arrogancia por todos los rincones de la ciudad. Con gran consternación, enterraron a ese pobre a toda prisa como si su muerte pesara para sus dolientes como una gran culpa que quisieran borrar.

Eso es todo, amigo mío. Thela se murió, lo enterraron y… —Al decir esto, mi compañero de viaje, por primera vez, dejó de hablar y permaneció en silencio. El tren marchaba a toda velocidad y el traqueteo de las vías comenzó a repetir: «Thela se murió, lo enterraron, Thela se murió, lo enterraron…», sin que hubiera pausa alguna entre su muerte y su entierro, como si se hubiera muerto y lo hubieran enterrado al instante siguiente.

Estas palabras resonaban al compás del traqueteo tan vacías de sentimiento alguno que tuve que quitármelas de la cabeza; por eso le dije a mi compañero de viaje:

—Me iba a contar usted algo más.

Él salió de su ensimismamiento y me miró:

—Sí, queda una parte triste de la historia.

Yo le pregunté:

—¿Cuál?

Comenzó a decir:

—Ya le he contado a usted que Thela tenía dos hermanas muy bellas, Shamshad y Almas. Shamshad era esbelta, de ojos grandes y cantaba muy bien *thumri*.[56] He oído decir que aprendió de Jan Sahab Fateh Ali Jan. La otra era Almas, que aunque no tenía buena voz, como bailarina no tenía igual. Cuando bailaba los *muyra*, parecía como si estuviera hablando con cada poro de su cuerpo. Todos sus gestos eran cautivadores, y además poseía una mirada embrujadora.

Mi compañero de viaje se tomó un tiempo algo excesivo en ensalzar a ambas hermanas, pero no me pareció adecuado interrumpirlo. Al cabo de un rato, él mismo salió de ese círculo y abordó la parte triste de la historia.

—Lo que ocurrió, amigo mío, fue que algún indio rastrero habló a los oficiales ingleses acerca de la belleza de las dos hermanas de aquel pobre desgraciado. En la revuelta había muerto una mujer inglesa…, ¿cómo se llamaba esa bruja?… *Miss*…, *miss* Sherwood. Así que quedaron en llamarlas

[56] Estilo de canto semiclásico de la música indostaní o del norte de la India, que alcanzó su apogeo en la Lucknow de Wajid Ali Shah, y en el cual se describen fundamentalmente episodios de la vida de Krishna. Era también un estilo muy practicado por las cortesanas.

y vengarse con ellas todo lo posible… Usted me entiende ¿no, amigo mío?

Yo le respondí:

—Sí.

Mi compañero de viaje suspiró:

—En estas cuestiones tan delicadas, las cortesanas y las prostitutas también son hermanas nuestras. Pero, amigo mío, yo creo que este país no reconoce su honor. Cuando el jefe de policía del barrio recibió la orden, se dispuso a cumplirla, para lo cual él mismo se dirigió a casa de Shamshad y Almas, y les dijo que los ingleses querían verlas para ver sus *muyras*. ¡Cuando todavía no se había secado la tierra de la tumba del hermano! ¡Por el amor de Dios, no habían transcurrido siquiera dos días desde su muerte y les ordenaron que fueran a su casa! ¡Qué mayor tortura que esa les podían infligir para aumentar su dolor! Probablemente no pueda encontrar otro ejemplo de despotismo como este. ¿No se les ocurrió a aquellos que dieron la orden que quizás las cortesanas también tenían sentido del honor? Pueden tenerlo. ¿Por qué no van a tenerlo? —En realidad era una pregunta que se estaba haciendo a sí mismo, aunque me la dirigía a mí.

Le respondí:

—Claro.

—Sí, al fin y al cabo, Thela era su hermano y no había muerto en una pelea en un garito ni tampoco en ninguna reyerta de borrachos. Había muerto valientemente como un mártir por su patria. Sí, era hijo de una prostituta, pero esa prostituta también era una madre, y Shamshad y Almas eran, en primer lugar, sus hijas y las hermanas de Thela, y, en segundo lugar, cortesanas. Además, cuando vieron el cadáver de Thela se desmayaron, y en su entierro sus lamentos desataron el llanto de los presentes…

Yo le pregunté:

—Entonces, ¿fueron?

Mi compañero de viaje respondió al cabo de unos instantes con tristeza:

—Sí…, sí que fueron. Se engalanaron —su tristeza se agudizó aún más—, se maquillaron y acudieron al lugar convenido. Dicen que fue una gran *mehfil*.[57] Las dos hermanas iban enjoyadas y vestidas con ropas tan maravillosas que parecían dos hadas del monte Qaf.[58] Mientras ellas bailaban y cantaban, en la sala no dejaba de correr el vino. La velada de vino y danza continuó, y cuentan que a las dos de la madrugada un alto oficial hizo una señal y se acabó la *mehfil*.

Mi compañero de viaje se puso en pie y comenzó a contemplar los árboles presurosos del exterior.

El traqueteo de las ruedas y las vías comenzó a repetir rítmicamente sus últimas palabras: «Se acabó la *mehfil*, se acabó la *mehfil*».

Tras conseguir sacar ese rumor acompasado de mi mente, le pregunté:

—Y luego, ¿qué ocurrió?

Apartando la mirada de los vertiginosos árboles y postes de la luz, me dijo con vehemencia:

—Se arrancaron sus lujosas galas, y tras quedarse completamente desnudas dijeron: «Aquí estamos, contempladnos. Somos las hermanas de Thela, ese mártir sobre cuyo hermoso cuerpo descargasteis todos vuestros disparos

[57] Velada dedicada a la música, la danza y a la poesía. Se realizaban en entornos palaciegos y en muchos casos en las casas de las cortesanas o *kothas*, donde se practicaban una música y una danza exquisitas. Muchas de las famosas cortesanas eran grandes intérpretes o bailarinas. Algunas de estas tradiciones musicales han pervivido precisamente gracias a la transmisión del saber musical en estos *kothas*.

[58] En la mitología islámica, montaña que circunda la Tierra y en la que habita el Simurg, el rey de las aves.

únicamente porque era un alma que amaba a su patria. Nosotras somos sus bellas hermanas. Venid, lacerad nuestros cuerpos perfumados con los hierros candentes de vuestra lascivia, pero, antes de hacerlo, permitidnos que os escupamos en la cara…».

Una vez dicho esto, se quedó en silencio como si ya no fuera a decir nada más. Yo me apresuré a preguntarle:

—Y después, ¿qué ocurrió?

Tenía los ojos llorosos:

—Las mataron de un disparo.

Permanecí en silencio.

El tren comenzó a ralentizar su marcha hasta detenerse en la estación. Él llamó a un porteador para que le llevara las maletas, y, cuando se disponía a marcharse, le dije:

—A mí me parece que el final de esta historia es invención suya.

Él me miró sorprendido:

—¿Cómo lo sabe?

Le respondí:

—Porque el tono de su voz delataba un profundo dolor.

Mi compañero de viaje, tragando su amargura, me dijo:

—Sí…, esas hijas de p… —pero se contuvo—, mancillaron el nombre de su hermano mártir.

Y, tras decir esto, se bajó del tren.

# EL FINAL DEL REINADO

Sonó el teléfono. Manmohan, que estaba sentado al lado, levantó el auricular y dijo:

—Diga... Este es el 44457.

Al otro extremo de la línea sonó una delicada voz femenina:

—Perdón, me he equivocado.

Manmohan colgó el teléfono y se volvió a concentrar en el libro que estaba leyendo.

Era un libro que ya había leído al menos veinte veces. No porque fuera especialmente bueno, sino porque era el único libro que había en esa oficina, en la cual no había prácticamente nada. Además, tenía las últimas páginas carcomidas por insectos.

Llevaba una semana al cargo de la oficina, ya que el dueño, que era amigo suyo, se había ido de viaje para pedir un préstamo. Como Manmohan no tenía casa, se había trasladado temporalmente de la calle a ese lugar, y durante esa semana había leído unas veinte veces el único libro que allí había.

En la oficina estaba completamente solo. Odiaba trabajar. Si hubiera querido, habría podido trabajar como director en alguna compañía cinematográfica, pero él no quería ser el siervo de nadie. Como era un hombre pacífico y sincero, sus amigos se ocupaban de sus gastos, que eran bastante reducidos. Por la mañana, una taza de té y dos tostadas; a mediodía, dos tortas de pan con un poco de salsa; un paquete de tabaco al día, y nada más.

No tenía ningún familiar ni ninguna persona cercana. Le gustaba el completo silencio. Era diligente. Había días en que no comía nada. Lo único que sus amigos sabían acerca de él era que se había escapado de su casa de pequeño y que hacía mucho tiempo que vivía en las calles de Bombay. Tan solo echaba de menos en la vida era el amor, y solía decir que, si encontraba una mujer que lo amara, su vida cambiaría por completo.

Sus amigos le decían:

—Pero seguirías sin trabajar.

Manmohan, suspirando, respondía:

—¿Trabajar? No pararía de trabajar.

A lo cual los amigos decían:

—Entonces, enamórate de alguien.

Él respondía:

—No, a mí no me interesa ese tipo de amor en el que la iniciativa parte del hombre.

Era casi la hora de comer. Manmohan miró el reloj que había frente a él, en la pared. En ese momento sonó el teléfono. Lo cogió y dijo:

—Diga… Este es el 44457.

Se oyó una voz suave procedente del otro lado que decía:

—¿Es el 44457?

Manmohan respondió:

—Sí.

La voz femenina preguntó:

—¿Quién es usted?

—Manmohan. Dígame. —Como no hubo respuesta al otro lado de la línea, dijo—: Dígame con quién desea hablar.

La voz respondió:

—Con usted.

Manmohan, un poco asombrado, respondió:

—¿Conmigo?

—Sí…, con usted. ¿No le importa?

Él, sorprendido, respondió:

—¿Cómo dice?… ¡No, no!

La voz sonrió:

—¿Dijo usted que se llamaba Madanmohan?

—No, Manmohan.

—Manmohan.

Tras unos instantes de silencio dijo él:

—¿No quería usted hablar conmigo?

—Sí.

—Pues entonces, hable.

Al cabo de unos segundos la voz dijo:

—Es que no sé qué decirle. ¿Por qué no empieza a hablar usted?

—Muy bien —dijo Manmohan, y tras unos segundos comenzó—: Mi nombre ya se lo acabo de decir. Estoy en esta oficina temporalmente. Antes dormía en la calle, pero desde hace una semana duermo sobre la mesa de la oficina.

La voz sonrió:

—En la calle, ¿duerme con mosquitera?

Manmohan se rio.

—Antes de continuar hablando me gustaría aclararle que yo nunca miento. Hace mucho que duermo en la calle. Solo llevo en esta oficina una semana, de modo que estos días estoy disfrutando mucho.

La voz sonrió.

—¿De qué está disfrutando?

Manmohan le respondió:

—Me encontré aquí un libro al que le faltan las últimas páginas, pero ya me lo he leído veinte veces. Si alguna vez consigo el libro entero, sabré qué sucede al final con el amor de los dos protagonistas.

La voz sonrió.

—Es usted un hombre muy interesante.

Manmohan respondió con gran formalidad:

—Gracias, muy amable por su parte.

Al cabo de un rato, la voz preguntó:

—¿A qué se dedica usted?

—¿Que a qué me dedico?

—Quiero decir que en qué trabaja.

—¿En qué trabajo? En nada. ¿Qué puede hacer un hombre desocupado? Deambulo durante todo el día de un lado a otro y por la noche duermo.

La voz le preguntó:

—Y ¿a usted le gusta ese tipo de vida?

Manmohan comenzó a pensar:

—Pues… la verdad es que nunca lo he pensado. Ahora que me lo ha planteado usted, me estoy preguntando yo a mí mismo si me gusta o no.

—Y ¿ha obtenido alguna respuesta?

Al cabo de un rato respondió:

—No, pero yo creo que sí me debe gustar, ya que hace mucho tiempo que vivo así.

La voz se rio y Manmohan dijo:

—Tiene usted una risa muy melodiosa.

La voz se ruborizó:

—Gracias .—Y con esto finalizó la conversación.

Manmohan se quedó durante un rato con el auricular en la mano. A continuación sonrió, colgó el teléfono y salió de la oficina.

Al día siguiente, a las ocho de la mañana, mientras estaba durmiendo sobre la mesa, comenzó a sonar el teléfono. Lo cogió entre bostezos y dijo:

—Diga, es el 44457.

Al otro lado de la línea sonó una voz que decía:

—¡Buenos días, señor Manmohan!

—¡Buenos días!

Manmohan de repente reaccionó y exclamó:

—¡Ah! ¡Es usted! ¡Buenos días!

La voz le preguntó:

—¿Estaba usted durmiendo?

—Sí. Desde que estoy aquí he perdido las buenas costumbres. Me va a costar regresar a la calle.

La voz sonrió.

—¿Por qué?

—Porque allí me tengo que levantar bastante antes de las cinco de la mañana.

La voz se rio y Manmohan le dijo:

—Ayer cortó usted la llamada de repente.

La voz se ruborizó:

—¿Por qué tuvo usted que alabar mi risa?

Manmohan dijo:

—¡Vaya cosas dice usted! ¿Acaso no voy a poder alabar algo si es bello?

—¡No!

—No me puede poner usted esa condición. Yo hasta ahora no le he puesto a usted ninguna, de modo que, si se ríe, alabaré su risa.

—Pues yo colgaré el teléfono.

—De acuerdo.

—A usted le da igual que yo me enfade.

—En primer lugar, no quiero enfadarme yo. Si no puedo alabar su risa, estaría yendo en contra de mi sentido del gusto, y eso es algo que no puedo hacer.

Hubo unos instantes de silencio, tras los cuales la otra voz dijo:

—Disculpe, le estaba diciendo una cosa a la criada. No puede ir en contra de su sentido del gusto… Bueno, dígame una cosa: ¿qué cosas le gustan a usted?

—¿Cómo?

—Me refiero a algún trabajo, alguna ocupación. Quiero decir que qué es lo que sabe usted hacer.

Manmohan respondió:

—No sé hacer nada. Me gusta un poco la fotografía.

—Esa es una buena afición.

—La verdad es que nunca me he planteado su bondad o maldad.

La voz le dijo:

—Entonces tendrá una cámara muy buena.

—No tengo ninguna cámara. Se la pido a mis amigos. Si algún día gano algo, me compraré una cámara que he visto.

La voz le preguntó:

—¿Qué cámara?

Manmohan le dijo:

—*Exacta*. Es una cámara réflex que me gusta mucho.

Tras unos instantes de silencio, la voz dijo:

—Estaba pensando una cosa.

—¿Qué?

—Que usted no me ha preguntado ni cómo me llamo ni mi número de teléfono.

—No me ha parecido necesario.

—¿Por qué?

—¿Qué más da cómo se llame? Usted sabe mi número de teléfono. No hace falta más. Si quiere que la llame, dígame su nombre y su número de teléfono.

—No se los voy a decir.

—Muy bien. Tampoco se los pienso preguntar, así que no tendrá usted que plantearse el dilema de decírmelos o no.

La voz sonrió.

—Es usted un hombre extraño.

Manmohan sonrió.

—Bueno, un poco.

Ella permaneció unos segundos en silencio.

—Otra vez está pensando.

—Sí, pero no se me ocurre nada.

—Pues entonces cuelgue.

La voz sonó ahora un poco cansada:

—Es usted un hombre muy brusco. ¿Que cuelgue? Pues bueno, cuelgo.

Manmohan colgó el teléfono y sonrió.

Al cabo de media hora, después de lavarse, cuando se estaba vistiendo para salir a la calle, sonó el teléfono. Lo cogió y dijo:

—Es el 44457.

Al otro lado de la línea se oyó:

—¿El señor Manmohan?

Él respondió:

—Sí, soy Manmohan. ¿Qué desea?

La voz sonrió.

—Solo quería decirle que ya se me ha pasado el enfado.

Él respondió con gran alegría:

—Me alegro mucho.

—Mientras desayunaba he estado pensando que no me tenía que enfadar con usted. ¿Ha desayunado?

—No, justo iba a salir ahora, cuando llamó usted.

—Ah, entonces, vaya a desayunar.

—No, no tengo prisa. Hoy no tengo dinero, de modo que no creo que pueda desayunar hoy.

—Cuando le oigo… ¿Por qué dice esas cosas? Quiero decir que si dice esas cosas es porque está triste.

Manmohan, tras pensar unos instantes, dijo:

—No, si tengo alguna tristeza, ya me he acostumbrado a ella.

—¿Quiere que le envíe algo de dinero?

—Envíelo, y añadiré un nombre más a mi lista de prestamistas.

—¡Se lo voy a enviar!

—Como quiera usted.

—Voy a colgar.

—De acuerdo.

Manmohan colgó el teléfono y salió de la oficina sonriendo. Cuando regresó, hacia las diez de la noche, se cambió de ropa, se tumbó sobre la mesa y comenzó a pensar quién sería aquella mujer que lo llamaba. Por la voz solo podía distinguir que era joven. Su risa era muy melodiosa. Por su forma de hablar se podía deducir que era una persona culta y educada. Estuvo pensando en ella durante un buen rato. Cuando el reloj marcaba las once, sonó el teléfono. Manmohan lo cogió:

—Diga.

La voz respondió desde el otro lado:

—Señor Manmohan.

—Sí, soy yo. Dígame.

—Quería decirle que hoy le he llamado varias veces. ¿Dónde estaba?

—Soy un hombre desocupado, pero a pesar de todo salgo a trabajar.

—¿A trabajar en qué?

—En vagabundear.

—¿Cuándo ha vuelto?

—A las diez.

—¿Qué estaba haciendo ahora?

—Estaba tumbado en la mesa intentando reconstruir su imagen a partir de su voz.

—Y ¿lo ha conseguido?

—No.

—Pues no lo intente, porque soy muy fea.

—Por favor, si es usted fea, deje de llamarme. Odio a los feos.

La voz sonrió.

—Bueno, pues entonces soy guapa. No quiero sembrar el odio en su corazón.

Se quedó durante un rato en silencio, y después Manmohan le preguntó:

—¿Está pensando algo?

La voz sonó sobresaltada y dijo:

—No, le iba a preguntar si…

—Piénselo bien.

La voz se echó a reír:

—¿Le canto una canción?

—¡Claro!

—Espere un momento.

Se oyó cómo se aclaraba la garganta y, a continuación, comenzó a cantar un *gazal*[59] de Ghalib.[60]

*Nukta chin he, gham-e-dil…*[61]

Era una nueva melodía de Saigal.[62] En la voz había dolor y candor. Cuando terminó el *gazal*, Manmohan la felicitó:

—¡Muy bien, muy bien!

La voz se ruborizó:

---

[59] Composición poética.

[60] Mirza Ghalib (1797-1869) fue uno de los grandes poetas en lengua urdu, representante de la escuela de Delhi. Cultivó un estilo extremadamente refinado, especialmente en el terreno del *gazal*. Fue testigo del final del Imperio mogol y, con él, de toda una forma de vida.

[61] «Es muy puntillosa, las penas de amor…».

[62] K. L. Saigal (1904-1947), actor y cantante del cine indio. En la película *Yahudi ki larki*, de 1933, canta el *gazal* «Nukta chin he, gham-e-dil».

—Gracias. —Y colgó el teléfono.

Manmohan, tumbado sobre la mesa, pasó toda la noche recordando el *gazal* de Ghalib. A la mañana siguiente se levantó pronto y comenzó a esperar que sonara el teléfono. Estuvo casi dos horas y media sentado en la silla esperando, pero no sonó, y finalmente, decepcionado, sintió una especie de amargura en la garganta. Se levantó y comenzó a caminar, pero después se volvió a tumbar en la mesa muy nervioso. Cogió aquel libro que había leído innumerables veces y comenzó a hojearlo, y mientras permanecía allí tumbado se hizo de noche. Cerca de las siete sonó el teléfono. Manmohan lo cogió y respondió con brusquedad:

—¿Quién es?

Respondió la voz habitual:

—Yo.

Él, con la misma aspereza, dijo:

—¿Dónde has estado todo este tiempo?

La voz tembló:

—¿Por qué?

—Llevo todo el día aquí perdiendo el tiempo. Ni he desayunado ni he comido, a pesar de que tenía dinero.

La voz respondió:

—Yo lo llamaré cuando quiera. Usted…

Manmohan, cortándola, dijo:

—¡Mira, déjate de tonterías! Si vas a llamar, llámame a una hora concreta, porque no puedo soportar esta espera.

La voz sonrió:

—Le pido perdón por hoy. A partir de mañana le llamaré sin falta por la mañana y por la noche.

—Eso está mejor.

La voz sonrió.

—No sabía que se enfadara usted tanto.

Manmohan sonrió:

—Perdóname. Es que me angustia mucho esperar. Y cuando me angustio por algo, me empiezo a atormentar a mí mismo.

—¿Cómo?

—Esta mañana no me llamaste. Me habría gustado salir, pero me quedé todo el día en casa esperando y reconcomiéndome. Ya sé que es un comportamiento infantil.

La voz pareció compadecerse.

Ojalá no hubiera cometido ese error. ¡No le llamé por la mañana a propósito!

—¿Por qué?

—Para saber si me esperaría o no.

Manmohan sonrió.

—¡Qué mala eres! Bueno, ahora cuelga, que voy a ir a comer.

—De acuerdo. ¿Cuándo regresará?

—Dentro de media hora.

Cuando volvió Manmohan, al cabo de media hora, después de comer, llamó ella. Después de estar hablando mucho rato, ella le cantó otro *gazal* de Ghalib. Él la felicitó sinceramente y luego colgaron.

Desde entonces recibía su llamada todos los días por la mañana y por la noche. En cuanto oía el teléfono salía corriendo para cogerlo. Hubo ocasiones en que estuvieron hablando durante horas. A lo largo de todo este tiempo nunca le preguntó su nombre ni le pidió el número de teléfono. En un principio, con la ayuda de su voz, intentó dibujar su retrato en el lienzo de su mente, pero después pareció quedarse satisfecho únicamente con la voz. Su voz era su aspecto, su voz era su rostro, su voz era su cuerpo. Un día ella le preguntó:

—Mohan, ¿por qué nunca me preguntas mi nombre?

Manmohan le dijo sonriendo:

—Tu nombre es tu voz.

—Que es muy melodiosa.

—¡Sin duda!

En una ocasión ella le hizo una pregunta muy delicada:

—Mohan, ¿nunca has estado enamorado de una mujer?

Él respondió:

—No.

—¿Por qué?

Manmohan se entristeció:

—No puedo responder a ese por qué en pocas palabras. Para hacerlo tendría que remover toda la ponzoña de mi vida, y me resultaría muy angustioso no encontrar la respuesta.

—Entonces, da igual.

Hacía aproximadamente un mes que habían comenzado esa relación telefónica. Su llamada llegaba sin falta dos veces al día. Manmohan recibió una carta de su amigo en la que le decía que ya había conseguido el préstamo y que regresaría a Bombay al cabo de siete u ocho días. Al leerla, se entristeció, y, cuando recibió la llamada de la mujer, le dijo:

—Dentro de varios días finalizará mi reinado en la oficina.

Ella le preguntó:

—¿Por qué?

Él le respondió:

—Ya ha conseguido el préstamo y va a volver a la oficina.

—Y ¿no hay ningún otro amigo tuyo que tenga teléfono en casa?

—Sí, tengo varios, pero no te puedo dar su número.

—¿Por qué?

—Porque no quiero que nadie más oiga tu voz.

—Y eso, ¿por qué?

—Porque soy muy celoso.

Ella sonrió:

—Pues ese sí es un gran problema.

—¿Qué podemos hacer?

—El último día, cuando esté a punto de finalizar tu reinado, te daré mi número de teléfono.

—¡Esa es una buena solución!

Manmohan sintió desvanecerse su tristeza y comenzó a esperar el día en que finalizaría su reinado en la oficina. Una vez más volvió a intentar recrear mentalmente su imagen con la ayuda de su voz. A pesar de que creó varias imágenes, ninguna le satisfizo, pero pensó que solo era cuestión de unos cuantos días, ya que ella le iba a dar su número de teléfono y podría verla. El mero hecho de pensar eso lo llenaba de inquietud. «El instante en que la vea será un instante eterno», pensó.

Al día siguiente, cuando ella le llamó, él le dijo:

—Estoy nervioso pensando en que te voy a ver.

—¿Por qué?

—Me dijiste que el último día, cuando fuera a finalizar mi reinado aquí, me darías tu número de teléfono.

—Sí.

—Eso quiere decir que me darás también tu dirección y podré verte.

—Tú puedes verme cuando quieras. Hoy mismo si quieres.

—No, no —dijo, y tras quedarse pensativo añadió—: quiero tener una ropa mejor para esa ocasión. Hoy mismo se lo he dicho a un amigo, y me va a encargar un traje.

Ella se echó a reír:

—¡Eres como un niño pequeño! Cuando nos veamos, te haré un regalo.

Manmohan le dijo con gran romanticismo:

—¿Qué otro regalo puedo desear además de verte?

—Te he comprado una cámara *Exacta*.

—¡Vaya!

—Te la daré con la condición de que la primera foto que hagas sea la mía.

Manmohan sonrió.

—Cuando te vea, decidiré si acepto la condición o no.

Continuaron hablando durante un rato, y después ella le dijo:

—Mañana y pasado mañana no te podré llamar.

Él, con voz de preocupación, le dijo:

—¿Por qué?

—Voy a salir con mi familia, pero solo estaré fuera dos días. Lo siento.

Después de oír esto, Manmohan pasó todo el día en la oficina. Al día siguiente, cuando se levantó por la mañana, sintió un poco de fiebre y pensó que quizás se debía a que ese día ella no le iba a llamar, pero hacia el mediodía su situación empeoró. Tenía el cuerpo hirviendo, le ardían los ojos. Se tumbó sobre la mesa. No hacía más que beber para calmar su sed. Se levantaba y bebía directamente del grifo. Al atardecer comenzó a sentir un peso en el pecho. Al día siguiente se encontraba muy débil, respiraba con dificultad y el corazón le latía muy deprisa.

En ocasiones se sumía en un estado de delirio en el cual se pasaba horas hablando por teléfono con su amada. Al atardecer empeoró aún más. Con la mirada nublada miró el reloj. Oía el eco de sonidos extraños, como si estuvieran sonando miles de teléfonos, como si le repiquetearan cascabeles en el pecho. No hacía más que oír sonidos por todas partes; por eso, cuando sonó el teléfono, no lo oyó. Estuvo sonando durante mucho rato. De repente, consiguió oírlo y se despertó sobresaltado. Se levantó tambaleante y se acercó para cogerlo. Apoyándose en la pared levantó el auricular con las manos temblorosas y se pasó por los labios resecos la lengua leñosa.

—Diga.

Al otro lado de la línea se oyó la voz de la mujer:

—Hola. ¿Mohan?

La voz de Manmohan tembló.

—Sí, soy yo.

—Habla un poco más alto.

Él intentó decir algo, pero se le había secado la garganta.

Se oyó una voz que decía:

—He vuelto antes. Llevo mucho tiempo llamándote. ¿Dónde has estado?

A Manmohan le empezó a dar vueltas la cabeza. Se oyó la voz que decía:

—¿Qué te ha pasado?

Manmohan, con gran dificultad, consiguió decir:

—Hoy ha finalizado mi reinado.

De su boca salió un chorro de sangre que fue deslizándose hasta el cuello.

La voz dijo:

—Apunta mi número. 50314, 50314. Llámame mañana por la mañana.

Tras decir eso colgó el auricular.

Manmohan cayó de bruces sobre el teléfono mientras de su boca brotaban burbujas de sangre.

## EL GRITO

Sintió como si le hubieran colocado los siete pisos de aquel edificio de piedra sobre los hombros.

Tras descender uno a uno todos los escalones de aquellas siete plantas llegó abajo, y el peso de todos esos pisos permaneció sobre sus anchos pero flacos hombros. Cuando subía a casa del casero notó como si parte de su peso se hubiera aligerado y otra parte fuera a aligerarse, ya que estaba convencido de que aquel hombre, al que todos llamaban Seth,[63] prestaría atención a sus problemas y le concedería otro mes de plazo para pagar el dinero del alquiler que le debía... ¡Le concedería! Al pensar eso se sintió herido en su orgullo, pero inmediatamente volvió a la realidad. Él a lo que iba era a mendigar, y para mendigar se extiende la mano, se inundan los ojos de lágrimas, se cuentan las penas y padecimientos, y se exhiben las heridas.

Eso es justo lo que él hizo. En cuanto atravesó el portón de aquel edificio de piedra, se quitó el orgullo, esa cosa que, por lo general, supone un impedimento a la hora de mendigar, y lo dejó en la acera.

Apagó su lamparilla, y, envolviéndose a sí mismo en la oscuridad, entró en esa habitación iluminada de la vivienda del casero en la que cobraba el alquiler de sus dos edificios, y, juntando las palmas de las manos, se quedó de pie a un

[63] Rico, magnate. Se utiliza, como título, para denominar a las personas adineradas.

lado. Seth, cuya frente pintada con un *tilak*[64] estaba surcada por varias arrugas, extendió su mano velluda hacia un grueso cuaderno. Sus ojos saltones leyeron en él unas cuantas letras, y se oyó resonar una voz desagradable que decía:

—Keshu Lal…, habitación n.º 5… escalera segunda… dos meses de alquiler… ¿Has traído el dinero o qué?

Al oír eso, quiso mostrarle al casero su corazón, cuyas heridas, todas ellas, tanto las antiguas como las nuevas, había ido raspando al subir por la escalera hasta volver a abrirlas. Estaba seguro de que en cuanto lo viera, sentiría compasión. Pero… Seth no quiso escuchar nada, y en su pecho se produjo un gran griterío.

Para hacer brotar la compasión en el corazón de Seth sacó del profundo foso de su pasado todas las desgracias que había padecido y llenó con ellas su corazón, y, juntando con gran dificultad el escozor de todas esas heridas suyas borradas ya hacía mucho tiempo, lo reunió en su pecho. Lo que no sabía en ese momento era cómo contener tal cantidad de cosas.

Si alguien se presentaba en su casa sin avisar, le podía decir con gran displicencia:

—Oye, mira, vete. No tengo tanto espacio como para acogerte, ni tanto dinero como para poder atenderte con un mínimo de cortesía.

Pero aquí la cuestión era otra. Lo que había hecho él era ir recogiendo por todos los rincones sus penas extraviadas y reunirlas en su corazón. ¿Sería capaz de volverlas a sacar ahora?

Con el jaleo no tenía la menor idea de qué cosas había metido en su pecho, no obstante, se puso a pensar, y poco a

[64] Marca que llevan, generalmente en la frente, los devotos hindúes, hecha con pasta de sándalo o con polvos color bermellón.

poco comenzó a distinguir que tal tristeza correspondía a ese momento y tal dolor ocurrió en ese otro, y en estas cavilaciones, la memoria echó a andar, apartando la bruma que la envolvía, y todas las amarguras del ayer se convirtieron en los problemas del hoy, y recalentó sobre los rescoldos los mendrugos rancios de su vida.

Se puso a pensar, y en poco tiempo pensó un montón cosas. Su ropa remendada se le pegaba al cuerpo sucio, ya que con frecuencia la colgaba en aquel clavo brillante de la pared en el que dejaba la lamparilla apagada de su casa. Se acordó varias veces de aquel dios generoso que sentado en algún lugar muy lejano se preocupaba por sus fieles, pero al ver frente a él, en la silla, a Seth, el cual, con un simple movimiento de su pluma, podía desbaratar todo, no pudo seguir pensando en aquel. En varias ocasiones le surgió un pensamiento, y trató de dilucidar de qué se trataba, pero fue incapaz de correr tras él. Se hallaba presa de una gran desazón. Hasta ese día nunca había sentido tal agitación en el pecho.

De repente, cuando todavía estaba sorprendido por esa zozobra, el casero, enfadado, le lanzó un insulto. Un insulto, para que se hagan una idea, que tras atravesar sus oídos zumbando como un proyectil, se aposentó en su corazón, provocando en su pecho una batahola incontenible. Al igual que en una manifestación muy concurrida cualquier broma puede provocar una estampida, del mismo modo, se formó una algarada en su corazón. Él hizo todo lo posible para que todas esas amarguras que había reunido para mostrárselas al casero mantuvieran la calma, pero no lo consiguió. En cuanto salió el insulto de la boca de Seth, todas ellas se alborotaron y empezaron a chocar unas con otras de forma descontrolada. Entonces, incapaz de soportar este nuevo trance, sus ojos, ya ardientes desde antes, se llenaron de lágrimas que hicieron que aumentara su ardor y que empezaran a echar humo.

Sintió ganas de vomitarle a Seth sobre su cara arrugada ese insulto que ya casi se había tragado por completo, pero desechó la idea, dado que había dejado su orgullo fuera, en la acera. El orgullo del vendedor de cacahuetes salados de Apolo Bandar… Sus ojos estaban sonriendo, y frente a él empezaron girar todos esos cacahuetes salados que tenía en casa dentro de un saco, y que se estaban mojando a causa de la lluvia.

Sus ojos sonrieron, y su corazón también sonrió, es cierto, pero no desapareció ese regusto amargo que el insulto de Seth le había dejado en la garganta. Si solo hubiera sentido ese amargor en la lengua, lo habría escupido, pero se le había incrustado en la garganta de tal modo que no conseguía sacarlo, y, además, la extraña tristeza que le provocó esa injuria aumentó su desasosiego. Sentía como si sus ojos, a los cuales les parecía inútil llorar delante de Seth, se le hubieran metido en el pecho y estuvieran derramando lágrimas allí, donde ya desde antes todo estaba sumido en el desconsuelo.

Seth le volvió a insultar. Fue un insulto tan grande como su papada adiposa, y le pareció como si alguien desde arriba le hubiera arrojado basura encima. Por eso se llevó la mano a la cara, para protegerse, pero ya estaba todo sucio de la mugre de ese insulto… No sabía qué hacer…, lo único que sabía era que en una situación como esa era inútil hablar de nada.

Cuando bajó, sintió como si le hubieran colocado los siete pisos de aquel edificio de piedra sobre los hombros.

No uno, sino dos insultos…, esos dos insultos que Seth le había escupido a la cara como si fueran un esputo de pan empezaron a zumbarle una y otra vez en los oídos como avispas venenosas, y se puso muy nervioso. Pero ¿cómo? Ese…, ese…, No se le ocurría cómo denominar el desconcierto que estaban creando esos insultos en su corazón y en su mente. ¿Cómo podía mitigar ese ardor que le estaba abrasando?

¿Cómo?… Pero ya no era capaz de pensar. En ese momento su mente se había convertido en una arena en la que hubiera muchos luchadores peleando. Cada pensamiento que surgía chocaba con algún otro pensamiento ya presente, y era incapaz de pensar en nada.

De repente, mientras caminaba, su tristeza estuvo a punto de salir en forma de vómito, y se le ocurrió, ¿qué se le ocurrió?, que, dado el estado de impotencia en que se hallaba, podía parar a ese hombre que pasaba a su lado a grandes zancadas. Estuvo a punto de decirle:

—Oiga, no me encuentro bien.

Pero cuando vio la cara del hombre, la farola que tenía al lado clavada en el suelo le pareció bastante más sensible que él, de modo que volvió a tragarse una a una todas las cosas que iba a sacar de su interior.

Las baldosas cuadradas de la acera estaban dispuestas siguiendo un diseño, y él iba caminando sobre ellas. Hasta ese día no se había percatado de su dureza, pero en ese momento le estaba llegando al corazón. Cada una de las baldosas que pisaba chocaba con su corazón. Apenas se hubo alejado un poco de la casa de piedra de Seth, quedó exhausto.

Mientras caminaba se tropezó con una muchacha, y le pareció como si se hubiera roto por eso, como el hombre al que se le caen las ciruelas de la bolsa, se apresuró a extender las manos por aquí y por allá, y, tras recoger todos sus pedazos, continuó andando lentamente.

Su mente andaba mucho más deprisa que sus piernas, por lo que a veces sentía como si todo el tronco se le hubiera quedado muy atrás y su mente estuviera mucho más adelante. Eso hizo que en varias ocasiones se tuviera que detener para que las dos partes volvieran a andar acompasadas.

Iba caminando por la acera, a uno de cuyos lados había un río de vehículos que no paraban de dar bocinazos.

Caballos, coches, tranvías, camiones, autobuses..., todos ellos moviéndose sin cesar por el negro asfalto de la calzada. Había mucho ruido, pero sus oídos no oían nada, ya estaban pitando desde antes, como la locomotora de un tren que estuviera expulsando el exceso de vapor.

Mientras caminaba se chocó con un perro cojo. El perro, pensando que a lo mejor le había aplastado la pata que tenía herida, dijo «guau» y se apartó, y a él le pareció como si Seth le hubiera vuelto a insultar. Ese insulto..., ese insulto se le había enganchado como cuando se te engancha la ropa en un arbusto espinoso. Cuanto más intentaba desengancharse, más magullada quedaba su alma.

No estaba pensando en esos cacahuetes salados que se estaban mojando en su casa a causa de la lluvia, ni tampoco estaba pensando en su sustento. Tenía casi treinta años y a lo largo de esos treinta años, en los que sabe Dios cuántos días habría, jamás se había acostado con hambre ni había andado desnudo. Lo único que le preocupaba era que todos los meses debía pagar el alquiler. Tenía que dar de comer a sus hijos, pagar las medicinas de ese *hakim*[65] con barba de chivo, conseguir el doble de dinero para comprarse una botella de alcohol por la noche, y pagarle a ese Seth calvo el alquiler de una habitación en su edificio. A él la filosofía de las casas y los alquileres le resultaba demasiado complicada. Cada vez que sacaba diez rupias y se las ponía en la mano a Seth o a su encargado, le parecía como si le hubieran arrebatado ese dinero a la fuerza. Además, si en ese momento, después de haber pagado religiosamente durante cinco años, no podía pagarle el alquiler de dos meses, ¿acaso tenía derecho Seth a insultarle? Eso era lo peor, lo que le estaba carcomiendo. Le daban igual esas veinte rupias, ya que si no se las daba hoy,

[65] Médico en el mundo musulmán.

ya se las daría mañana. En lo que estaba pensando era en esos dos insultos que se habían colado entre esas veinte rupias. Si no debiera esas veinte rupias, no habrían salido esos insultos de esa boca de piporro de Seth.

Tenía claro que él era rico. Poseía dos edificios, de los cuales recibía el alquiler de ciento veinticuatro habitaciones. Pero los inquilinos de esas ciento veinticuatro habitaciones tampoco es que fueran sus esclavos, y, aun en el caso de que lo fueran, ¿cómo se atrevía a insultarlos?

—Muy bien. Él quiere el alquiler, pero ¿de dónde lo saco yo? Se lo llevo pagando cinco años. Cuando lo tenga, ya se lo daré. El año pasado, durante el monzón, tuvimos un montón de goteras, pero yo nunca le insulté, y eso que yo me sé insultos mucho más bestias que los que él me ha lanzado. Le he dicho mil veces a Seth que la barandilla de la escalera está rota y que, por favor, la mande arreglar, pero nunca me ha hecho ni caso. Y mi niñita bonita se cayó y se le quedó la mano derecha paralizada para toda la vida. Yo, más que insultos, le podía haber lanzado maldiciones, pero ni siquiera se me pasó por la cabeza... No pagar el alquiler de dos meses hace que me merezca recibir insultos. No se acordó de que su hijo siempre come un montón de cacahuetes de mi carrito, en Apolo Bandar.

Tampoco tenía la menor duda de que él no tenía tanto dinero como el que tenía el casero de esos dos edificios, y de que habría gente que tendría incluso más dinero que él. Pero ¿acaso él era pobre?... Lo insultó precisamente porque pensaba que era pobre. De lo contrario, el calvo del casero no se habría atrevido a lanzarle dos insultos mientras estaba ahí sentado en la silla tan tranquilo. Como si el hecho de que alguien no tuviera dinero fuera algo terrible. Además, él no tenía la culpa de tener poco dinero. Para ser sinceros, nunca había ansiado el dinero. Estaba satisfecho con su situación.

Disfrutaba mucho de su vida. Pero el mes anterior, de repente, su mujer se puso enferma, y se gastó todo lo que tenía reservado para el alquiler en comprar las medicinas. Si hubiera sido él el que se hubiera puesto enfermo, a lo mejor no se habría gastado el dinero en las medicinas, pero en ese caso se trataba de su futuro hijo, que en ese momento estaba en el vientre de su madre. Él quería mucho a sus hijos, a los que ya habían nacido y a los que iban a nacer. Los quería a todos. ¿Cómo no iba a ocuparse de curar a su mujer?... ¿Acaso no era él el padre de esa criatura?... Claro que sí... solo se trataba de dos meses de alquiler. Si en algún momento se veía obligado a robar por sus hijos, no dudaría un segundo. ¿Robar?, no, no, él nunca había robado..., pero bueno, para que nos entendamos, él estaba dispuesto a hacer los mayores sacrificios por sus hijos..., aunque nunca se iba a convertir en un ladrón. Estaba dispuesto a luchar con todas sus fuerzas para recuperar lo que le hubieran quitado, pero era incapaz de robar.

Si hubiera querido, en ese momento en que Seth le insultó, podía haberse adelantado, estrangularlo, coger de la caja fuerte todos esos billetes azules y verdes que hasta el día de hoy le habían parecido intocables y escaparse... No, no, él no habría hecho eso nunca. Pero ¿por qué le volvió a insultar Seth? El año anterior un cliente le había insultado en Chopatti porque en sus dos *pesas*[66] de cacahuetes le habían salido cuatro que estaban amargos, y él, como respuesta, le dio tal puñetazo en la cabeza que unos hombres que estaban sentados en un banco lejano oyeron el golpe. Sin embargo, Seth le lanzó esos dos insultos y él se quedó callado..., él, Keshu Lal Khari Singh, que tenía fama de no dejar que se le posara encima ni una mosca..., Seth le insultó y se quedó

[66] Centésima parte de una rupia.

callado…, le volvió a insultar, y se volvió a quedar callado, como si fuera una estatua de barro…, pero ¿cómo se convirtió en estatua de barro? Vio salir esos dos insultos de la boca babosa de Seth como si fueran dos grandes ratas saliendo del sumidero. Se quedó callado a propósito porque había dejado abajo su orgullo…, pero ¿para qué se había separado de su orgullo? ¿Para soportar los insultos de Seth? De repente, mientras iba cavilando todo esto, se le ocurrió que a lo mejor Seth no lo había insultado a él sino a otra persona… No, no, le había insultado a él. Entonces, ¿a qué venía tanta cavilación? ¿Acaso ese griterío que sentía en su pecho lo estaba mortificando sin razón alguna? Los dos insultos se los había lanzado a él.

Cuando un coche que había frente a él encendió las luces delanteras le pareció como si se hubieran fundido dos insultos y se le hubieran metido en los ojos… Insultos…, insultos… Se enfureció… Por más que intentaba no pensar en esas injurias, más forzado se veía a pensar en ellas, y esa impotencia le estaba irritando. De modo que, de repente, movido por su irritación, insultó mentalmente a dos o tres hombres que pasaron a su lado:

—Mira con qué aires andan. ¡Como si fueran hijos de reyes!

Si él fuera rey, le daría un buen castigo a Seth, que, después de haberle lanzado dos insultos, uno detrás de otro, se había quedado sentado en su casa tan tranquilo, como si hubiera sacado dos pulgas de su sillón y las hubiera echado fuera… De verdad que si fuera rey, reuniría en la plaza a un montón de gente, pondría a Seth en el medio, y le daría tal tortazo en el cogote que se pondría a gritar…, y después les diría a todos que se rieran, que se rieran a carcajadas, y él mismo se echaría reír hasta que le doliera el estómago…, pero en ese momento no tenía ninguna gana de reírse…

¿Por qué?... Aunque no fuera rey también le podía dar una torta en la calva a Seth..., ¿qué se lo impedía?..., algo se lo impedía..., algo se lo impedía, por eso al oír los insultos se quedó callado.

Sus pasos se detuvieron. Su mente también descansó un instante, y él pensó:

—Bueno, venga, voy a tomar una decisión para salir de este embrollo... Voy corriendo y le retuerzo el cuello a Seth de una vez y lo dejo tumbado sobre esa caja fuerte suya, que tenía la tapa abierta como mi boca... —Pero ¿por qué se quedaba clavado al suelo como una farola? ¿Por qué no daba la vuelta y se dirigía a casa de Seth?... ¿Acaso no se atrevía?

No se atrevía... ¡Qué pena que toda su fuerza se hubiera quedado paralizada!... Esos insultos... ¿Qué podía decir de esos insultos?... Esos insultos habían pasado sobre su ancho pecho como una apisonadora..., solo dos insultos... En cambio, en las últimas revueltas entre hindúes y musulmanes, un hindú, creyendo que era musulmán, lo apaleó de tal manera que lo dejó medio muerto, y él no se sintió tan mal como se sentía en este momento... Él, Keshu Lal Khari Singh, que solía jactarse ante sus amigos de que nunca se ponía malo, hoy estaba andando como si llevara varios años enfermo... Y ¿qué era lo que le había provocado esa enfermedad? Dos insultos.

Insultos..., insultos..., ¿dónde estaban esos dos insultos? Le entraron ganas de meterse la mano en el pecho y sacar esas dos piedras que no había forma de que se deshicieran. De sacarlas y de golpear con ellas en la cabeza al primero que se le pusiera por delante. Pero ¿cómo iba a hacer eso?... ¡Ni que su pecho fuera un bote de mermelada!

Bueno, está bien... Pero luego se le ocurrió otra forma de alejar esos dos insultos... ¿Por qué no se acercaba alguien e intentaba librarlo de su tristeza? ¿Acaso él no era digno de compasión? Puede que sí, pero cómo iba a saber nadie en qué estado se hallaba su corazón. Él no era un libro abierto, ni tampoco es que llevara el corazón colgando por fuera... ¿Cómo puede saber alguien las cosas que ocurren por dentro?

¡Mejor que no lo sepan!... ¡Dios quiera que no lo sepan!... Como alguien se enterara de las cosas que pasan por dentro, a Keshu Lal Khari Singh le darían ganas de morirse... ¿Acaso es normal que te insulten y te quedes callado?

No es normal, es una cosa muy grande. Tan grande como el Himalaya. Más grande aún. Su orgullo había quedado por los suelos. Lo habían humillado... Le habían cortado la nariz... Le habían robado todo. ¡Bueno, hombre, ya está bien! ¡Deja ya de seguir pensando en esos insultos!... Era un desgraciado, un miserable, un ser despreciable. Era un basurero que se dedicaba a limpiar la inmundicia. Era un perro..., eso es lo que se merecía él, que lo insultaran... No, no, ¿cómo se podía atrever alguien a insultarlo, y además sin razón alguna? Se lo comería vivo... ¡Venga, hombre, déjalo ya! ¿Cómo puedes decir esas cosas?... Te quedaste oyendo los insultos de Seth como si te estuviera lanzando piropos.

Es que eran piropos, eran cosas muy agradables... Muy bien, sí, lo que tú digas..., ahora dejadme en paz, de lo contrario, te lo digo de verdad, me voy a volver loco. A toda esta gente que va andando de un lado para otro con gran tranquilidad..., les voy a partir la cara a todos. ¡Te lo juro por Dios que ya no aguanto más! De verdad que me voy a poner a pegar mordiscos a todo el mundo como un perro rabioso. Me encerrarán en el manicomio con los locos, y allí empezaré a darme cabezazos contra las paredes y me moriré..., me moriré, te lo digo de verdad..., me moriré..., me moriré, te lo juro, me moriré, y mi Radha se quedará viuda, y mi hijos, huérfanos..., todo eso porque Seth me lanzó dos insultos, y yo me quedé callado como si tuviera la boca cerrada con candado. Estaba manco, cojo, paralítico… ¡Por Dios, que me pase un coche por encima de las piernas y me las parta! ¡Que me amputen las manos! ¡Que me muera para que se callen de una vez todas estas voces en mi cabeza! ¡Ay!… ¿Hay algún remedio para esta angustia? No sé si desgarrarme la ropa y empezar a bailar desnudo… o meter la cabeza debajo de ese tranvía, o ponerme a chillar con todas mis fuerzas… ¿Qué puedo hacer?

De repente, mientras iba pensando todo eso, se le ocurrió que podía quedarse de pie en medio del mercado, parar el tráfico y empezar a soltar a grito pelado todo lo que se le pasara por la cabeza, para que se le vaciara por completo el pecho, o también se le ocurrió que, allí mismo, donde estaba, podía empezar a gritar: «¡Socorro!». «¡Salvadme!».

Entre tanto pasó a su lado un coche de bomberos haciendo sonar la sirena, y desapareció más allá, tras doblar la esquina. Al verlo estuvo a punto de gritar:

—¡Esperad! ¡Esperad! ¡Apagad mi fuego! —Pero, vete tú a saber por qué, se quedó callado.

Súbitamente aceleró sus pasos. Comenzó a sentir como si le faltara el aire, y que si no andaba deprisa, lo más probable era que explotara. Pero a medida que aceleró el paso, su mente se convirtió en un torbellino de fuego. En ese torbellino todos sus pensamientos, tanto los antiguos como los nuevos, se ensartaron en una especie de collar…, los dos meses de alquiler, su trayecto al edificio de piedra para hacer su petición… los ciento doce escalones de los siete pisos, la voz desagradable de Seth, la bombilla brillando sobre su calva…, ese gran insulto… después el otro… y su silencio…; al llegar a ese punto del torbellino de fuego comenzaron a surgir una especie de balas a todas velocidad y sintió como si se le quedara el pecho hecho un colador.

Aceleró aún más el paso, y ese torbellino de fuego comenzó a girar a tal velocidad que se convirtió en una gran bola llameante que empezó a rodar por el suelo, muy por delante de él. Echó a correr, pero, inmediatamente, entre aquella avalancha de pensamientos, un nuevo pensamiento empezó a decirle a voz en grito: «¿Por qué huyes? ¿De quién estás huyendo? ¿Acaso eres un cobarde?».

Su paso se fue ralentizando, como si hubiera echado el freno, y empezó a caminar a paso lento. En realidad era un cobarde. ¿Por qué estaba huyendo?... Lo que tenía que hacer era vengarse..., vengarse..., al pensar esto sintió en la lengua el regusto salado de la sangre, y un escalofrío le recorrió el cuerpo... ¡Sangre..., sangre!... Empezó a ver el cielo, la tierra y absolutamente todo teñido de sangre... sangre... En ese momento tenía tanta fuerza que podría estrujar las piedras y sacar sangre de sus vetas.

Los ojos se le quedaron inyectados en sangre. Apretó los puños y sus pasos se hicieron más firmes. Se dispuso para la venganza.

Siguió avanzando, abriéndose paso como una flecha entre los transeúntes. Adelante..., adelante...

Al igual que el tren que marcha a toda velocidad va dejando atrás las estaciones pequeñas, él seguía adelante dejando atrás las farolas, las tiendas y los grandes mercados. ¡Adelante..., adelante..., mucho más adelante!

Por el camino apareció el edificio colorido de un cine. Él pasó por su lado veloz como el viento, con indiferencia, sin alzar siquiera la mirada.

Siguió avanzando.

En lo más profundo de su ser, con cada una de sus moléculas, había fabricado una bomba para poder utilizarla en el momento adecuado. Bisbiseando entre los mercados como una serpiente venenosa llegó a Apolo Bandar...

Apolo… Frente a la Puerta de la India había muchos coches dispuestos en varias filas. Al verlos se le antojaron como un montón de buitres alrededor de un cadáver. Cuando contempló el océano silencioso le pareció un largo y ancho cadáver. A un lado de ese océano, en un rincón, ondulaban sinuosas unas líneas de luz de un color rojo intenso. Era el letrero luminoso de la fachada de un lujoso hotel, cuya luz roja estaba haciendo cosquillas al agua del océano.

Keshu Lal Khari Singh se quedó de pie bajo aquel hotel. Plantándose justo debajo de ese letrero luminoso, miró hacia arriba… en dirección al edificio de piedra donde resplandecían las habitaciones iluminadas, y… de su garganta, cual lava fundida y ardiente, surgió un grito…, un grito ensordecedor:

—¡Vete a la…!

Las palomas que estaban dormitando en los parapetos del hotel comenzaron a revolotear asustadas. Una vez lanzado ese grito, y tras conseguir con gran dificultad despegar los pies del suelo y darse media vuelta, tuvo la certeza absoluta de que el edificio de piedra del hotel había saltado por los aires y se había desmoronado al instante.

Una mujer se asustó al oír el grito, y su marido le dijo:

—¡Es un loco!

# MUMMY

Se llamaba Stella Jackson, pero todos la llamaban Mummy. Era una mujer de mediana edad y estatura normal, cuyo marido, Jackson, había fallecido en la Segunda Guerra Mundial, por lo que hacía cerca de diez años que ella recibía una pensión de viudedad.

No sé ni cómo llegó a Puna ni desde cuándo vivía allí. En realidad, nunca intenté averiguar nada acerca de su vida. Era una mujer tan interesante que, una vez que se la conocía, todo aquello que no fuera ella misma perdía todo interés. Ni siquiera hacía falta saber quién se relacionaba con ella, ya que estaba ligada a cada partícula de polvo de Puna. Quizás exagere un poco, pero para mí Puna es esa Puna y sus partículas, cada una de sus partículas a las que están unidos mis recuerdos…, y la extraña personalidad de Mummy se hallaba presente en cada uno de ellos.

La primera vez que la vi fue precisamente en aquella ciudad. Yo soy una persona tremendamente vaga, a pesar de lo cual me apasiona viajar. Al oírme pensará usted que estoy a punto de partir a la conquista del Kanchenyunga, del Himalaya o algo por el estilo. Podría ser, pero lo más probable es que tras conquistarlos decidiera quedarme allí.

No sé desde cuándo vivía yo en Bombay. Quizás se haga usted una idea si le digo que cuando fui a Puna mi mujer vino conmigo y hacía unos cuatro años que había muerto nuestro hijo. Durante ese tiempo…, espere que saque cuentas…, digamos que llevaba unos ocho años en Bombay.

A pesar de ello, durante todo ese período no había tenido oportunidad de visitar los jardines Victoria ni el museo. El hecho de que me dispusiera a ir a Puna fue algo totalmente fortuito. Me había enfadado por una tontería con los dueños de la compañía cinematográfica para la que trabajaba, y, aprovechando que la ciudad estaba cerca y que en ella tenía algunos amigos, decidí ir allí para olvidarme del asunto.

Debía ir a Parbhat Nagar, donde vivía un antiguo compañero que también trabajaba en el mundo del cine. Al salir de la estación, me dijeron que estaba bastante lejos, pero ya habíamos cogido un *tonga*. A mí los vehículos lentos me exasperan, pero, dado que había ido allí para olvidar mi enojo, no tenía ninguna prisa en llegar a Parbhat Nagar. Era un *tonga* terrible, mucho peor que los de Aligarh. Uno corría constantemente el peligro de caerse. Cuando tras varios rodeos conseguimos a duras penas atravesar el mercado, comencé a preocuparme y le pregunté a mi mujer qué podíamos hacer. Ella me dijo que el sol era demasiado intenso y que los otros *tongas* que veía eran del mismo estilo. Además, si dejábamos el vehículo, tendríamos que andar, lo cual, claro está, era bastante peor que ir en *tonga*. No me pareció bien contrariarla…, y la verdad es que el sol era realmente fuerte.

Cuando no habríamos recorrido ni un kilómetro, pasó junto a nosotros otro *tonga* tan ridículo como el nuestro al que miré sin prestar demasiada atención, pero de repente oí a alguien gritar:

—¡Eh, Manto, pedazo de animal!

Me quedé sorprendido. Era Chadda, que iba sentado junto a una señora decrépita. Mi primera reacción fue de inmensa tristeza al pensar qué había sido de su buen gusto para que fuera con semejante alhaja. En ese momento fui incapaz de hacerme una idea de la edad de aquella mujer, pero pude ver claramente sus arrugas incluso a través de las capas de cremas y colorete que llevaba. Lucía un maquillaje tan chillón que hacía daño a la vista.

Hacía tiempo que no veía a mi buen amigo Chadda. Sin duda, a su llamada de «¡Eh, Manto, pedazo de animal!», en otras circunstancias, habría respondido con alguna expresión similar, pero, al verlo en compañía de esa señora, no me sentí con confianza para hacerlo.

Le dije al conductor que parara, y lo mismo hizo mi amigo con su cochero. A continuación se dirigió a la mujer que estaba con él y le dijo en inglés:

—*Mummy! Just a minute!*

Tras bajar del *tonga* de un salto, extendió la mano hacia mí y me preguntó:

—Pero..., pero ¿qué haces tú aquí?

Tras lo cual, con toda confianza, le dio la mano a mi mujer, que es una persona extremadamente formal, y le dijo:

—¡*Bhabi*[67] Yan, es increíble! ¡Por fin ha conseguido arrastrar a este haragán y traerlo hasta aquí!

Le pregunté:

—¿Adónde vas?

Él me respondió con gran agitación:

—Tengo algo que hacer. Mira, haz una cosa. —Y de repente, volviéndose a mi cochero, le dijo—: Todo recto. Lleva a los señores a nuestra casa y no les cobres nada. —Tras decir esto, se volvió a mí y me dijo en tono irrebatible—: Ve a mi casa. Allí estará mi criado. Por lo demás, haz lo que quieras.

Y de un salto se subió a su *tonga* y se volvió a sentar al lado de aquella vieja a la que había llamado Mummy,

[67] Literalmente, «cuñada». Se usa también para dirigirse a las esposas de los amigos.

apelativo este que no solo me procuró cierta tranquilidad, sino que se podría decir que aligeró bastante el peso que sentí sobre mis espaldas al verlos a los dos juntos.

Su *tonga* comenzó a andar, y nuestro cochero, sin necesidad de decirle nada, recorrió unos tres o cuatro kilómetros, tras los cuales se detuvo junto a un *bungalow* con aspecto de oficina de correos, se bajó y dijo:

—Vamos, señor.

Yo le pregunté:

—¿Adónde?

Me respondió:

—Esta es la casa del señor Chadda.

—¡Ah!

Dirigí a mi mujer una mirada inquisitiva, y ella, con la expresión de su rostro, me indicó que no tenía el menor interés en ir a casa de Chadda. En realidad, tampoco tenía el más mínimo interés en ir a Puna, ya que estaba segura de que allí me iba a encontrar con amigos aficionados a la bebida y de que, como ya contaba con la excusa de relajarme un poco, me pasaría los días y las noches en su compañía. Bajé del *tonga*, cogí una maleta pequeña que teníamos y le dije:

—Vamos.

Probablemente por mi actitud se dio cuenta de que no habría manera de hacerme cambiar de opinión, de modo que me siguió sin poner objeción alguna.

Era una casa muy corriente. Parecía como si el Ejército hubiera mandado construir ese pequeño *bungalow* para utilizarlo temporalmente y, al cabo de un tiempo de estar allí, se hubiera marchado. Estaba muy mal terminada, y tenía muchos desconchones de pintura. El interior de la casa era exactamente el que se podía esperar de un soltero descuidado que trabajara como actor de cine en ese tipo de compañías en las que pagan cada tres meses y a plazos.

Me di cuenta de que en este ambiente tan desolado una mujer casada se sentiría incómoda y sofocada, por lo que decidí que en cuanto viniera Chadda nos iríamos con él a Parbhat Nagar, donde vivía mi compañero con su mujer y sus hijos, y allí mi mujer aguantaría al menos dos o tres días.

El criado también era un tipo bastante descuidado. Al entrar en la casa, vi que todas las puertas estaban abiertas, pero él no estaba. Cuando llegó, nuestra presencia no le sorprendió lo más mínimo, como si lleváramos años ahí sentados y tuviéramos la intención de quedarnos en ese mismo lugar.

Cuando entró en la habitación y pasó a nuestro lado sin mirarnos, pensé que quizás sería algún actor de poca monta que vivía con mi amigo, pero, al preguntarle por el criado, descubrí que aquella adorable criatura era el tan venerado criado de Chadda.

Como mi mujer y yo teníamos sed, le pedí que trajera agua, y él empezó a buscar un vaso. Al cabo de bastante rato sacó de la parte inferior de un armario un vaso medio roto y farfulló:

—No sé dónde está esa docena de vasos que pidió el señor ayer por la noche.

Al verle con el vaso roto en la mano, le pregunté:

—¿Es que vas a buscar aceite?

«Ir por aceite» es una expresión de Bombay cuyo significado mi mujer desconocía, pero a pesar de lo cual se rio.

El criado, un poco nervioso, me respondió:

—No, señor, estaba buscando los vasos.

Mi mujer le dijo que no fuera por agua, de modo que él volvió a colocar aquel vaso roto en la parte inferior del armario como si ese fuera su sitio y el hecho de colocarlo en otro lugar fuera a alterar por completo el orden de la casa. A continuación, salió de la habitación sin la menor ceremonia.

Yo estaba sentado en una cama que debía de ser la de Chadda. A cierta distancia de ella había dos sillones, en uno de los cuales estaba sentada mi mujer, que no hacía más que cambiar de postura. Permanecimos durante un buen rato en silencio. Entre tanto vino mi amigo. Estaba solo. Ni por un instante se le pasó por la cabeza que éramos sus invitados y debía darnos la bienvenida. En cuanto entró en la habitación me dijo:

—*White is white.* Así que has venido, *old boy.* Vamos, ven a la oficina de la compañía. Si vienes conmigo, será más fácil que me den un adelanto… Esta noche… —De repente, su mirada se posó sobre mi mujer, por lo que se calló y comenzó a reírse a carcajadas—. *Bhabi* Yan, no me lo habrás convertido en un *molvi*, ¿no? —A continuación, comenzó a reírse más fuerte y dijo—: ¡Al infierno con los *molvis*! Levántate, Manto. Iremos mientras *Bhabi* Yan se queda un rato aquí sentada.

Mi mujer estaba echando humo, al principio como un carbón ardiente, y en ese momento ya se había convertido en cenizas. Me levanté y me marché con Chadda. Sabía que ella se quedaría nerviosa durante un rato, pero que terminaría durmiéndose, y así fue. La oficina estaba muy cerca. Después de adular de forma exagerada al señor Mehta consiguió que le diera doscientas rupias, y cuando regresamos, al cabo de tres cuartos de hora, pude comprobar que mi mujer estaba durmiendo tranquilamente en el sofá. No nos pareció bien molestarla, de modo que fuimos a la otra habitación, que parecía un desván. Todo lo que allí había estaba tan desvencijado que las cosas habían comenzado a cobrar un aspecto uniforme. Todo estaba polvoriento, y esa suciedad confería a cada objeto cierta indispensabilidad, como si su presencia en aquella habitación fuera imprescindible para completar el ambiente bohemio. Chadda fue enseguida a buscar a su criado y, dándole un billete de cien rupias, le dijo:

—Príncipe de la China, trae dos botellas de ron de tercera categoría, es decir, una botella de tres equis, XXX, y media docena de vasos.

Posteriormente supe que su criado no era únicamente el príncipe de la China, sino de todos los grandes países del mundo. Era el príncipe del primer país que se le ocurría. En ese momento, el príncipe de la China se marchó haciendo crujir el billete de cien rupias.

Chadda se sentó en una cama de muelles medio rota, y, empezando a saborear mentalmente el ron XXX, dijo:

—Al final has venido. —Pero, de repente, añadió con preocupación—: Oye, ¿qué vamos a hacer con *Bhabi*? Se va a poner nerviosa.

Mi amigo no estaba casado, pero se preocupaba mucho por las esposas de los demás. Las respetaba tanto que quería quedarse soltero toda la vida. Solía decir:

—Es un defecto que ha hecho que hasta ahora me vea privado de esa bendición. Cuando me plantean la cuestión del matrimonio, enseguida acepto, pero después pienso que no me merezco una mujer, y abandono todos mis planes de boda.

Enseguida llegaron el ron y los vasos. Chadda había pedido seis, pero el príncipe de la China traía solo tres. Los otros tres se habían roto por el camino, pero a mi amigo no le importó, y dio gracias a Dios de que se hubieran salvado las botellas. Abrió rápidamente una de ellas, y, vertiendo el ron en los vasos nuevos, dijo:

—Por tu venida a Puna.

Ambos bebimos dos grandes tragos hasta vaciar los vasos.

Antes de comenzar una nueva ronda, se levantó y fue a la otra habitación para comprobar si mi mujer seguía durmiendo. Al constatar que así era, comenzó a preocuparse y me dijo:

—Estoy haciendo ruido y se va a despertar. Vamos a hacer una cosa… No, espera un momento. Primero voy a pedir que preparen un té.

Dicho esto, bebió otro trago de ron y llamó al criado:

—¡Príncipe de Jamaica!

El príncipe de Jamaica acudió enseguida, y Chadda le dijo:

—Dile a Mummy que prepare ahora mismo un té excelente.

El criado se marchó. Chadda se bebió todo el ron que tenía en el vaso y, tras verterse un chorro generoso, me dijo:

—En realidad no voy a beber mucho. Los primeros cuatro vasos me ponen muy sentimental. Tengo que ir contigo a Parbhat Nagar a dejar a *Bhabi*.

Al cabo de media hora llegó el té en un servicio muy elegante dispuesto con sumo cuidado sobre una bandeja. Chadda alzó la tetera, apreció el aroma y, dando muestras de placer, exclamó:

—¡Mummy es una joya!

Y comenzó a gritar al príncipe de Etiopía. Gritó tanto que me pitaban los oídos. Después cogió la bandeja y me dijo:

—Ven.

Justo en ese momento se estaba despertando mi mujer. Chadda colocó la bandeja con mucho cuidado sobre una mesita rota y con gran educación dijo:

—El té está servido, Begum Sahab.

A mi mujer no le hizo ninguna gracia esa broma, pero, como el servicio de té estaba muy limpio, no se negó y bebió dos tazas. Eso le hizo sentirse más animada, y con ademán perspicaz nos dijo:

—Vosotros ya os habéis bebido vuestro té, ¿verdad?

Yo no respondí nada, pero Chadda se inclinó y le respondió con gran honestidad:

—Sí, señora. Cometimos ya ese desliz, pero estábamos seguros de que usted sería capaz de perdonarnos.

Mi mujer sonrió, y él comenzó a reírse a carcajadas y a decir:

—Nosotros dos somos unos cerdos de primera categoría para los cuales todo lo prohibido está permitido. Vamos, la acompañaremos a la mezquita.

Una vez más, a mi mujer no le hizo gracia la broma de mi amigo. En realidad, odiaba a Chadda, o más bien odiaba a todos mis amigos, pero el odio que sentía por Chadda era bastante manifiesto, ya que este traspasaba con frecuencia los límites de la confianza. Sin embargo, a él no le importaba lo más mínimo; yo creo que nunca se había parado a pensar en ello. Para él, pensar en ese tipo de cosas inútiles era como un juego de salón, más absurdo aún que el parchís. Contempló el rostro irritado de mi mujer con mirada extremadamente jovial, y llamó al criado:

—Príncipe de Kebabastán, llama a un *tonga* de tipo Rolls-Royce.

El príncipe de Kebabastán se marchó, y Chadda se fue a la otra habitación. Cuando se hubo marchado, le intenté explicar a mi mujer que no debía enfadarse, ya que en la vida también había momentos que no se ajustaban a nuestra visión de las cosas, y que la mejor forma de superarlos era dejar que pasaran, pero, como de costumbre, no hizo el menor caso de mi embrollada exhortación y comenzó a murmurar algo. Entre tanto llegó el criado con el *tonga* tipo Rolls-Royce y nos marchamos a Parbhat Nagar.

Tuvimos suerte de que mi antiguo compañero del mundo del cine no estuviera en ese momento en casa. La que sí estaba era su esposa, de modo que Chadda dejó a mi mujer a su cuidado diciéndole:

—La sandía toma color junto a las otras sandías, la esposa toma color junto a las otras esposas. Esto último lo comprobaremos nosotros mismos.

Dicho lo cual, se dirigió a mí y me dijo:

—Venga, Manto, vamos a buscar a tu amigo al estudio.

Chadda armaba siempre tal jaleo que no le daba la oportunidad a su interlocutor de reaccionar. Me cogió del brazo y me llevó fuera, mientras mi mujer se quedaba cavilando. Una vez subidos al *tonga*, mi amigo, algo pensativo, me dijo:

—Bueno, esto ya está solucionado. Ahora, ¿qué hacemos? —Entonces se echó a reír a carcajadas y exclamó—: ¡Mummy, la gran Mummy!

Yo le iba a preguntar que esa Mummy[68] de qué Tutankamón era hija, pero Chadda comenzó a hablar de otra cosa, y mi pregunta se desvaneció por sí sola.

El *tonga* volvió a aquel apartamento tipo *bungalow* llamado Saida[69] Cottage, aunque mi amigo lo llamaba Kabida[70] Cottage, ya que todos los que allí vivían estaban afligidos. Sin embargo, no era así, como posteriormente pude comprobar.

Aunque a simple vista parecía un lugar deshabitado, allí vivían bastantes personas. Todos ellos trabajaban en aquella compañía cinematográfica que pagaba el sueldo mensual a los tres meses y a plazos. A medida que fui conociendo a los inquilinos supe que todos eran ayudantes de dirección; algunos, directores de ayudantes de dirección, y otros, sus asistentes. Cada uno de ellos era ayudante de otro, y estaban

---

[68] *Mummy*, en inglés, significa tanto «mamá» como «momia».

[69] Afortunado.

[70] Afligido.

reuniendo dinero para crear su propio estudio. Por sus ropas y sus maneras, todos ellos parecían actores protagonistas. A pesar de que era época de racionamiento, ninguno tenía cartilla, y compraban en el mercado negro todo aquello que podrían conseguir a bajo precio con un mínimo de esfuerzo. No se privaban de ir al cine, apostaban a las carreras cuando era la época, y si no, invertían en la bolsa, donde muy ocasionalmente se ganaba algo, pero lo habitual era perder siempre.

Saida Cottage tenía una densa población, y, como no era muy grande, también utilizaban el garaje como residencia. Allí vivía una familia. La mujer, llamada Shirin, tenía un marido que, quizás únicamente para romper la uniformidad, no trabajaba como ayudante de director. Trabajaba en esa misma compañía, pero como conductor. No sé cuándo llegaba ni cuándo se marchaba, ya que jamás vi a ese egregio caballero. Shirin tenía en su regazo a un niño pequeño, con el que todos los inquilinos de Saida Cottage jugaban en cuanto tenían un rato libre. Ella, a pesar de que no era fea, se pasaba la mayor parte del tiempo metida en el garaje.

La parte noble de la casa la ocupaban Chadda y dos amigos suyos que también eran actores, aunque no principales. Uno de ellos era Said, conocido en el mundo del cine como Ranyit Kumar. Chadda solía decir: «Saida Cottage se llama así en honor a este burro; de lo contrario se llamaría Kabida Cottage». Era un hombre apuesto y poco hablador. Chadda a veces lo llamaba tortuga porque todo lo hacía con gran lentitud.

No sé cómo se llamaba el otro actor, pero todos lo llamaban Garib Nawaz.[71] Pertenecía a una rica familia de Hyderabad, y había ido a Bombay porque le gustaba la

[71] Literalmente, «generoso con los pobres».

interpretación. Ganaba doscientas cincuenta rupias al mes. Llevaba trabajando allí un año, pero durante todo ese tiempo solo había cobrado en una ocasión doscientas cincuenta rupias, y se las dio a Chadda ya que este debía pagar una deuda que había contraído con un feroz pastún.[72] Se dedicaba a escribir guiones de alta calidad literaria para películas, y en ocasiones también componía versos. Todos los habitantes de la casa le debían dinero.

Había también dos hermanos, llamados Shakil[73] y Aquil,[74] que trabajaban como ayudantes de dirección de algún otro ayudante de dirección y estaban siempre ocupados en la refutación del proverbio persa que dice: «Al negro, a pesar de todo, le pusieron de nombre Alcanfor».

Los tres grandes, es decir, Chadda, Said y Garib Nawaz, cuidaban mucho de Shirin, pero nunca iban juntos al garaje. No había un tiempo determinado para las visitas. Cuando estaban los tres en el salón de la casa, uno de ellos iba al garaje y se quedaba allí hablando con ella durante un rato de asuntos de la casa mientras los otros dos seguían ocupados en su trabajo.

Los habitantes del tipo ayudante de dirección le echaban una mano a Shirin; a veces le traían la compra del mercado, otras veces le llevaban la ropa a lavar y otras consolaban al niño cuando lloraba.

Lejos de ser infelices, todos ellos eran dichosos, o quizás fuera que si mencionaban sus aflicciones, lo hacían de forma alegre y jubilosa. No había duda de que sus vidas eran muy interesantes.

---

[72] Grupo étnico localizado en Afganistán y el norte de Pakistán, al que se atribuye popularmente un carácter fiero y belicoso.

[73] Nombre propio que significa «apuesto».

[74] Nombre propio que significa «sabio».

Justo cuando íbamos a entrar por la puerta de la casa, salía Garib Nawaz. Chadda lo observó con atención, sacó unos billetes de su bolsillo y, sin contarlos previamente, se los dio:

—Tráenos cuatro botellas de *whisky*. Si falta, ponlo de tu bolsillo, y si sobra, tráeme la vuelta.

Los labios hyderabadis de Garib Nawaz esbozaron una sonrisa encantadora. Mi amigo se rio a carcajadas y, mirando hacia mí, le dijo a Garib Nawaz:

—Este es el señor One-two..., pero ahora mismo no puede concederte más minutos de su preciado tiempo, ya que ha estado bebiendo ron. Esta noche, cuando llegue el *whisky*... Pero bueno, puedes marcharte.

Garib Nawaz se fue y nosotros entramos. Chadda bostezó estentóreamente y cogió una botella de ron en la que quedaba menos de la mitad. Contempló la botella al trasluz para hacerse una ligera idea de la cantidad que quedaba, y llamó al criado:

—¡Príncipe de Qazamastán! —Y cuando llegó el criado, se sirvió un buen vaso de ron y le dijo—: ¡Se te ha ido la mano con la bebida, estúpido!

Después de terminarse el vaso, se quedó un poco pensativo:

—No tuviste que traer a *Bhabi* Yan. Te juro por Dios que estoy preocupado. —A continuación se consoló a sí mismo diciendo—: Aunque yo creo que allí no se aburrirá.

Yo le respondí:

—Sí, estando allí no me puede matar. —Tras decir esto me eché un chorro de ron que sabía a caramelo rancio.

En aquel desván en el que estábamos había dos ventanas enrejadas, desde las cuales se veía el exterior deshabitado. Desde allí alguien llamó a Chadda. Me quedé sorprendido al ver que era el director musical Vinkutre. Era imposible dilucidar de qué raza era, si era mongol, africano, ario o qué demonios era. A veces, uno, al contemplar su aspecto, estaba a punto de llegar a alguna conclusión, pero, de repente, veía otro detalle en su rostro que le hacía cambiar de opinión. Era *maratha*,[75] pero en vez de tener la nariz afilada de Shivayi[76] tenía plantada en la cara una nariz retorcida de una manera extrañísima, que según él era muy importante para la emisión de sonidos nasales. Cuando me vio, gritó:

—¡Manto, el señor Manto!

Chadda, gritando aún más fuerte, exclamó:

—¡Al infierno con los señores! ¡Vamos, entra!

Este entró inmediatamente y, riéndose, sacó del bolsillo una botella de ron y la dejó sobre la mesilla.

—¡Mira que soy estúpido! Fui a ver a Mummy y me dijo: «Ha venido tu *friend*»… Y me dije que quién podía ser ese maldito *friend*… ¡Seré estúpido! No tenía la menor idea de que era el maldito Manto.

Chadda le dio una torta en su cabeza de melón y le dijo:

—¡Cállate ya, estúpido! Has traído ron, ¿no?… Pues ya está.

Vinkutre se masajeó la cabeza, cogió mi vaso vacío y se echó un poco de ron:

—Manto, este estúpido, nada más verme, ha empezado a decirme que hoy le apetecía beber, de modo que inmediatamente me puse a pensar qué podía hacer para solucionarlo.

Chadda le volvió a dar otra torta en la cabeza y le increpó:

---

[75] Casta guerrera que se encuentra principalmente en la región de Maharashtra.

[76] Shivayi Bhonle (1630-1680) se enfrentó al sultán de Biyapur y al propio emperador Aurangzeb para establecer un Gobierno de hindúes, tras siglos de dominación musulmana. En 1674 fue coronado rey del reino maratha con el título de *Chatrapatti* Shivayi.

—Siéntate, ¡ni que hubieras pensado algo!

—Y ¿acaso has pensado tú de dónde ha salido esta botella tan grande? ¡A ver si te crees que me la ha regalado tu padre!… —Vinkutre se bebió el ron de un trago.

Chadda hizo como si no le hubiera oído y le preguntó:

—Entonces, dime qué ha dicho Mummy. ¿Te dijo algo de cuándo va a venir Mozel? ¡Ah, sí…, y esa rubia platino!

Vinkutre iba a responder, pero en ese momento Chadda me cogió del brazo y comenzó a decir:

—¡Manto, te juro que es increíble! Siempre había oído hablar del rubio platino, pero ayer por casualidad tuve la oportunidad de verlo. Es un cabello como de hilos finísimos de plata. Maravilloso, te lo juro, Manto, completamente maravilloso. ¡Viva Mummy! —Acto seguido lanzó una mirada furiosa a Vinkutre, y le dijo con rabia—: Desgraciado, ¿por qué no coreas? ¡Viva Mummy!

Los dos comenzaron a corear «¡Viva Mummy!», tras lo cual Vinkutre intentó nuevamente responder a la pregunta de Chadda, pero este lo mandó callar.

—¡Ay, déjalo, que me he puesto sentimental! Me acabo de dar cuenta de que normalmente el pelo de la amada es negro y se suele comparar con una nube negra, pero en este caso es distinto. —A continuación me dijo a mí—: ¡Manto, menudo lío! Tiene el pelo como hilos de plata, tampoco es que se pueda decir que es plateado. No sé cómo es el color platino porque hasta ahora no he visto ese metal. Es un color raro, como si fuera una aleación de hierro y plata.

Vinkutre se bebió otro vaso y volvió a echarse un poco de ron XXX.

Chadda, molesto, le lanzó un gran insulto y le espetó:

—¡Deja de hacer tonterías!

Tras lo cual me miró con gran amabilidad y me dijo:

—Amigo mío, me he puesto muy sentimental… Sí, ese color… Te juro por Dios que es un color increíble… Tú has visto… lo que tienen los peces en la tripa… No, no, por todas partes… Como el *pomfret…*[77] ¿Cómo se llama?… No, no…, eso que tienen las serpientes…, esas escamitas… Eso…, escamas… ¡Pues eso! De ese color. *Escamas…* Esta palabra me la dijo un indostano. Una cosa tan bonita y un nombre tan tonto. En punyabí lo llamamos «*chane*». En esa palabra hay inquietud… Eso…, justamente eso es lo que hay en su cabello… Los mechones de su pelo parecen pequeñas serpientes que estuvieran enredándose. —De repente se levantó y dijo—: ¡Al infierno con las serpientes! ¡Me he puesto sentimental!

Vinkutre, con gran inocencia, le dijo:

—¿Qué quiere decir eso?

—Quiere decir «*sentimentalist*»… Pero ¿qué vas a entender tú, hijo de Balayi Bayi Rao y Nana Fadnavis?[78]

Vinkutre se volvió a servir otro vaso y me dijo:

—Este estúpido de Chadda se cree que yo no sé inglés. Terminé el colegio… Mi padre me quería mucho… Él…

Chadda, para fastidiarle un poco, le dijo:

—Sí, te convirtió en Tansen…[79] y te retorció la nariz para que pudieras producir mejor los sonidos… Y, cuando eras pequeño, te enseñó a cantar *dhrupad*,[80] y para mamar

---

[77] Tipo de pescado.

[78] Ambos fueron dos altos cargos del Imperio maratha en el siglo XVIII.

[79] Uno de los más grandes músicos de la música indostana o del norte de la India. Vivió en el siglo XVI y formó parte de los *navaratnas*, las nueve joyas de la corte del emperador Akbar.

[80] Estilo de canto vocal del norte de la India que se caracteriza por su profundidad y su dificultad.

llorabas en *raga tori*…[81] Y, al hacer pis, en *urana*…[82] Y tu padre, que era un gran *ustad*, también le cortó la oreja a Baiyu Bawra…[83] Y tú ahora le cortas la oreja; por eso te llamas «*kan catre*».[84] —Tras decir esto, se dirigió a mí y afirmó—: Manto, este estúpido, en cuanto bebe, se pone a alabar a su padre… Que lo quería… ¡Pues muy bien!… Que terminó el colegio… ¡Pues bueno! Pero eso no quiere decir que yo tenga que romper mi título de diplomado universitario y tirarlo a la basura.

Vinkutre quiso defenderse de todas esas críticas, pero Chadda no lo dejó:

—¡Cállate! ¡Ya te he dicho que me he puesto muy sentimental!… Sí…, ese color… de *pomfret*… No, no…, de escamas pequeñas de serpiente… Bueno, su color… ¿Quién sabe qué *raga* cantó Mummy para liberar a esa serpiente al oír su llanto?

Vinkutre comenzó a pensar:

—Traedme un armonio, que voy a tocar un poco.

Chadda comenzó a reírse a carcajadas y dijo:

—¡Siéntate, colegio-arpegio! —Se echó lo que quedaba de ron en el vaso y añadió—: Manto, si el señor Chadda no consigue a la rubia platino, se retirará a una alta cumbre de los Himalayas y se quedará sentado como un asceta. —Y se terminó el vaso.

Vinkutre abrió la botella que había traído.

—Esta noche hay una fiesta. ¡Qué bien que hayas venido y que el señor Mehtaji, al verte, me haya dado el adelanto! De lo contrario me resultaría muy difícil…, hoy por la noche…,

[81] Conjunto de patrones melódicos y rítmicos propios de la música india, en los cuales se basan las composiciones musicales.

[82] *Tori* y *urana* son nombres de *ragas*.

[83] Famoso cantante de *dhrupad* del siglo XVI de la corte de Gwalior.

[84] Literalmente, «que corta orejas».

hoy por la noche. —Chadda comenzó a cantar completamente desafinado—: «Hoy por la noche no me atormentes».

El pobre Vinkutre iba a alzar la voz en señal de protesta, pero justo en ese momento llegaron Garib Nawaz y Ranyit Kumar.

Cada uno llevaba dos botellas de *whisky*, que dejaron encima de la mesa. Ranyit Kumar y yo nos conocíamos un poco, pero no teníamos confianza; por eso mantuvimos una conversación bastante formal, del tipo: cuándo has venido, llegué hoy, etc.; tras la cual brindamos y bebimos.

Chadda se había puesto realmente muy sentimental. No hacía más que hablar de aquella rubia platino. Ranyit Kumar se bebió un cuarto de la otra botella. Garib Nawaz había bebido tres vasos de *whisky*. En cuestiones de bebida, todos ellos eran bastante parecidos. A mí, como estoy bastante acostumbrado a beber, no me afecta demasiado. Por su conversación me di cuenta de que los cuatro estaban completamente fascinados con aquella nueva chica que Mummy había sacado de no se sabía dónde. Aquella perla excepcional se llamaba Filis y trabajaba en una peluquería en Puna, y con ella siempre iba un muchacho con aspecto de transexual. Ella tendría unos catorce o quince años. Garib Nawaz estaba tan prendado de ella que estaba dispuesto a vender la parte correspondiente de su heredad en Hyderabad y jugársela a esta carta; Chadda solo tenía una carta a su favor, que a ella le gustara su cara; Vinkutre pensaba que en cuanto oyera su voz caería rendida a sus pies, y Ranyit Kumar creía que lo mejor era el ataque directo; pero, en realidad, todos estaban pendientes de a quién le concedería Mummy el favor. Al parecer, aquella mujer a la que había visto en el *tonga* junto a Chadda podría entregar a Filis, la rubia platino, a cualquiera de ellos.

Mientras hablaba de Filis, de repente, Chadda miró el reloj y me dijo:

—¡Que se vaya al infierno esa chica! Venga, vámonos, que *Bhabi* se estará enfureciendo. Espero no ponerme sentimental allí… Bueno, tú contrólame. —A continuación se bebió las últimas gotas que quedaban en su vaso y llamó al criado—: ¡Príncipe de Egipto, el país de las momias!

El príncipe de Egipto, el país de las momias, se presentó frotándose los ojos como si lo acabaran de desenterrar al cabo de muchos siglos. Chadda le salpicó un poco de ron por la cara y le dijo:

—Consigue dos *tongas*… que parezcan dos cuadrigas egipcias.

Llegaron los *tongas*. Nos subimos a ellos y fuimos a Parbhat Nagar. Mi viejo amigo Harish estaba en casa. Ni siquiera en aquel lugar tan remoto descuidaron un ápice la hospitalidad con mi mujer. Chadda le explicó toda la cuestión con la mirada, lo cual resultó bastante útil. Mi mujer no dio la más mínima muestra de hostilidad, ya que no lo había pasado mal allí. Harish, que era un gran conocedor de la psicología femenina, habló con ella de forma embaucadora y al final le dijo que fuera a ver cómo rodaba ese día. Mi mujer le preguntó:

—¿Vas a rodar alguna canción?

Él respondió:

—No, eso será mañana, creo. Ven mañana.

La mujer de Harish, que estaba harta de asistir a los rodajes y acompañar a otros amigos a ellos, se apresuró a decirle a mi esposa:

—Sí, mejor mañana. Hoy todavía estarás cansada del viaje.

Todos nosotros lanzamos un suspiro de tranquilidad. Harish siguió hablando durante un rato de cosas entretenidas, y finalmente me dijo:

—Vamos, ven tú conmigo. —Y, mirando a mis tres compañeros, añadió—: Deja a estos, que mi jefe quiere escuchar tus relatos.

Yo miré a mi mujer y le dije a Harish:

—Pídele permiso a ella.

Mi mujer, inocente como un niño, cayó en la trampa, y le dijo a Harish:

—¡Mira que al salir de Bombay le insistí en que metiera los relatos en la maleta, pero él me dijo que no hacía falta! ¡¿Ahora cómo le va a leer ninguna historia?!

Harish respondió:

—Se las contará de memoria. —Tras lo cual me lanzó una mirada como diciéndome: «Tú di que sí, rápidamente».

Yo dije con convicción:

—¡Claro, puedo hacer eso!

Chadda le dio el toque final a la representación diciendo:

—Bueno, entonces nosotros nos vamos. —Tras lo cual se levantaron los tres y se despidieron.

Al cabo de un rato salimos Harish y yo. Fuera había un *tonga*. En cuanto Chadda nos vio, gritó:

—¡Viva el rey Harishchandra!

Excepto Harish, que tenía que ir a ver a una amiga, todos los demás nos dirigimos a casa de Mummy.

La casa de Mummy era muy parecida a Saida Cottage, pero estaba más limpia, de lo cual se inferían el cuidado y los modales de su dueña. Estaba amueblada con sencillez, pero decorada con mimo. Mientras nos dirigíamos allí desde Parbhat Nagar me imaginé que sería una especie de prostíbulo, pero no daba la más mínima impresión de eso, sino que parecía una casa tan honrada como la de cualquier cristiano de clase media, solo que en comparación con la edad de Mummy parecía muy joven. No tenía el maquillaje que le había visto a Mummy sobre su rostro completamente arrugado. Cuando la mujer entró en el salón, me di cuenta de que los objetos que allí había no eran nuevos, sino bastante antiguos; sin embargo, la única que había envejecido era ella, mientras que el resto de las cosas se habían quedado tal como estaban, con la misma edad de siempre. No obstante, al contemplar su brillante y atrevido maquillaje, sentí un deseo irracional de que ella también se volviera joven como el ambiente que la rodeaba de forma seria y grave.

Chadda nos presentó muy brevemente, y, resumiendo mucho, lo único que me dijo acerca de Mummy fue:

—Esta es Mummy, *the great* Mummy.

Ella, al oír el cumplido, sonrió, y, mirándome, le dijo a mi amigo en inglés:

—Antes me dijiste que hiciera té. Como siempre, me lo pediste de improviso. No sé si le gustó o no. —A continuación, dirigiéndose a mí, dijo—: Señor Manto, yo soy una persona muy tímida... En realidad, toda la culpa la tiene tu amigo Chadda, que es un muchacho indigno de mis consejos.

Yo alabé y agradecí su té con amabilidad, pero ella me prohibió que hiciera elogios vanos y le dijo a Chadda:

—La cena está preparada; lo digo porque, si no, me la pedirás justo en el mismo momento en que quieras comer.

Chadda abrazó a Mummy y le dijo:

—*You are a jewel*, Mummy. Comeremos ahora.

Mummy, asombrada, dijo:

—¿Qué? No, de ninguna manera.

Mi amigo le dijo:

—Pero ¡si a la señora Manto la hemos dejado en Parbhat Nagar!

Ella le gritó:

—¡Condenado! Pero ¿qué has hecho?

Chadda se rio a carcajadas.

—Y ¿qué pasa con esa fiesta que ibas a dar hoy?

—Cuando vi al señor Manto, me dije a mí misma que la cancelaría —dijo ella encendiéndose un cigarro.

Mi amigo se entristeció:

—¡Que Dios te maldiga! ¿Y todo lo que habíamos planeado sobre esa fiesta? —Se sentó desesperado en la silla y comenzó a decir hablando al vacío—: Todos mis sueños se derrumbaron... La rubia platino..., con sus cabellos como diminutas escamas de serpiente... —De repente se levantó y cogió con los brazos a Mummy—: ¡No la cancelaste, solo te dijiste a ti misma que la cancelarías! En ese caso, démosle el visto bueno. —Y Chadda hizo una *V* sobre el corazón de Mummy y dijo en voz alta—: ¡Hurra!

Mummy ya le había dicho a los conocidos que la fiesta se había cancelado, pero yo creo que no quería desilusionar a mi amigo, por lo que le dio unas palmaditas en la mejilla de forma muy cariñosa y le dijo:

—No te preocupes, que ahora lo preparo todo.

Se marchó para hacer los preparativos, y Chadda gritó de alegría y le dijo a Vinkutre:

—General Vinkutre, traiga todas las botellas del cuartel general.

Vinkutre hizo el saludo militar y se marchó para obedecer la orden. Saida Cottage estaba muy cerca, de modo que regresó al cabo de diez minutos con las botellas. Junto a él estaba el criado de Chadda, y este al verlo le dijo:

—Ven, ven, príncipe del monte Qaf... Va a venir la muchacha esa de los cabellos como escamas de serpiente. Prueba tú también a ver si tienes suerte con ella.

Tanto a Ranyit Kumar como a Garib Nawaz, esta invitación abierta a cualquier persona dotada de una mínima capacidad de discernimiento les pareció una gran ofensa. Ambos me comentaron que les parecía muy mal esa gran falta de educación por parte de Chadda. Mi amigo continuó insultando como de costumbre, y ellos se sentaron en silencio en un rincón bebiendo ron y contándose sus problemas.

Yo me quedé pensando en Mummy. En el salón estaban sentados Garib Nawaz, Ranyit Kumar y Chadda, como niños pequeños que estuvieran esperando que volviera su madre con juguetes para ellos. Chadda estaba seguro de que recibiría el mejor juguete porque era el preferido de su madre, y los demás, al hallarse en la misma situación de desventaja, se habían hecho muy amiguitos... En ese ambiente el alcohol era como la leche, y la rubia platino... era para ellos como su muñeca. Cada atmósfera, cada circunstancia poseen su propia melodía, y en la melodía que llegaba a los oídos de mi corazón en ese momento no había disonancia alguna. Todo tenía sentido, tanto la madre como los hijos, como sus relaciones mutuas.

Cuando vi a Mummy en el *tonga* con Chadda, mi sentido estético se sintió ofendido. Lamenté haber pensado cosas absurdas sobre ellos, aunque me seguía molestando que se pusiera ese maquillaje tan exagerado, que me parecía un insulto para sus arrugas. Era un insulto al sentimiento maternal que albergaba su corazón por Chadda, Garib Nawaz, Vinkutre y quién sabe cuántos más.

En el transcurso de nuestra conversación le pregunté a mi amigo:

—Oye, esa Mummy tuya, ¿por qué se pone un maquillaje tan chillón?

—Porque al mundo le gustan las cosas chillonas... En el mundo hay muy pocos tontos como nosotros dos a los que les gusten las melodías dulces y los colores tenues, que no deseen que la juventud sea como la niñez y que no anhelen que la vejez tenga un baño de juventud. Nosotros, que nos autodenominamos artistas, no somos más que unos imbéciles... Te voy a contar una historia interesante. Era el festival del Bhaishaki...,[85] en tu Amritsar..., en esa zona de Ram Bagh donde están las prostitutas..., estaba pasando un joven muy sano..., alimentado con leche pura y mantequilla, que llevaba sus zapatos nuevos colgados de su cayado, miró hacia arriba, a una casa, y vio a una muchacha oscura maquillada con colores chillones, y con la melena untada de aceite y pegada a la frente de mala manera, y dando un codazo a su amigo le dijo: «¡Eh, mira qué moza más guapa!», y añadió una última palabra que no sé qué significaba, pero no era ninguna galantería.

Comenzó a reírse a carcajadas y sirviéndome ron en el vaso me dijo:

—Para aquel chico, en ese momento, esa muchacha era como un hada del monte Qaf, mientras que las bellas y sanas mozas de su pueblo no eran más que búfalas. Somos todos unos estúpidos de segunda clase, porque no hay nada en el mundo de primera clase, solo hay de segunda o de tercera..., pero, pero Filis es de una clase completamente especial... Esas escamas de serpiente...

Vinkutre se levantó y derramó su vaso sobre la cabeza de Chadda y dijo:

—¡Escamas, escamas...! ¡Ya has vuelto a perder la cabeza!

Mi amigo comenzó a sorber las gotas que le caían y le dijo a Vinkutre:

—Ven, que te voy a contar cuánto te quería el estúpido de tu padre, ahora que tengo el cerebro fresco.

Vinkutre se puso muy serio y me dijo:

—Te juro que me quería mucho. Yo tenía quince años cuando me casó.

---

[85] Festival sij que se celebra en el mes de Baishak, aproximadamente hacia abril, y que marca el inicio de un nuevo año solar y de la estación de las cosechas. Es uno de los festivales más importantes del Punyab.

Chadda se rio a carcajadas y dijo:

—Ese imbécil te convirtió en un dibujo animado. Dios en el cielo le ha dado un armonio de peltre, y allí también se pasa las horas tocando y buscando a una bella hurí para que te cases con ella.

Vinkutre se puso más serio aún:

—Manto, yo no miento. Mi mujer es muy guapa. En mi familia...

—¡Al infierno con tu familia!... ¡Habla de Filis! No hay nadie que pueda ser más bello que ella.

Chadda miró a Garib Nawaz y a Ranyit Kumar, que estaban sentados en un rincón hablando sobre la belleza de Filis, y exclamó:

—¡Eh, vosotros, dinamiteros confabuladores! ¡Que sepáis que vuestra conspiración está abocada al fracaso y que el puesto caerá en manos de Chadda! ¿A que sí, príncipe de Gales?

El príncipe de Gales se quedó contemplando las botellas vacías con mirada de deseo. Chadda se rio a carcajadas, le sirvió medio vaso y se lo dio.

Garib Nawaz y Ranyit Kumar estaban hablando acerca de Filis, pero, por su modo de hablar, era evidente que en realidad cada uno estaba maquinando distintos planes para conseguirla.

En ese momento la lámpara del salón estaba encendida porque ya era noche cerrada. Chadda me estaba contando las nuevas noticias de la industria cinematográfica de Bombay cuando de repente se oyó en la veranda la voz de Mummy. Chadda gritó de alegría y salió fuera. Garib Nawaz y Ranyit Kumar se intercambiaron una mirada cómplice, y después miraron en dirección a la puerta.

Mummy entró hablando con gran alegría. Junto a ella iban cuatro o cinco muchachas angloindias de tamaño, estatura, aspecto y colores diversos. Polly, Dolly, Katty, Elma y Thelma…, y aquel muchacho con aspecto de transexual…, al que Chadda llamaba mariquita. Filis apareció tras las demás junto a Chadda, que iba abrazado a su firme cintura. Me di cuenta de la reacción de rechazo de Garib Nawaz y Ranyit Kumar, a los que no gustó el alarde de victoria de Chadda.

En cuanto llegaron las muchachas se produjo un gran revuelo. De repente comenzó a sonar tanto inglés que quedó en evidencia el bajo nivel de Vinkutre en este idioma, pero a él le dio completamente igual, y no paró de hablar. Cuando se dio cuenta de que nadie le hacía caso, se sentó en un sofá algo retirado con Thelma, la hermana mayor de Elma, y comenzó a preguntarle qué nuevos pasos de baile indio había aprendido. Allí mismo se puso a marcarle el ritmo y le enseñó otros pasos. Por otra parte, Chadda, en medio del resto de las chicas, les empezó a recitar versos desvergonzados en inglés, de los que se sabía miles de memoria. Mummy estaba pidiendo sodas y comida. Ranyit Kumar estaba dando caladas a un cigarrillo y mirando fijamente a Filis, y Garib Nawaz no hacía más que decirle a Mummy que si no tenía suficiente dinero, se lo pidiera a él.

Abrieron la botella de *whisky* y comenzó la primera ronda. Le dijeron a Filis que bebiera un poco, pero ella se negó agitando su melena color platino, diciendo que no bebía *whisky*. A pesar de la insistencia de todos, no quiso beber, lo cual molestó ligeramente a Chadda. Entonces Mummy le sirvió un vaso pequeño y, poniéndoselo en los labios, le dijo:

—Vamos, sé una chica valiente y bebe.

La muchacha no se pudo negar. Chadda se alegró, y eso le hizo recitar más poemas jocosos, que divirtieron a todos. En ese momento pensé que el hombre inventó el vestido cuando se aburrió de la desnudez, y por eso ahora, en ocasiones, cuando se aburría del vestido, corría hacia la desnudez. La reacción a la decencia es la indecencia. Sin duda, esa evasión también tiene su lado fascinante y, a través de ella, el hombre consigue liberarse durante unas horas de la tortura de tener que escuchar continuamente el mismo sonido.

Miré a Mummy, que se encontraba feliz en medio de todas esas jóvenes. Se estaba riendo a carcajadas con los versos pícaros de mi amigo. Tenía el rostro cubierto por ese absurdo maquillaje, bajo el cual se distinguían claramente sus arrugas, pero, a pesar de ello, estaba feliz. Me pregunté por qué se tendía a criticar el escapismo. A pesar de que la manifestación externa del escapismo que tenía ante mis ojos era grotesca, su interior era bello y en él no había ningún maquillaje, ningún afeite, ningún ungüento.

Polly estaba de pie en un rincón hablando con Ranyit Kumar sobre su nuevo vestido, diciéndole que ella siempre conseguía esas cosas tan buenas a muy buen precio por el mero hecho de que era muy lista. Eran dos retales que en realidad parecían inservibles, pero se habían convertido en un precioso vestido, y Ranyit Kumar, con gran generosidad, le estaba prometiendo encargarle dos vestidos nuevos, a pesar de que no tenía ninguna esperanza de que la compañía cinematográfica le pagara ese dinero de una sola vez. Dolly estaba intentando pedirle un préstamo a Garib Nawaz, asegurándole que en cuanto le pagaran en la oficina se lo devolvería. Él sabía perfectamente que ella, como siempre, no le iba a devolver el dinero, pero estaba fingiendo que creía su promesa. Thelma estaba intentando aprender de Vinkutre pasos muy difíciles de baile. Este no tenía la menor duda de que ella no conseguiría en toda su vida moverse al ritmo de la música, pero aun así se los enseñaba pacientemente, y Thelma, a su vez, aunque sabía que era inútil y que estaba perdiendo su tiempo y haciéndoselo perder a Vinkutre, lo escuchaba con gran interés y concentración para intentar recordarlos. Elma y Katty estaban bebiendo y hablando de algún hombre que en la última carrera de caballos, para vengarse de quién sabe qué, les dio un falso chivatazo. Y Chadda estaba bebiendo, mezclando el color de escamas de serpiente de los cabellos de Filis con el de oro derretido de su *whisky*. El amigo de Filis con aspecto de transexual no hacía más que sacarse un peine del bolsillo y peinarse. Mummy hablaba a ratos con uno, luego con otro, o mandaba abrir las botellas de soda, o recogía los cristales rotos de un vaso. Permanecía atenta a todos, como la gata que cierra los ojos para descansar, pero sabe perfectamente dónde está cada uno de sus gatitos y qué trastadas están haciendo.

En esa interesante escena no había color ni trazo alguno que desentonara. Hasta el maquillaje chillón de Mummy parecía ser parte fundamental del cuadro.

Como dice Ghalib:

> *La prisión de la vida y el cautiverio del dolor son una misma cosa.*
> *¿Cómo podrá librarse el hombre del dolor antes de la muerte?*

Si la prisión de la vida y el cautiverio del dolor son en realidad una misma cosa, ¿quién dice que el hombre no deba intentar liberarse un poco antes de morir? ¿Por qué esperar a alcanzar esta liberación en el reino de los muertos? ¿Por qué no puede disfrutar el hombre durante unos instantes de la quimera del autoengaño?

Mummy tenía palabras dulces para todos ellos. En su corazón había amor maternal para todos. Pensé que quizás por eso se maquillaba, para que no vieran su verdadero rostro. Quizás no poseyera tanta fuerza como para ser la madre de todos, y por eso había escogido solo a unos cuantos hombres para entregarles su amor y su cariño, dejando al resto fuera.

Chadda le había dado a beber a Filis un gran trago, no a escondidas, sino delante de todos, pero Mummy no se había dado cuenta porque en ese momento estaba en la cocina friendo patatas. Filis estaba borracha, ligeramente alegre, y se mecía al igual que se mecía lentamente su cabello metalizado y brillante.

Llegaron las doce de la noche. En ese momento Vinkutre, a la vez que le explicaba a Thelma nuevos pasos, le estaba contando que el estúpido de su padre lo había querido mucho, que lo casó durante su *childhood* y que su *wife* era muy *beautiful*; y Garib Nawaz le había hecho un préstamo a Dolly y ya lo había olvidado. Ranyit Kumar se había marchado con Polly. Elma y Katty, que habían hablado mucho, estaban agotadas y tenían ganas de descansar. Filis, su amigo con aspecto de *hijra* y Mummy estaban sentados en torno a la mesita. Filis, que había experimentado por primera vez las delicias del alcohol, estaba al lado de Chadda, que ya no estaba sentimental y cuyos ojos delataban la determinación de conseguirla, de lo cual se había dado cuenta Mummy.

Al cabo de un rato, el amigo afeminado de Filis se levantó, se tumbó en un sofá y comenzó a peinarse. Garib Nawaz y Dolly se levantaron y se marcharon. Elma y Katty, mientras hablaban de una tal Margaret, se despidieron de Mummy y se fueron. Vinkutre alabó por última vez la belleza de su mujer, y, tras contemplar a Filis con mirada de deseo, y a continuación a Thelma, que estaba sentada a su lado, cogió a esta última por el brazo y la llevó a la plaza para enseñarle la luna.

No sé qué es lo que ocurrió, pero, de repente, Chadda y Mummy empezaron a discutir de forma acalorada. Mi amigo, al cual se le trababa la lengua, comenzó a insultar a Mummy como un niño insolente. Filis hizo algunos pequeños intentos de reconciliación entre los dos, pero él no quería dar su brazo a torcer. Quería llevarse a Filis a Saida Cottage, pero Mummy se negaba a permitírselo, y estuvo un buen rato tratando de disuadirle, pero él no estaba dispuesto y no hacía más que decirle a Mummy:

—¡Te has vuelto loca, vieja *madame*! ¡Filis es mía! ¡Pregúntaselo a ella!

Mummy escuchó sus insultos durante un buen rato, y al final trató de explicarle:

—Chadda, *my son*. ¿Por qué no quieres entenderlo? Es joven, muy joven.

Su voz temblaba ligeramente, era suplicante, reprobatoria. La escena en conjunto era bastante lastimera, pero mi amigo no entendió nada. En ese momento, lo único que veía era a Filis y el modo de conseguirla. Yo miré a la muchacha, y por primera vez me di cuenta de que era muy joven y no llegaría a los quince años. Su blanco rostro, rodeado de nubes plateadas, temblaba como gotas de lluvia.

Chadda la cogió del brazo, tiró de ella hacia sí y, como el protagonista de una película, la abrazó contra su pecho. Mummy gritó como protesta:

—¡Chadda, déjala, *for God's sake*, suéltala!

Como él no la separaba de su pecho, Mummy le dio una bofetada y le gritó:

—*Get out! Get out!*

Él se quedó muy asustado. Soltó a Filis, le dio un empujón y, tras lanzar una mirada de furia a Mummy, se marchó. Yo me levanté, me despedí y salí detrás de Chadda.

Al llegar a Saida Cottage, lo encontré tumbado bocabajo en la cama completamente vestido, y, sin decirle nada, me fui a la otra habitación y me eché a dormir sobre la mesa.

A la mañana siguiente me levanté tarde. El reloj marcaba las diez. Chadda se había levantado muy pronto y se había marchado. ¿Adónde? Nadie lo sabía. Al salir del baño, oí su voz, que provenía del garaje, y me detuve. Le estaba diciendo a alguien:

—Es una mujer increíble. Te lo juro por Dios, es una mujer increíble. Reza para que cuando tengas su edad tú también seas tan increíble como ella.

En su voz había cierta amargura. No sé si estaba mirando hacia aquella persona o hacia mí, pero no me pareció oportuno quedarme allí mucho más tiempo, de modo que volví a entrar y esperé una media hora, pero, como no vino, me fui a Parbhat Nagar.

Mi mujer no estaba demasiado enfadada. Harish no se encontraba en casa. Su mujer me preguntó por él y le dije que todavía estaba durmiendo. También le comenté que nos habíamos divertido mucho en Puna y que ya nos íbamos a marchar. Como de costumbre, intentó retenernos, pero desde que salí de Saida Cottage ya había decidido que con los sucesos de la noche anterior ya tenía suficiente material para pensar.

Mi mujer y yo nos marchamos, y durante el camino hablamos de Mummy. Le conté todo lo que había ocurrido, y ella me dijo que quizás Filis fuera familia de Mummy, o quería reservarla para alguien más importante. Cuando se peleó con Chadda, yo me mantuve al margen y no me puse ni en contra ni a favor de él.

Al cabo de algunos días me llegó una carta de mi amigo, en la que hacía un comentario somero de lo que había ocurrido aquella noche, limitándose a decir:

—Esa noche me comporté como un animal. ¡Ojalá me vaya al infierno!

Tres meses más tarde tuve que ir a Puna para un asunto importante y me dirigí directamente a Saida Cottage, pero Chadda no estaba. Me encontré con Garib Nawaz justo cuando estaba saliendo del garaje jugando con el hijo de Shirin. Me recibió con gran cariño. Al cabo de un rato llegó Ranyit Kumar andando como una tortuga y se sentó en silencio. Cuando le preguntaba algo, me respondía de forma muy escueta. Me dijo que, después de aquella noche, Chadda no había vuelto a casa de Mummy y que ella tampoco había aparecido por allí. Al día siguiente envió a Filis a casa de sus padres. La muchacha había llegado a Puna escapándose de su casa con ese joven de aspecto de transexual. Ranyit Kumar estaba seguro de que, si se hubiera quedado un día más en Puna, la habría raptado. Garib Nawaz no hacía esos alardes, únicamente sentía que se hubiera marchado.

Al parecer Chadda llevaba varios días enfermo con fiebre, pero no había ido a ningún médico y se pasaba el día paseando de un lado para otro. Cuando Garib Nawaz me empezó a contar esto, Ranyit Kumar se levantó y se marchó. Miré por la ventana y vi que se dirigía al garaje.

Justo en el momento en que me disponía a preguntarle algo a Garib Nawaz acerca de la Shirin del garaje, entró en la habitación Vinkutre, muy agitado, y nos dijo que Chadda tenía mucha fiebre y que, cuando lo estaba llevando hasta allí en *tonga*, se había quedado inconsciente. Garib Nawaz y yo salimos corriendo. El cochero estaba sosteniendo a Chadda, que estaba inconsciente. Lo llevamos a la habitación entre todos y lo tumbamos en la cama. Le puse la mano sobre la frente y comprobé que tenía mucha fiebre, más de cuarenta y dos grados.

Le dije a Garib Nawaz que había que llamar inmediatamente al médico. Él se lo dijo a Vinkutre, y este se marchó diciendo:

—Ahora mismo vuelvo.

Cuando volvió, iba con él Mummy, jadeante, que, al entrar, miró hacia Chadda y, casi gritando, preguntó:

—¿Qué te ha pasado, hijo mío?

Cuando Vinkutre le contó que Chadda llevaba varios días enfermo, Mummy le dijo llena de rabia y dolor:

—Pero ¿por qué no me habéis avisado?

Después nos dio algunas órdenes a mí, a Garib Nawaz y a Vinkutre. A uno, que masajeara los pies de Chadda, a otro, que trajera hielo, y al tercero, que le abanicara. Al verlo en tal estado, se sintió muy mal, pero se contuvo y fue a llamar a un médico.

No sé cómo se enteró de aquello Ranyit Kumar, que estaba en el garaje, pero, en cuanto se marchó Mummy, llegó muy preocupado y preguntó qué ocurría, y Vinkutre le contó que se había quedado inconsciente y que Mummy había ido a buscar un médico. Al oír eso, se sintió un poco más tranquilo.

Me di cuenta de que los tres estaban muy serenos, como si toda la responsabilidad de la salud de Chadda recayera sobre Mummy.

Como nos había indicado ella, le estábamos dando un masaje en los pies y le habíamos puesto un trapo con hielo en la cabeza. Cuando Mummy llegó con el médico, había comenzado a recobrar la conciencia. El médico estuvo bastante tiempo examinándolo, y era evidente por su rostro que la vida de Chadda estaba en peligro. Una vez que lo hubo examinado, hizo una señal a Mummy y salieron de la habitación. Por la ventana enrejada vi que la cortina del garaje se movía.

Al cabo de un rato regresó Mummy y les dijo a Garib Nawaz, a Vinkutre y a Ranyit Kumar que no tenían por qué preocuparse. En ese momento, Chadda tenía los ojos abiertos y estaba escuchando. No se sorprendió al ver a Mummy, pero estaba un poco confuso.

Al cabo de unos instantes, cuando se dio cuenta de que Mummy estaba allí y de por qué había acudido, le cogió la mano y, apretándosela, le dijo:

—Mummy, *you are great.*

Mummy se sentó a su lado en la cama. Le acarició la frente ardiente con gran cariño y se limitó a decirle sonriendo:

—Mi hijo, mi pobre hijo.

Los ojos de Chadda se llenaron de lágrimas, pero contuvo el llanto y le dijo:

—No, tu hijo es un bribón de primera clase. Ve, coge la pistola de tu difunto marido y dispárame en el pecho.

Mummy le dio un cachete en la mejilla y le dijo:

—¡No digas tonterías! —Y a continuación, como una enfermera diestra y eficiente, se levantó y nos dijo a todos—: Chicos, Chadda está enfermo y lo tengo que llevar al hospital. ¿Habéis entendido?

Todos habíamos entendido. Garib Nawaz llamó inmediatamente un taxi, y, cogiendo a Chadda, lo llevó hasta el coche. Él no hacía más que decir que por qué lo llevaban al hospital, y Mummy le repetía que no pasaba nada, que solo tenía que descansar un poco allí. Aunque mi amigo era muy obstinado, en ese momento no tenía fuerzas para negarse a lo que decía Mummy.

Ingresaron a Chadda en el hospital. Mummy me dijo a mí solo que tenía una enfermedad vírica muy grave, un virus. Al oír eso, casi me derrumbo. La propia Mummy estaba muy preocupada, pero tenía la esperanza de que desapareciera y Chadda mejorara pronto.

Continuaron atendiéndolo en aquel hospital privado. Los médicos lo trataron con mucha atención, pero surgieron algunas complicaciones, y le empezaron a salir llagas por todo el cuerpo, mientras la fiebre no dejaba de aumentar. Por último, los médicos aconsejaron que lo llevaran a Bombay, pero Mummy se negó y lo llevó a su casa.

Yo no pude quedarme mucho tiempo en Puna. Al volver a Bombay, llamé varias veces por teléfono para saber cómo estaba. Pensaba que no iba a sobrevivir al virus, pero me dijeron que se estaba recuperando poco a poco. Tuve que ir a Lahore por un juicio, y cuando regresé, al cabo de quince días, mi mujer me entregó una carta de Chadda en la que lo único que ponía era: «La gran Mummy salvó a su hijo innoble de las fauces de la muerte».

Esas breves palabras estaban cargadas de sentido. En ellas había todo un océano de emoción. Se las repetí a mi mujer, al contrario de lo habitual, con gran sentimiento, y ella, conmovida, lo único que dijo fue:

—Normalmente, esas mujeres son muy entregadas.

Le escribí dos o tres cartas a Chadda, pero no obtuve respuesta. Más tarde supe que Mummy lo había enviado a casa de una amiga suya para que cambiara de aires y que solo consiguió resistir allí un mes, al cabo del cual, aburrido, se marchó. Por casualidad, el día que llegó a Puna, yo me hallaba allí.

La enfermedad lo había debilitado mucho, pero conservaba intacta su naturaleza amante del bullicio. Hablaba de su enfermedad como habla uno de sus caídas de bicicleta, y, ahora que ya estaba curado, le parecía inútil hacer un relato detallado de su peligrosa enfermedad.

Durante su ausencia, había habido algunos pequeños cambios en Saida Cottage. Los hermanos Aquil y Shakil abandonaron la casa, ya que no les parecía apropiada para crear su propia compañía cinematográfica. En su lugar llegó un director de música bengalí, llamado Sen, que compartía habitación con un muchacho que se había escapado de Lahore, llamado Ram Singh. Todos los que vivían en Saida Cottage se aprovechaban de él, ya que era muy honrado y muy servicial. El muchacho acudió a Chadda cuando este se disponía a ir a Lonavala siguiendo los consejos de Mummy, y Chadda pidió a Garib Nawaz y a Ranyit Kumar que lo dejaran estar en Saida Cottage, y, como en la habitación de Sen había sitio, se instaló allí.

La compañía había elegido a Ranyit Kumar para ser el protagonista de una nueva película y le prometió que si tenía éxito, le darían la oportunidad de dirigir su propio largometraje. Chadda había conseguido que le dieran mil quinientas rupias del sueldo acumulado de dos años; por eso le dijo a Ranyit Kumar:

—Amigo mío, si realmente quieres conseguir algo, ponte enfermo. Creo que es más eficaz que ser protagonista o director.

Garib Nawaz acababa de volver de Hyderabad; por eso Saida Cottage se encontraba en un momento próspero. Me di cuenta de que en la cuerda de tender que había en el exterior del garaje colgaba ropa de tela cara y de que el hijo de Shirin tenía juguetes nuevos.

Tuve que quedarme quince días en Puna. Mi antiguo compañero de cine estaba en ese momento ocupado intentando conquistar a una nueva actriz, pero tenía miedo, ya que era punyabí y su marido era un matón de grandes bigotes. Chadda lo animó: «No hagas ningún caso de aquel pobre imbécil. Por mucho que el marido de esa actriz tenga unos grandes bigotes y cuerpo de boxeador, seguro que en el campo del amor se queda K. O. Lo único que tienes que hacer es darme cien rupias, y yo te enseñaré diez buenos insultos en punyabí, que te serán de gran ayuda en caso de que tengas problemas».

Harish, a cambio de una botella, aprendió seis insultos con perfecto acento punyabí, pero hasta entonces, en el camino de su amor, no se le había presentado ninguna gran dificultad en la que pudiera poner a prueba su efecto.

En casa de Mummy, como era habitual, se seguían celebrando veladas a las que acudían Polly, Dolly, Katty, Elma y Thelma y todas las demás. Vinkutre, como de costumbre, intentaba enseñarle a Thelma distintos pasos marcando el ritmo, y ella seguía tratando de aprender con gran esmero. Garib Nawaz, en consonancia con sus actuales circunstancias favorables, estaba prestando dinero, y Ranyit Kumar, que había encontrado la posibilidad de ser el protagonista de la nueva película de la compañía, estaba llevando a una de las muchachas afuera, al aire libre. Todos seguían riéndose a carcajadas al escuchar los versos pícaros de Chadda. Solo faltaba una persona, aquella por el color de cuyos cabellos Chadda había pasado mucho tiempo tratando de hallar el preámbulo amoroso adecuado. Pero, en esas veladas, los ojos de mi amigo ya no la buscaban. No obstante, a veces, cuando sus ojos se cruzaban con los de Mummy y bajaba la mirada, a mí me parecía que todavía estaba triste por lo que había ocurrido esa noche. Una tristeza cuyo recuerdo le hería; por eso, tras el cuarto vaso, siempre decía algo así de forma inconsciente:

—¡Chadda, eres un maldito animal!

Al oír esto, Mummy se reía con disimulo, como si el mensaje envuelto en la dulzura de esa sonrisa fuera: «No digas tonterías».

Vinkutre seguía repitiendo las mismas cosas de siempre, y, en cuanto se achispaba y comenzaba a alabar a su padre y a elogiar la belleza de su mujer, Chadda le interrumpía sin miramientos. El pobre se callaba doblando su diploma del colegio y guardándoselo en el bolsillo.

Mummy seguía siendo la misma Mummy, la Mummy de Polly, la Mummy de Dolly, la Mummy de Ranyit. Disponía las botellas de soda, los dulces y las demás cosas de las fiestas con el cuidado exquisito y el cariño de siempre. Su maquillaje seguía siendo el mismo. Su ropa seguía siendo igualmente brillante. Tras las capas de colorete y de carmín seguían asomando sus arrugas, pero a mí me parecían sagradas. Tan sagradas que los gérmenes de los virus no podían alcanzarlas, y salían corriendo atemorizados, al igual que habían huido también del cuerpo de Chadda, ya que sobre él se extendía la sombra de esas arrugas, de aquellas sagradas arrugas que permanecían en todo momento embadurnadas con esos colores chillones y ridículos.

Cuando la bella esposa de Vinkutre tuvo un aborto, fue la oportuna intervención de Mummy la que hizo que se salvara. Cuando Thelma, con la ilusión de aprender danza india, cayó en manos de un profesor *marwari* de *kathak*[86] y supo de repente que había contraído una enfermedad, Mummy la reprendió mucho y decidió no volver a verla, pero, al ver cómo lloraba, su corazón se apiadó, y esa misma tarde les contó todo a sus hijas y les dijo que curaría a Thelma. Cuando Katty ganó quinientas rupias por resolver un acertijo, le aconsejó que por lo menos le diera la mitad a Garib Nawaz, ya que en ese momento no tenía mucho dinero.

Le dijo:

—Dale el dinero ahora, que ya le seguirás pidiendo luego.

Y durante los quince días que estuve allí me preguntó varias veces por mi mujer y se mostró muy preocupada al saber que, habiendo pasado tantos años desde la muerte de nuestro primer hijo, siguiéramos sin tener otro.

Con Ranyit Kumar no hablaba con excesivo entusiasmo, parecía como si no le gustara su carácter jactancioso. Ya me lo había parecido en un par de ocasiones por sus palabras. Al director de música, Sen, lo odiaba, y cuando Chadda lo llevaba, le decía:

---

[86] Estilo de danza del norte de la India.

—Haz el favor de no traer aquí a ese maldito. —Cuando mi amigo le preguntaba la razón, respondía con mucha seriedad—: Me parece un falso, no me parece honrado.

Al oír esto, Chadda se reía.

Regresé a Bombay llevándome el candor de las veladas en casa de Mummy. En esas fiestas reinaban el libertinaje, la bebida y el sexo, pero no había ninguna complejidad. Todo era claro como el vientre de una mujer embarazada, cuya hinchazón quizás pueda resultar extraña a los que la vean, pero que no deja de ser algo totalmente natural. Al día siguiente por la mañana, cuando leí en el periódico que en Saida Cottage habían asesinado al director musical Sen y que el asesino era un tal Ram Singh, que decía tener unos catorce o quince años, llamé enseguida a Puna, pero nadie me respondió.

Al cabo de una semana me llegó una carta de Chadda en la que me contaba lo sucedido. Por la noche, cuando todos estaban durmiendo, de repente, alguien se derrumbó sobre su cama. Él se despertó, se levantó, y al encender la luz vio que era Sen, que estaba cubierto de sangre. Mi amigo casi se desmaya. De pronto vio en la puerta a Ram Singh con un cuchillo en la mano, y enseguida aparecieron también Garib Nawaz y Ranyit Kumar. Toda Saida Cottage se despertó. Chadda tumbó a Sen en su cama, y, cuando se disponía a preguntarle qué había ocurrido, este expiró.

Garib Nawaz y Ranyit Kumar habían cogido a Ram Singh, pero los dos estaban temblando. Cuando Sen se murió, Ram Singh le preguntó a Chadda:

—Bhapayi, ¿se ha muerto?

Él respondió afirmativamente, y Ram Singh les dijo a Ranyit Kumar y a Garib Nawaz:

—Soltadme, no me voy a escapar.

Chadda no sabía qué hacer, por lo que inmediatamente le dijo a su criado que llamara a Mummy. Cuando llegó, se tranquilizaron pensando que todo se solucionaría. Ella dijo que soltaran a Ram Singh, y poco más tarde lo acompañó a la comisaría para que prestara declaración. Durante los días siguientes, Chadda y sus compañeros estuvieron muy ocupados entre interrogatorios de la policía, las declaraciones y el juicio. Durante todo ese tiempo, Mummy no dejó de ir de aquí para allá. Chadda estaba seguro de que Ram Singh sería absuelto, y, efectivamente, eso fue lo que ocurrió. Lo absolvieron en segunda instancia. En el juicio repitió lo que le había contado a la policía. Mummy le había dicho:

—Hijo, no te preocupes. Cuenta exactamente lo que ocurrió.

Y eso fue lo que hizo. Contó que Sen lo tentó con la idea de ser cantante de *play-back*. A él le gustaba mucho la música, y Sen cantaba muy bien, y, aprovechándose de esto, satisfacía sus deseos sexuales, pero él, en realidad, odiaba mantener relaciones con Sen y lo maldecía en su fuero interno. Finalmente llegó a un punto en que le dijo que, si volvía a intentar algo, lo mataría, y eso fue lo que ocurrió la noche del crimen.

Así lo relató en el juicio. Mummy estaba presente y no hacía más que animarle con la mirada, como diciéndole: «No te preocupes, di la verdad, que la verdad siempre triunfa. No hay duda de que tus manos están manchadas de sangre, pero por algo realmente impuro, depravado y contra natura».

Ram Singh relató lo ocurrido con mucha tristeza, candidez e inocencia, y el juez se sintió tan conmovido que lo absolvió. Chadda dijo:

—En estos tiempos que corren, ese veredicto ha supuesto una inesperada victoria de la verdad, y eso se lo debo a mi vieja Mummy.

Chadda me invitó a la fiesta que se celebró en Saida Cottage por la liberación de Ram Singh, pero no pude asistir porque estaba ocupado. Los dos Il Brothers, Shakil y Aquil, habían vuelto a Saida Cottage. El ambiente de fuera tampoco les pareció adecuado para crear su propia compañía cinematográfica. Ahora trabajaban en su antigua compañía como ayudantes de otro ayudante. El poco dinero que les quedaba del capital que habían reunido para la creación de su propia empresa lo entregaron para la fiesta, siguiendo el consejo de Chadda, y este les dijo:

—Ahora, después de beberme cuatro vasos, rogaré para que podáis crear vuestra propia compañía.

Chadda me comentó que, en esa fiesta, Vinkutre, al contrario que de costumbre, tras beber alcohol no se puso a alabar al estúpido de su padre ni a elogiar la belleza de su mujer. Garib Nawaz le prestó a Katty doscientas rupias para sus necesidades inmediatas y le dijo a Ranyit Kumar:

—No engatuses a esas pobres muchachas así. Aunque tus intenciones sean buenas, y las suyas, a la hora de pedir, no lo sean tanto, dales tú algo de vez en cuando.

En esa fiesta, Mummy estuvo muy amable con Ram Singh y aconsejó a todos que le dijeran que volviera a su casa; por eso convinieron en que así fuera, y, al día siguiente, Garib Nawaz le consiguió un billete. Shirin le preparó la comida para el viaje, y todos fueron a despedirlo a la estación, y cuando se marchó el tren estuvieron agitando la mano durante un rato.

Todo esto lo supe diez días después de aquella fiesta, cuando tuve que ir a Puna para un asunto importante. En Saida Cottage no había habido realmente ningún cambio. Parecía un caravasar que se mantuviera inmutable aun tras el paso de miles de caravanas. Era una especie de lugar que llenaba su propio vacío. El día que llegué allí, en casa de

Shirin había otro niño. Vinkutre tenía en la mano un bote de papilla Glaxo, que en esos días era muy difícil de encontrar. Había conseguido en alguna parte dos para su hijo, de los cuales llevó uno para el niño recién nacido de Shirin. Chadda, al final, le dio dos *laddus*[87] y dijo:

—Has hecho algo increíble trayendo ese bote de Glaxo. Ahora haz el favor de no ponerte a hablar del imbécil de tu padre ni de la imbécil de tu mujer.

Vinkutre, con gran inocencia, dijo:

—He bebido ya un poco…, así que es el alcohol el que habla por mí…, que yo te juro… que mi mujer es muy *handsome*.

Chadda soltó una carcajada tan grande que Vinkutre no tuvo ocasión de seguir hablando. A continuación, Chadda, Garib Nawaz y Ranyit Kumar se dirigieron a mí y empezamos a hablar de la historia que estaba escribiendo yo para un productor de allí gracias a la mediación de mi antiguo amigo.

También hablamos del nombre que se le podía poner al niño de Shirin. Dijimos cientos de nombres, pero a Chadda no le gustaron. Finalmente dije que, como había nacido en Saida Cottage, el niño era afortunado, y que por eso lo mejor era llamarlo Masud, «afortunado». A Chadda no le entusiasmó, pero aceptó de forma provisional.

Entre tanto me di cuenta de que Chadda, Garib Nawaz y Ranyit Kumar estaban algo alicaídos. Pensé que quizás se debía a que era otoño, una época en la que uno se siente cansado sin razón aparente. O quizás la causa fuera el nuevo hijo de Shirin, pero eso tampoco explicaba la cuestión. Quizás la tragedia del asesinato de Sen… No sabía la razón, pero me di cuenta de que todos estaban tristes. Exteriormente se reían y hablaban, pero interiormente estaban algo inquietos.

[87] Dulce típico indio.

Continué escribiendo mi historia en Parbhat Nagar, en casa de mi viejo amigo. Llevaba siete días ocupado en esto, y me extrañaba que todavía no hubiera aparecido Chadda para interrumpirme. Vinkutre también había desaparecido. Con Ranyit Kumar no tenía una relación tan estrecha como para sentir su ausencia. En cuanto a Garib Nawaz pensé que se habría ido a Hyderabad. Mi amigo había tomado la determinación de enfrentarse al marido de grandes bigotes de la protagonista de su nueva película.

De repente, cuando estaba preparando una escena muy interesante de un capítulo de mi historia, apareció Chadda como un mal presagio, y en cuanto entró en la habitación me dijo:

—¿Has recibido ya algo por esa estupidez?

Se refería a mi historia, de la que dos días antes había recibido el segundo plazo del pago:

—Sí, antes de ayer me dieron otras mil rupias.

—¿Dónde están? —Y tras decir esto fue directo a mi abrigo.

—En el bolsillo.

Metió la mano en el bolsillo, sacó cuatro billetes de cien y me dijo:

—Esta noche ve a casa de Mummy porque hay una fiesta.

Justo cuando le iba a preguntar algo sobre la fiesta, se marchó. Seguía viendo en él aquella tristeza que había vislumbrado unos días antes, y, además, parecía un poco nervioso. Quería pensar en ello, pero mi cerebro se negaba, ya que estaba enfrascado en aquella escena de mi relato.

Estuve un rato hablando con la esposa de mi amigo sobre mi mujer, y después salí de allí cerca de las cinco, y llegué a Saida Cottage a las siete. En la cuerda de tender que había en el exterior del garaje había colgados unos pañales de tela mojados, y los Il Brothers estaban jugando con el hijo mayor de Shirin al lado del grifo. La cortina del garaje estaba levantada y Shirin estaba hablando con ellos, probablemente de Mummy. Al verme se quedó callada. Pregunté por Chadda, y Aquil me dijo que lo encontraría en casa de Mummy.

Cuando llegué allí, había mucho barullo. Todos estaban bailando. Garib Nawaz con Polly, Ranyit Kumar con Katty y con Elma, y Vinkutre con Thelma, a la que estaba enseñando los *mudras*[88] del *kathakali*.[89] Chadda tenía a Mummy en brazos y no paraba de saltar de un lado a otro. Todos estaban borrachos y reinaba un gran bullicio. En cuanto entré, Chadda se puso a gritar proclamas que fueron coreadas por un estruendo de voces nativas y seminativas cuyo eco me estuvo resonando durante un rato en los oídos. Mummy me recibió con gran cariño, con un cariño que rayaba en la confianza. Me cogió la mano y me dijo:

—*Kiss me, dear*.

Pero fue ella misma la que me dio un beso en la mejilla y me arrastró al grupo de los que bailaban. Mi amigo enseguida dijo:

—Ya basta, ahora empieza la ronda de alcohol.

A continuación llamó a su criado:

—Príncipe de Escocia, trae otra botella de *whisky*.

El criado trajo la botella. Estaba borracho, y al intentar abrir la botella, se le resbaló y se rompió. Mummy le iba a regañar, pero Chadda la detuvo y le dijo:

—Es igual, Mummy, solo se ha roto una botella; yo, en cambio, tengo roto el corazón.

---

[88] Gesto sagrado hecho con las manos.

[89] Estilo de danza de Kerala, en el sur de la India, en el que los gestos de las manos y del rostro juegan un papel muy importante.

De repente, se ensombreció el ambiente, pero inmediatamente las carcajadas de mi amigo cambiaron esa tristeza pasajera. Llegó una nueva botella y sirvió en cada vaso una buena cantidad de *whisky*, tras lo cual comenzó un discurso inconexo:

—*Ladies and gentlemen*…, ¡marchaos todos al infierno! Manto, que se considera un gran escritor de relatos, está con nosotros. Lo que dice sobre la psicología humana llega a lo más profundo…, pero yo digo que es una tontería. El que va a los pozos, el que va a los pozos. —Miró a su alrededor y continuó—: Es una pena que no haya aquí ningún indostano. Solo hay un hyderabadi que a la *qaf*[90] la llama *jaf*, y que al que se encontró hace diez años dirá que lo vio antes de ayer. ¡Maldito sea el *nizam* de Hyderabad, que tiene toneladas, millones de joyas, pero no tiene a Mummy!… Sí…, ese que va a los pozos… ¿Qué había dicho yo?… Que todo es una tontería… Al infierno en punyabí lo llaman *tobaje*… Ese que se zambulle… Él conoce mucho mejor la psicología humana, por eso digo que…

Todos gritaron:

—¡Viva!

Chadda gritó:

—Es una conspiración…, una conspiración de este Manto. De lo contrario, como Hitler, habría gritado que murierais, que murierais todos… Pero antes… yo… —Se había puesto sentimental—: Yo…, que aquella noche hice enfadar a mi Mummy por una muchacha que tenía los cabellos del mismo color de las escamas de serpiente…, no sé quién me creía, ¿Don Juan?… No… No resultaba difícil conseguirla. ¡Lo juro por mi juventud! Con un solo beso podía haber conquistado la virginidad de esa muchacha, podía

[90] Letra del alfabeto árabe.

haber besado sus carnosos labios…, pero era un comportamiento inapropiado… Era menor de edad…, tan pequeña, tan débil, tan *characterless*…, tan… —Se volvió hacia mí con mirada inquisitiva—: Hombre, dime cómo se diría en urdu, en persa o en árabe… *characterless*, y *ladies and gentlemen*… Era tan pequeña, tan débil y tenía tan poca personalidad que si hubiera caído en el pecado aquella noche, o bien se habría arrepentido durante toda su vida, o bien lo habría olvidado por completo… No tenía la menor noción de cómo vivir con el recuerdo de unas breves horas de placer… ¡Lo siento! Afortunadamente, Mummy me detuvo… Bueno, ahora dejo de decir tonterías… En realidad pensaba hacer un discurso muy largo…, pero no consigo decir nada… Voy a beber un poco más.

Bebió otro trago. Durante su discurso todos se quedaron en silencio, y una vez que hubo terminado permanecieron igualmente en silencio. No sé qué es lo que estaría pensando Mummy. Bajo las capas de colorete y de maquillaje, sus arrugas mostraban que ella también estaba preocupada. Después de hablar, fue como si Chadda se hubiera quedado vacío. Caminaba de un lado a otro como si estuviera buscando un rincón en el que abandonar algo que guardaba en su mente a buen recaudo. Le pregunté:

—¿Qué es lo que ocurre, Chadda?

Soltó una carcajada y después me dijo:

—Nada, es que hoy el *whisky* se me ha quedado en los recovecos del cerebro y no me está haciendo efecto.

Su carcajada sonó vacía.

Vinkutre le dijo a Thelma que se levantara y me pidió que me sentara a su lado, y, después de hablar de trivialidades, comenzó a alabar a su padre, que era muy virtuoso y que tocaba tan bien el armonio que la gente se quedaba asombrada. A continuación empezó a hablar de la belleza de su mujer, a la que su padre eligió en la infancia y con la que le casó. Cuando sacó el tema del director de música bengalí Sen, dijo:

—Señor Manto, era un hombre totalmente falso, decía que era discípulo de Khan Sahib Abdul Karim Jan. En realidad era mentira, era discípulo de algún proxeneta bengalí.

El reloj marcó las dos. Chadda empujó a Katty a un lado, y acercándose a Vinkutre le propinó una torta en su cabeza de melón:

—¡Deja de decir estupideces y canta algo! ¡Pero no se te ocurra ponerte a cantar música clásica!

Vinkutre empezó a cantar inmediatamente. No tenía buena voz, pero, a pesar de eso, le ponía un gran empeño. Cantó dos o tres canciones de películas en el *raga malkos*, que ensombrecieron la atmósfera. Mummy y Chadda se miraron y dirigieron la vista a otro lugar. Garib Nawaz estaba tan conmovido que tenía los ojos llorosos. Chadda soltó una fuerte carcajada y dijo:

—Los de Hyderabad son de lágrima fácil. Siempre están lloriqueando.

Garib Nawaz se secó los ojos y comenzó a bailar con Elma. Vinkutre puso un disco en el gramófono, colocó la aguja, y comenzó a sonar una melodía gastada. Chadda volvió a coger a Mummy en brazos y empezó a saltar y a armar jaleo. Tenía la voz ronca, como los cantantes profesionales que ponen tal empeño en las bodas que se quedan sin voz.

Entre saltos y berridos se hicieron las cinco. Mummy se había quedado completamente callada. Poco después, dirigiéndose a Chadda dijo:

—Se acabó, ya está bien.

Mi amigo se llevó una botella a la boca, y, tras terminarla, la tiró a un lado y me dijo:

—Bueno, Manto, vámonos.

Yo me levanté y quise despedirme de Mummy, pero Chadda me empujó hacia él.

—Hoy no se va a despedir nadie.

Justo cuando estábamos saliendo, oí llorar a Vinkutre y le dije a mi amigo:

—Espera, vamos a ver qué ocurre.

Pero él me empujó hacia delante.

—Ese imbécil también es de lágrima fácil.

La casa de Mummy estaba al lado de Saida Cottage. Durante el camino, Chadda no dijo nada. Antes de dormir le quise preguntar algo sobre esa fiesta tan extraña, pero me dijo:

—Tengo mucho sueño. —Y se tumbó en la cama.

Por la mañana me levanté y fui al baño. Al salir vi que Garib Nawaz estaba de pie llorando junto a la ventana del garaje. Al verme se secó las lágrimas y se marchó de allí. Me acerqué a él y le pregunté por qué lloraba, y él me respondió:

—Mummy se ha marchado.

—¿Adónde?

—No lo sé. —Y tras decir esto salió a la calle.

Chadda estaba tumbado en la cama, con aspecto de no haber dormido en toda la noche. Le pregunté por Mummy, y me dijo sonriendo:

—Se ha ido. Tenía que marcharse de Puna en el tren de la mañana.

Yo le pregunté:

—Pero ¿por qué?

En la voz de Chadda había un deje de amargura.

—Al Gobierno no le gustaban sus formas. No le gustaba su estilo, sus veladas les parecían reprobables, porque el Gobierno quería secuestrar su amor y su cariño… A pesar de que la llamaban madre, querían que les procurara muchachas… Hacía tiempo que habían abierto una investigación contra ella. Finalmente el tribunal se quedó satisfecho con la investigación de la policía y le tendieron una trampa... La expulsaron de la ciudad... Si era una prostituta, si era una *madame*... y su presencia era nefasta para la sociedad, tenían que haber acabado con ella. ¿Cómo se le puede decir a la podredumbre de Puna: «Vete a donde quieras, pero márchate de aquí»?

Chadda soltó una carcajada y permaneció unos instantes en silencio, tras los cuales añadió en tono conmovedor:

—Manto, lamento que junto a toda esa podredumbre se haya marchado también esa pureza que aquella noche limpió el deseo errado e impuro de mi corazón y de mi mente..., pero no debo entristecerme... Se ha marchado de Puna..., pero plantará su tienda allá donde haya jóvenes como yo con deseos impuros y errados. Les entrego a mi Mummy... ¡Viva Mummy, viva Mummy! Venga, vamos a buscar a Garib Nawaz; después de llorar se sentirá más ligero. Estos hyderabadis lloricas no hacen más que gimotear.

Me di cuenta de que en los ojos de Chadda flotaban lágrimas como flotan los cadáveres de los asesinados.

## CONJURO

El pequeño Ram era pequeño, sin duda, pero en lo que se refiere a travesuras era muy grande. En su rostro angelical no había rasgo alguno que delatara su carácter travieso. Tenía un cuerpo regordete hasta el límite de la torpeza, y caminaba como si le fuera dando patadas a un balón. A pesar de no haber cumplido aún los ocho años era inteligente y sagaz, pero resultaba muy difícil deducir estas cualidades de su aspecto. El padre de Ram, el señor Rama Shankar Acharya, licenciado en Humanidades y en Derecho, solía decir que parecía como si el refrán que dice «Ram Ram[91] diciendo, y el cuchillo blandiendo» lo hubieran creado expresamente para este Ram.

A su hijo nadie le había oído pronunciar las palabras *Ram Ram*, pero lo que sí llevaba siempre era, no un cuchillo, sino una navajita con la que a veces imitaba las dotes de espadachín de Douglas Fairbanks, es decir, el ladrón de Bagdad.

Cuando la madre de Ram, la señora Rama Shankar Acharya, lo agarró de la oreja y lo llevó ante su padre, se quedó callado. En sus ojos no había ningún rastro de lágrimas. Parecía como si una de sus orejas, la que estaba en la mano de su madre, fuera más grande que la otra. Estaba sonriendo, pero era una sonrisa muy inocente. El rostro de su madre temblaba de rabia, sin embargo, el de Ram dejaba traslucir que solo estaba jugando con su madre, y que, al permitir que ella le cogiera la oreja, sentía un placer especial que no quería revelar a los demás.

[91] Expresión habitual para invocar al dios Rama.

Cuando Ram se encontró frente al señor Shankar Acharya, este se sentó cómodamente en la silla para poder tirarle de la oreja a ese tunante, pero ya le había agrandado mucho la oreja de tanto tirar de ella, y, a pesar de eso, no había dejado de cometer travesuras. En los tribunales podía lograr muchas cosas por medio de la fuerza de la ley, pero en su casa, frente a ese muchachito, esta no tenía el menor efecto.

En cierta ocasión en que cometió una travesura, el señor Rama Shankar Acharya intentó amedrentarlo mencionando a Parameshwara,[92] diciéndole:

—Mira, Ram, tienes que ser un niño bueno porque si no, Parameshwara se va a enfadar contigo.

Ram le contestó:

—Pero tú también te enfadas muchas veces y yo, al final, siempre consigo que se te pase.

Y, después, se quedó pensando un momento y le preguntó:

—Papá, ¿quién es ese Parameshwara?

El señor Shankar Acharya, para que lo entendiera, le respondió:

—¿Quién va a ser? Dios, aquel que es más grande que todos nosotros.

—¿Tan grande como esta casa?

—Y más grande aún. Mira, no vuelvas a hacer ninguna trastada porque si no, te pegará.

El señor Shankar Acharya, tras presentar a Parameshwara con un aspecto aún más temible para asustar a su hijo, pensó que a partir de entonces Ram se corregiría y no volvería a hacer ninguna travesura. Sin embargo, cuando Ram, que en ese momento estaba sentado en silencio, pesando a Parameshwara en la balanza de su mente, tras reflexionar unos

[92] El Dios supremo.

instantes, le dijo a su padre con gran inocencia: «Papá, enséñame a Parameshwara», al señor Shankar Acharya se le fueron al garete todos sus conocimientos de leyes y abogacía.

Cuando tenía que hacer referencia a algún caso, sacaba el archivo correspondiente y lo mostraba, o cuando debía responder algo relacionado con algún artículo del Código Penal indio cogía ese libro grueso que tenía sobre la mesa, y en cuya cubierta su hijo había grabado unas florecitas con la navaja, y lo hojeaba. Pero ¿cómo iba a coger a Parameshwara y traerlo, si era alguien sobre el cual él mismo no sabía qué era, dónde vivía ni a qué se dedicaba?

Del mismo modo que sabía que el artículo 379 versaba sobre el robo, también sabía que llamaban Parameshwara a aquel que otorgaba la vida y la muerte, e igual que desconocía la esencia de aquello creado por sus leyes, también desconocía la esencia de Parameshwara. Él no se había licenciado en Humanidades y Derecho para enredarse en esos galimatías, sino para ganar dinero. Fue incapaz de mostrarle a Parameshwara a Ram y de darle alguna respuesta razonable, ya que le había hecho esa pregunta de un modo tan repentino que se le había quedado la mente en blanco. Tan solo pudo decirle: «Bueno, vete ya, Ram, no me marees, que tengo que trabajar».

En esta ocasión era verdad que tenía mucho trabajo, pero, olvidando sus antiguas derrotas, deseaba dar inmediatamente el veredicto de este nuevo caso.

Miró a Ram con enojo y le dijo a su mujer:

—¿Qué nueva trastada ha hecho hoy? Dímelo ya, que le voy a imponer un castigo doble.

La señora Acharya le soltó la oreja a Ram y respondió:

—Este gordinflón no hace más que fastidiarme. En cuanto te descuidas un momento está bailando, saltando o haciendo el tonto. No tiene la más mínima vergüenza ni educación. Lleva dándome la lata desde por la mañana. Ya le he dado varios azotes, pero no para de hacer diabluras. Ha cogido dos tomates de la despensa y se los ha comido. ¡Pues ahora, en la ensalada, voy a poner su cabeza!

Al oír esto el señor Rama Shankar se quedó desconcertado. Pensaba que la acusación contra Ram iba a ser muy grave, pero al oír que lo único que había hecho era coger de la despensa dos tomates y comérselos, se quedó muy defraudado. De repente, se le enfriaron todos los preparativos que había hecho para regañar y amonestar a Ram. Sintió como si se le vaciara totalmente el pecho, como aquella vez en que se le desinfló completamente una rueda del coche.

Comer tomates no era ningún crimen. Además, precisamente el día anterior, un amigo suyo que acababa de volver de Alemania después de licenciarse en Medicina, le había dicho que diera siempre a sus hijos tomate crudo en la comida porque tenía muchas vitaminas. No obstante, como se había dispuesto a regañar a Ram y eso era también lo que estaba esperando su mujer que hiciera, tras pensar un momento se le ocurrió un pequeño matiz legal, y, rebosante de felicidad ante esta revelación, le dijo a su hijo:

—Ven aquí, que te voy a preguntar una cosa, pero me tienes que decir la verdad.

Su madre se marchó y Ram se quedó de pie, callado, al lado de su padre.

El señor Rama Shankar Acharya le preguntó:

—¿Por qué has cogido dos tomates de la despensa y te los has comido?

Ram le contestó:

—Pero ¡si no fueron dos! ¡Qué mentirosa es mamá!

—Pues dime tú cuántos fueron.

—Uno y medio. Uno entero y la mitad de otro —respondió Ram haciendo una señal en la mitad de la uña—. La otra mitad la usó mamá a mediodía para hacer salsa.

—Bueno, muy bien, pues uno y medio. Pero ¿por qué los cogiste?

Ram le respondió:

—Para comérmelos.

—Sí, muy bien, pero cometiste un robo —le dijo su padre introduciendo en el asunto un toque legal.

—¿Un robo? ¡Papá, yo no he robado nada! Me he comido los tomates, pero no he robado nada. —Dicho esto se sentó en el suelo y empezó a mirar fijamente a su padre.

—Eso fue un robo. Coger las cosas de los demás sin su permiso es un robo —le explicó el señor Rama Shankar Acharya a su hijo, pensando que este había captado el sentido.

Sin embargo, Ram replicó inmediatamente:

—Pero ¡si los tomates eran nuestros! ¡De mamá!

El señor Rama Shankar Acharya se quedó algo confundido, pero se apresuró a intentar explicar con claridad lo que le quería decir:

—Está bien, eran de tu madre, pero no eran tuyos. ¿Cómo puede ser tuyo lo que es suyo? Mira, ahí enfrente, encima de la mesa, tienes un juguete. Cógelo, que te lo voy a explicar de una forma muy clara.

Ram se levantó, fue corriendo a coger su caballito de madera y se lo dio a su padre.

—Toma.

El señor Rama Shankar Acharya le dijo:

—Bueno, entonces, mira, este caballo es tuyo, ¿no?

—Sí.

—Pues… si yo lo cojo sin tu permiso y me lo quedo, eso es un robo. —Y para explicarlo con más claridad añadió—: Y yo, un ladrón.

—No, papá. Te lo puedes quedar, que yo no te voy a llamar ladrón. También tengo el elefante para jugar. ¿No lo has visto todavía? Me lo trajo ayer el señor *munshi.*[93] Espera un momento, que te lo voy a traer para que lo veas. Y dicho esto se marchó a la otra habitación dando palmas y dejando a su padre atónito.

Al día siguiente el señor Rama Shankar Acharya tenía que ir a Puna, ya que tenía un trabajo muy importante. Su hermana mayor vivía allí, y hacía mucho tiempo que tenía ganas de ver al pequeño Ram, de modo que, ante la posibilidad de matar dos pájaros de un tiro, Rama Shankar Acharya llevó a su hijo consigo, pero con la condición de que no hiciera ninguna travesura por el camino. El niño consiguió ser fiel a su promesa hasta que llegó a la plataforma de la estación de Bori Bandar. En cuanto partió el Deccan Queen las trastadas empezaron a bullir en su cerebrito.

El señor Rama Shankar Acharya estaba sentado en el holgado asiento del compartimento de segunda clase leyendo el periódico de su compañero de asiento. Ram estaba en el extremo del asiento asomado a la ventanilla y al sentir la fuerza del viento pensó en lo divertido que sería que se lo llevara volando por los aires.

Su padre miró por el rabillo del ojo a Ram, lo agarró del brazo y lo sentó.

—¿Me vas a dejar estar tranquilo o no? Siéntate y estate quietecito.

Al decir esto su mirada se topó con el *topi*[94] nuevo de Ram que brillaba sobre su cabeza:

—¡Quítatelo y ponlo aquí, bobo, que se te va a volar con el viento!

---

[93] Empleado con cargo de contable o secretario.

[94] Gorro de tela fina de algodón.

Él mismo le quitó el *topi* a Ram y se lo puso en su regazo.

Pero al cabo de poco rato, el *topi* estaba otra vez en la cabeza de Ram, y él estaba asomando la cabeza por la ventanilla contemplando los árboles en fuga. A Ram esos árboles corriendo a toda velocidad le recordaron el divertido juego del escondite.

Una ráfaga de viento hizo que se cayera el periódico del señor Rama Shankar Acharya, y este volvió a ver a su hijo asomando la cabeza por la ventanilla. Enfadado, le tiró del brazo, lo sentó a su lado y le dijo:

—¡Como se te ocurra moverte un centímetro de aquí, vas a ver! —Dicho esto le quitó el *topi* y se lo puso sobre las piernas.

Después recogió el periódico, y, mientras buscaba la línea en que había dejado la lectura, Ram se fue escurriendo hasta la ventana y volvió a asomarse. Llevaba puesto el *topi* en la cabeza. Al verlo, su padre se enfadó mucho. Su mano se lanzó como un halcón hambriento sobre el *topi*, y, en un abrir y cerrar de ojos, quedó debajo de su asiento. Lo hizo con tal velocidad que Ram no se dio cuenta de lo que había pasado. Se volvió y miró a su padre, pero este no tenía nada en las manos. Preocupado, se asomó por la ventanilla y a lo lejos, sobre las vías, vio revolotear un trozo de papel marrón, y pensó que era el *topi*.

Al pensar eso el corazón le dio un vuelco. Miró a su padre con un gesto de reproche y le dijo:

—Papá, mi *topi*.

El señor Shankar Acharya permaneció en silencio.

—¡Ay, mi *topi*! —dijo Ram en voz más alta.

Su padre no dijo nada.

Ram, con voz llorosa, dijo:

—Mi *topi*. —Y cogió a su padre de la mano.

El señor Rama Shankar Acharya se soltó y le dijo:

—Se te habrá caído. ¿Ahora por qué lloras?

Al oír esto, en los ojos de Ram comenzaron a nadar dos gruesos lagrimones.

—Pero ¡fuiste tú el que me empujó! —Y nada más decir eso se puso a llorar.

El señor Shankar Acharya lo regañó sin excesiva severidad y Ram lloró aún más. Él intentó hacerlo callar por todos los medios, pero no lo consiguió. La única cosa que podía hacer que dejara de llorar era el *topi*, de modo que su padre, dándose por vencido, le dijo:

—El *topi* puede volver a aparecer, pero con la condición de que no te lo pongas.

Las lágrimas se secaron en los ojos de Ram con la misma celeridad con la que se absorben las gotas de lluvia en la arena ardiente. Avanzó un poco hacia delante y dijo:

—Haz que vuelva.

—Sí, pero no va a volver así como así. Hay que recitar un conjuro.

Todos los demás viajeros del compartimento estaban pendientes de la conversación entre el padre y el hijo.

En cuanto oyó la palabra *conjuro* Ram recordó un cuento en el que había un niño que hacía desaparecer las cosas de los demás con un conjuro.

—Pues recítalo, papá.

Y dicho esto se quedó mirando fijamente a su padre como si, en cuanto lo recitara, al señor Rama Shankar Acharya le fueran a salir cuernos en la calva.

Su padre, mientras intentaba recordar las palabras del conjuro que se había aprendido de memoria de pequeño de «Indrajal Mukammal», le preguntó:

—Entonces, ¿no vas a volver a hacer ninguna travesura?

—No, papá.

Ram, sumido como estaba en las profundidades del conjuro, prometió a su padre no hacer más travesuras.

El señor Rama Shankar Acharya recordó las palabras mágicas y, felicitándose mentalmente por su buena memoria, le dijo a su hijo:

—Bueno, pues ahora cierra los ojos.

Ram cerró los ojos y su padre empezó a recitar el conjuro:

*Om namah ka mishri, mad madesh ottamade bhareng para savah.*

El señor Rama Shankar Acharya metió la mano debajo del asiento, y justo cuando dijo *«savah»* puso el *topi* de Ram sobre sus piernas rollizas.

El niño abrió los ojos. Tenía el topi bajo su nariz chata, y la nariz recta del señor Rama Shankar Acharya estaba temblando bajo sus gafas doradas. Tuvo la misma sensación que cuando vencía un caso en un juicio.

—¡Ha aparecido el *topi*! —fue lo único que dijo Ram y se quedó en silencio.

Y el señor Rama Shankar Acharya le ordenó que se quedara sentado en silencio, y se puso a leer el periódico. Había una noticia bastante interesante, escrita con un lenguaje periodístico muy sensacionalista, que hizo que olvidara el conjuro y todo lo demás, y quedara absorto en la lectura. El Deccan Queen volaba a toda velocidad con alas de fuego. El ruido metálico de sus ruedas servía de acompañamiento sonoro a cada frase de esa noticia del periódico. El señor Shankar Acharya estaba leyendo lo siguiente: «Un gran silencio se extendió por la sala del tribunal. Tan solo se oía el tic-tic de la máquina de escribir. De repente, el acusado gritó: "¡Papá!"».

Justo en ese momento Ram le gritó a su padre:

—¡Papá! —Y al señor Rama Shankar Acharya le pareció como si la última palabra de aquella línea hubiera saltado sobre el papel ante sus propios ojos.

Los labios temblorosos de Ram delataban que quería decirle algo.

Su padre le preguntó con cierta aspereza:

—¿Qué pasa? —Pero al ver por un extremo de sus gafas que el *topi* estaba en el asiento se tranquilizó.

Ram se deslizó hacia delante y le dijo:

—¡Papá, recita el conjuro ese!

—¿Por qué? —Tras decir esto observó con atención el *topi* de Ram, que estaba en un extremo del asiento.

—Es que he tirado por la ventanilla los papeles que tenías aquí.

Ram añadió algo más, pero su padre sintió como si se le nublara la vista. Se levantó a la velocidad del rayo y se asomó por la ventanilla, pero lo único que vio fueron trozos de papel que revoloteaban como mariposas sobre las vías.

—¿Has tirado los papeles que había aquí? —dijo indicando con la mano derecha el asiento.

Ram movió la cabeza afirmativamente.

—¡Venga, recita el conjuro!

Su padre fue incapaz de recordar ningún conjuro que de verdad devolviera las cosas perdidas. Estaba muy preocupado. Los papeles que le había tirado su hijo eran una muestra de un nuevo caso en la que había documentos legales por valor de cuarenta mil rupias. El señor Rama Shankar Acharya acababa de resultar derrotado por jaque mate con su propia táctica en ese juego de su licenciatura en Humanidades y Derecho. Inmediatamente, en su mente de jurista empezaron a aflorar miles de pensamientos acerca de esos documentos. Era indudable que la derrota de su cliente suponía también la suya, pero lo único que podía hacer en ese momento era bajarse en la siguiente estación y empezar a andar por las vías durante quince o veinte kilómetros buscando como un loco esos papeles. Que los encontrara o no era cuestión de suerte.

Después de pensar miles de cosas en un instante, decidió que si no encontraba los documentos, negaría rotundamente ante el cliente que este se los hubiera dado. Desde el punto de vista ético y legal era algo sumamente inaceptable, pero ¿qué otra solución había? A pesar de esa idea tranquilizadora el señor Rama Shankar Acharya tenía cierto amargor en la garganta. Sintió unas ganas repentinas de coger a Ram y tirarlo por la ventanilla, como a los papeles, pero reprimió ese deseo y lo miró.

Ram, que tenía una enigmática sonrisa en los labios, le dijo con gran tranquilidad:

—¡Pero, papá, recita el conjuro!

—¡Mira, como no te estés quieto te voy a estrangular! —le respondió su padre muy enfadado.

Sobre los labios de los otros viajeros que estaban siguiendo con gran atención la conversación entre el padre y el hijo se dibujó una sonrisa cómplice.

Ram se deslizó hacia él y le dijo:

—¡Papá, pues cierra los ojos, que recito yo el conjuro!

Aunque su padre no cerró los ojos, Ram empezó a recitar el conjuro:

*Om mianga shiang, ladmaga… forudma… savaha.*

Y al decir «*savaha*», puso sobre las fornidas piernas del señor Rama Shankar Acharya una pila de documentos.

Bajo sus gafas doradas tembló su nariz.

Como también temblaron las pequeñas y coloradas aletas de la nariz chata de Ram.

# RECITE LA PROFESIÓN DE FE

No hay más Dios que Alá, y Mahoma es su profeta. Usted es musulmán, créame. Todo lo que le voy a contar es verdad. Esto no tiene nada que ver con Pakistán. Estoy dispuesto a dar mi vida por el Quaid-e-Azam, Yinnah, pero le aseguro que este asunto no tiene nada que ver con Pakistán. No tenga usted tanta prisa. Ya sé que en estos días de revueltas no tiene demasiado tiempo, pero le pido por Dios que preste atención a todo lo que le voy a decir. Por supuesto que maté a Tukaram, y que, como muy bien dice usted, le rajé el estómago con un cuchillo afilado, pero no porque fuera hindú. Ahora me preguntará usted que si no fue por eso, por qué lo maté. Pues mire, le voy a contar ahora toda la historia.

Recite la profesión de fe. No hay más Dios que Alá, y Mahoma es su profeta. ¡¿Quién demonios se iba a imaginar que me vería yo metido en este lío?! En las últimas revueltas entre hindúes y musulmanes maté a tres hindúes, pero le aseguro que esas muertes no tienen nada que ver con esta. En fin, escuche qué es lo que ocurrió, y por qué maté yo a ese Tukaram.

Bueno, ¿qué piensa usted de las mujeres? Yo creo que nuestros mayores tenían razón… ¡Que Dios nos libre de sus artimañas!… ¡Si logro salvarme de la horca, le juro que no volveré a acercarme a una mujer en mi vida…, pero, mire usted, en realidad, ella no es la única culpable. El hombre, que es tonto, tampoco le va a la zaga. En cuanto ve a una mujer, ¡se acabó!, pierde el sentido por ella. Oiga, le juro por Dios, ante el cual tendremos que rendir cuentas, que en cuanto vi a Rukma, eso fue justo lo que me pasó a mí.

Ahora podría venir alguien y decirme:

—Pero, alma de cántaro, ¿cómo demonios se te ocurre a ti, un empleado que gana treinta y cinco rupias, enamorarte? Tú coges el dinero del alquiler, te marchas y punto.

Pero, mire usted, lo malo fue que un día, cuando fui a cobrar el alquiler de la habitación número 16, y llamé a la puerta, me abrió Rukma. Yo ya había visto a Rukma varias veces, pero ese día, la muy desgraciada, se había embadurnado todo el cuerpo de aceite, e iba envuelta en un *dhoti* muy fino. Yo no sé qué es lo que me pasó, pero me entraron ganas de quitarle el *dhoti* y empezarle a dar un buen masaje. Y ya ve usted, a partir de ese día, este pobre bellaco le entregó su corazón, su mente y todo lo demás.

¡Menuda mujerona era esa! Tenía unas carnes prietas como una piedra. Mientras le estaba dando el masaje empecé a resollar, pero la muy hija de su madre no hacía más que decir:

—Sigue un poco más.

¿Que si estaba casada? Sí, estaba casada, y Jan, el vigilante, decía que también tenía un amante, pero primero escuche usted toda la historia..., que ya llegará lo del amante y todo lo demás.

Pues sí, a partir de ese día el fantasma del amor me empezó a rondar por la cabeza, y ella, más o menos, se debió dar cuenta porque de vez en cuando me lanzaba miraditas y me sonreía... Pero bien sabe Dios que cada vez que sonreía, yo sentía como un escalofrío de terror por todo el cuerpo. Al principio pensé que eso era lo que le pasaba a uno al ver a la amada de cerca..., pero después ya supe por qué..., pero bueno, usted escuche desde el principio. Ya le acabo de decir que me había enamorado de Rukma Bai. Me pasaba el día pensando cómo podría hacerla mía, pero el desgraciado de su marido estaba todo el día metido en casa haciendo juguetes de madera, y no encontraba el momento.

Un día vi a su marido, que Dios lo tenga en su gloria, que se llamaba…, ¿cómo era?…, ¡ah, sí!…, Gardhari…, pues vi que iba al mercado con un montón de juguetes de madera envueltos en una tela, entonces, me dirigí rápidamente a la habitación número 16, y llamé a la puerta con el corazón palpitante. La puerta se abrió y Rukma Bai se me quedó mirando fijamente. Le juro por Dios que me empezó a temblar todo. Estuve a punto de salir corriendo, pero ella, con una sonrisa, me indicó que entrara.

Cuando entré, cerró la puerta y me dijo:

—¡Siéntate!

Yo la obedecí, y entonces ella se acercó y me dijo:

—Mira, sé muy bien qué es lo que quieres, pero mientras Gardhari esté vivo, no se podrá cumplir tu deseo.

Yo me levanté. Al verla a mi lado me bullía la sangre y me palpitaban las sienes. La muy desgraciada ese día también se había puesto aceite e iba envuelta en ese *dhoti* fino. Yo le agarré los brazos y, apretándoselos, le dije:

—Mira, no sé qué es lo que quieres decir… —¡Uffff, vaya músculos más recios tenía en los brazos!

En fin, usted siga escuchando la historia.

Yo me excité aún más, la estreché contra mí y exclamé:

—¡Que se vaya al infierno Gardhari! ¡Tú vas a ser mía!

Rukma me apartó y me dijo:

—¡Ten cuidado, que te vas a pringar de aceite!

Y yo le respondí:

—¡Da igual! —Y la volví a estrechar contra mi pecho. Le juro que aunque se hubiera puesto usted en ese momento a darme latigazos en la espalda hasta desollarme, yo no me habría separado de ella. Pero la muy desgraciada me había engatusado de tal manera que me senté en silencio donde me había dicho antes. Yo ya sabía qué estaba pensando ella, pero el tonto de Gardhari estaba fuera, y no había nada que temer. Al cabo de un rato, cuando ya no pude aguantar más, le dije:

—¡Rukma! No vamos a tener otra oportunidad tan buena como esta.

Ella me acarició la cabeza con mucha ternura, sonrió y me dijo:

—Tendremos oportunidades incluso mejores…, pero dime si estás dispuesto a hacer lo que yo te diga.

Mire usted, yo estaba como embrujado, y en mi excitación le respondí:

—Por ti estoy dispuesto incluso a matar a quince hombres.

Al oír esto se rio.

—No lo dudo.

Le juro por Dios que volví a sentir un escalofrío por el cuerpo, pero pensé que quizás se debía a que estaba muy excitado.

Y eso es todo. Me quedé allí sentado un rato más, estuvimos hablando de forma acaramelada, comí una fritura que había preparado ella, y me marché con sigilo. Es verdad que ese día no hicimos nada, pero, mire usted, es que tampoco esas cosas se hacen el primer día. Yo pensé:

—Más adelante, seguro.

Pasaron diez días. Justo el undécimo día, a las dos de la noche…, sí, fue justo a las dos, alguien me despertó con sigilo. ¿Sabe ese sitio que hay ahí, junto a las escaleras de abajo? Pues ahí duermo yo. Abrí los ojos y la vi. ¡Huy, si es Rukma Bai! El corazón me empezó a palpitar. Le pregunté en voz baja:

—¿Qué pasa?

Ella me dijo susurrando:

—Ven conmigo.

Yo fui hasta su habitación descalzo, y ya, sin pensar en nada más, allí mismo, de pie, la apretujé contra mi pecho. Ella me susurró al oído:

—Espera un poco. —Y a continuación encendió la luz, que me deslumbró. Al cabo de unos instantes vi que enfrente, en una esterilla, había alguien durmiendo, con la cabeza cubierta por una tela. Yo le pregunté por gestos:

—¿Y esto?

Rukma me dijo:

—Siéntate.

Y yo, como un bobo, me senté. Ella se acercó a mí, y, mientras me acariciaba la cabeza con gran ternura, me dijo algo que me dejó pasmado. Me quedé completamente helado. Oiga, si me hubieran pegado un tajo, no me habría salido sangre… ¿Sabe usted lo que me dijo?

¡Recite la profesión de fe! No hay más Dios que Alá y Mahoma es su profeta… ¡No he conocido otra mujer así en toda mi vida!… La muy desgraciada me dijo sonriendo: «He matado a Gardhari»… Le juro que había matado con sus propias manos a un hombre fornido y robusto…, ¡menuda mujerona era, oiga!…, cada vez que me acuerdo de esa noche, le juro por Dios bendito que se me ponen los pelos de punta. Me enseñó con qué había estrangulado la muy perra a Gardhari. Era como una especie de cable eléctrico trenzado, muy fuerte. Le había metido un trozo de madera y lo había ido apretando de tal manera que el pobre tenía los ojos y la lengua fuera…, me comentó que lo había hecho todo en un pis pas.

Cuando levantó la tela y vi el rostro de Gardhari se me helaron hasta los huesos, pero yo no sé qué tipo de mujer era esa, que allí mismo, justo enfrente del cadáver, me abrazó. ¡Se lo juro por el Corán! Yo creía que ya me había vuelto impotente para toda la vida, pero, oiga usted, cuando se puso a restregar ese cuerpo ardiente suyo contra mi cuerpo, y comenzó a acariciarme de esa forma increíble, Alá es testigo de que se iluminaron las catorce esferas celestiales. No olvidaré esa noche en mi vida… Ahí enfrente estaba el cadáver, pero Rukma y yo, ajenos a él, estábamos enfrascados el uno en el otro.

En cuanto amaneció, entre los dos cortamos el cuerpo de Gardhari en tres pedazos. Allí estaban sus herramientas, de modo que no tuvimos demasiados problemas. Hicimos bastante ruido, pero la gente debió de pensar que era Gardhari, que estaba fabricando juguetes. Quizás usted me pregunte:

—Pero, alma cándida, ¿quién te manda a ti meterte en un asunto tan truculento? ¿Cómo no lo denunciaste a la policía?

Pues mire usted, la cuestión es que esa desgraciada en una sola noche me había convertido en su esclavo. A lo mejor, si me lo hubiera pedido, también habría matado a quince hombres. Se acuerda usted, ¿no?, de lo que le había dicho yo una vez llevado por la pasión…

El problema en ese momento era cómo deshacerse del cadáver. Rukma podía ser lo que fuera, pero, a fin de cuentas, era una mujer. Yo le dije:

—Mi vida, tú no te preocupes por nada. Voy a meter esos pedazos en un baúl y cuando se haga de noche, lo saco a la calle.

Pues mire usted, quiso Dios que ese día hubiera revueltas, y que en cinco o seis barrios hubiera muchos actos violentos y asesinatos. El Gobierno impuso un toque de queda de treinta y seis horas. Yo me dije:

—Abdul Karim, pase lo que pase, deshazte del cadáver hoy mismo.

De modo que me levanté a las dos, subí a coger el baúl, y, ¡por el amor de Dios!, lo que pesaba. Yo estaba asustado pensando que seguro que me encontraba por la calle a alguno de turbante amarillo, y que me detendría por incumplir el toque de queda. Pero, mire usted, ¿quién puede castigar a aquel al que Dios protege? Pasé por un mercado que estaba en completo silencio, y allí cerca vi una mezquita pequeña. Abrí el baúl, saqué los pedazos del cadáver, los tiré en la entrada y me marché. ¡Alabado sea Dios todopoderoso! Por la mañana me enteré de que los hindúes habían quemado esa mezquita. Yo creo que Gardhari también debió de arder junto con ella y convertirse en cenizas porque en los periódicos no hicieron mención a ningún cadáver. Mire usted, en ese momento tenía, como se suele decir, el campo despejado. Yo le dije a Rukma:

—Tú difunde por el *chawl* que Gardhari se ha ido a trabajar fuera. Yo empezaré a ir a las dos o a las dos y media de la noche y nos lo pasaremos bien.

Pero ella replicó:

—No, Abdul. Tan pronto, no. Ahora no debemos vernos por lo menos hasta dentro de quince o veinte días.

Como era algo razonable no dije nada.

Pasaron diecisiete días. Tuve varias pesadillas con Gardhari, pero me dije:

—Ese estúpido ya está muerto y bien muerto. ¿Qué me puede hacer ahora?

Al décimo octavo día, señor agente, estaba yo como siempre junto a las escaleras durmiendo en un *charpoy*,[95] y a las doce, o si no eran las doce, sería la una, vino Rukma y me llevó a su casa.

---

[95] Camastro compuesto por una estructura de madera con cuatro patas y somier tejido con cuerdas.

Se tumbó desnuda en la esterilla y me dijo:

—Abdul, me duele el cuerpo, dame un masajito.

Yo cogí inmediatamente el aceite y me puse a darle un masaje, pero a la media hora empecé a jadear y se me cayeron varias gotas de sudor sobre su cuerpo pringoso, pero a ella ni siquiera se le ocurrió decir: «Déjalo, Abdul. Ya estás cansado». Y al final fui yo el que tuvo que decir:

—Rukma Bai, ahora ya está bien.

Ella sonrió. ¡Ay, Dios, qué sonrisa la suya! Después de recobrar el aliento durante unos instantes me tendí en la esterilla. Ella se levantó, apagó la luz y se tendió a mi lado. Me había quedado tan agotado al hacerle el masaje, que ya no tenía fuerza para nada. Puse la mano en el pecho de Rukma y me quedé dormido.

De repente, no sé qué hora sería, me desperté sobresaltado. Sentía que se me estaba clavando en el cuello algo muy duro. Me acordé inmediatamente de ese cable, pero antes de que pudiera intentar liberarme, Rukma se sentó sobre mi pecho y le dio dos vueltas de tal modo que me crujió el cuello. Yo quise gritar, pero fui incapaz de emitir sonido alguno, y me quedé inconsciente.

Hacia las cuatro de la madrugada empecé a recobrar el sentido poco a poco. Me dolía mucho el cuello. Me quedé quieto conteniendo la respiración, y con mucho cuidado empecé a desenredar el cable. De pronto, oí voces y contuve la respiración. La habitación estaba en completa oscuridad. Abrí los ojos de par en par e intenté ver algo, pero no conseguí ver nada. Por las voces que oía, parecía como si hubiera dos personas librando un combate de lucha libre. Rukma estaba jadeando, y entre jadeos dijo:

—¡Tukaram, enciende la luz!

Tukaram le dijo con tono de estar atemorizado:

—¡No, no, Rukma, no!

Ella exclamó:

—¡Qué cobarde eres! Entonces, ¿cómo piensas descuartizarlo por la mañana y llevártelo?

Yo me quedé tan helado que no sé ni lo que le contestó Tukaram ni lo que dijo a continuación ella. De repente, no sé cuándo, se encendió la luz. Yo me incorporé inmediatamente, y Tukaram pegó un grito, abrió la puerta y salió corriendo. Rukma cerró la puerta a toda prisa y puso la cadena. Mire usted, qué le puedo decir sobre cómo me encontraba yo. Tenía los ojos abiertos, podía ver y oír, pero no tenía fuerzas para moverme.

Ese Tukaram no era un desconocido para mí. Venía a menudo a nuestro *chawl* a vender mangos. Lo que no sé es cómo lo habría atrapado Rukma.

Ella estaba a mi lado mirándome con atención, como si no diera crédito a lo que veía. Me acababa de matar, pero yo estaba allí vivito y coleando, sentado delante de ella. Justo cuando se disponía a abalanzarse sobre mí, alguien llamó a la puerta y se oyeron las voces de varios hombres. Rukma me agarró del brazo inmediatamente, me arrastró hasta el baño y me metió allí. A continuación abrió la puerta. Eran los vecinos, que le preguntaron:

—¿Estás bien? Acabamos de oír un grito.

Ella les respondió:

—Sí, estoy bien. Es que a veces me levanto sonámbula por las noches, y al abrir la puerta y salir, me di con la pared, me asusté y pegué un grito.

Tras oír esto los vecinos se marcharon. Rukma cerró la puerta y puso la cadena. Entonces empecé a temer por mi vida. Le juro que en cuanto pensé que esa malvada no me iba a dejar con vida, sentí brotar en mi interior una fuerza inmensa para enfrentarme a ella. Incluso decidí que la haría pedacitos. Salí del baño y vi que estaba asomada a la ventana. Me abalancé sobre ella, y agarrándola de las nalgas, la levanté y la empujé hacia fuera. Todo sucedió en un instante. Sonó el golpe seco, y yo abrí la puerta y bajé. Pasé toda la noche tumbado en el *charpoi*, y poniéndome aceite en el cuello, que tenía muy magullado…, mire usted las marcas…, y pensando que no se iba a enterar nadie. Ella les había dicho a los vecinos que a menudo se levantaba sonámbula. Cuando descubrieran su cuerpo en aquel lateral del edificio por donde la había arrojado yo, pensarían que se había puesto a andar en sueños y se había caído por la ventana. Por fin amaneció. Me puse un pañuelo al cuello para que no se me viera la herida. Sonaron las nueve, después las doce, pero no hubo mención alguna al cadáver de Rukma. El lugar donde la había arrojado era un callejón estrecho situado entre dos edificios, y cerrado a ambos lados por una puerta para que nadie entrara allí a orinar. A pesar de eso se acumulaba bastante basura que tiraba la gente desde las ventanas de los dos edificios, y que recogía el basurero cada mañana temprano. Pensé que quizás no había ido el basurero, ya que si no, nada más abrir la puerta, habría visto el cadáver de Rukma y se habría producido un gran revuelo. Entonces, ¿qué había pasado? Yo quería que la gente se enterara rápido. A las dos, me armé de valor, y yo mismo abrí la puerta. ¡Oh, milagro, allí no había ni basura ni cadáver! ¿Dónde podía haber ido Rukma?… Se lo juro por el Corán que no me asombraría tanto librarme de la horca como el hecho de la desaparición de Rukma. La había arrojado yo mismo desde el tercer piso sobre un suelo de piedra. ¿Cómo se iba a haber salvado? Pero, entonces, ¿quién se había llevado el cadáver? Mi mente se niega a creerlo, pero, oiga, a lo mejor esa bruja está viva. En el *chawl* todo el mundo piensa que algún musulmán la raptó o la mató. ¡Solo Dios lo sabe! Si la mató, bien que hizo, y si se la ha llevado a su casa como prostituta, ya sabe usted el suplicio que le espera al pobre. ¡Que Dios se apiade de él!

En cuanto a Tukaram, preste atención. Justo veinte días después de esto, me lo encontré y me preguntó:

—Dime dónde está Rukma.

Yo le respondí:

—No tengo ni idea.

Entonces me dijo:

—No, sí que lo sabes.

Yo le repliqué:

—Oye, te lo juro por el Corán que no tengo ni idea.

Él insistió:

—No, estás mintiendo. La has matado. Te voy a denunciar a la policía diciendo que primero mataste a Gardhari y después a Rukma.

Dicho esto se marchó. Pero, oiga, yo me puse a sudar de los nervios. Durante un buen rato no supe qué hacer. Entonces se me ocurrió librarme de él. Dígame usted qué otra alternativa me quedaba aparte de esa. De modo que, mire usted, entonces, afilé el cuchillo a escondidas y salí a buscar a Tukaram. Por la tarde, a las seis, me lo encontré por casualidad en una esquina de la calle, al lado de las letrinas. Dejó fuera la cesta de pomelos vacía, y entró a orinar. Yo me apresuré a ir tras él, y, cuando se estaba desanudando el *dhoti*, le grité:

—¡Tukaram!

Él se volvió y me miró. Yo estaba empuñando el cuchillo y se lo clavé en el estómago. Él, mientras intentaba sujetarse con las dos manos las entrañas, se derrumbó en el suelo. Lo que tenía que haber hecho yo era salir de allí y desaparecer, pero fíjese si fui tonto, que me agaché a tomarle el pulso para ver si se había muerto o no. Yo había oído muchas veces hablar del pulso, lo que no sabía era dónde diablos estaba, si en el dedo gordo o dónde, de modo que perdí mucho tiempo buscándolo. Justo entonces entró un policía municipal desabotonándose los pantalones, y me atrapó. Y ya está, señor agente, esa es toda la historia. Recite la profesión de fe. No hay más Dios que Alá y Mahoma es su profeta. En todo lo que le he contado no hay ni una sola mentira.

## UNA HISTORIA ESPURIA

Hacía algún tiempo que las minorías habían comenzado a despertar para defender sus derechos. Las responsables de rescatarlas de su sueño profundo fueron las mayorías, que llevaban años oprimiéndolas en beneficio propio. Esta oleada de despertar tuvo como consecuencia la creación de varias asociaciones. La asociación de camareros, la asociación de barberos, la asociación de oficinistas o la asociación de periodistas de prensa. Todas las minorías habían creado ya su asociación para proteger sus derechos o estaban en proceso de crearla. Cada vez que surgía una de esas asociaciones, se escribían artículos al respecto en los periódicos. Los defensores de las mayorías estaban en contra de ellas, y los de las minorías, a favor. En definitiva, que que se había organizado un gran revuelo que no acababa de remitir. Pero el día en que los periódicos publicaron la noticia de que los facinerosos habían creado su propia asociación, tanto las mayorías como las minorías se quedaron atónitas. En un principio la gente pensó que se debía tratar de una broma que se le había ocurrido a alguien, pero cuando la asociación publicó sus objetivos e intenciones, y redactó un manifiesto formal, se dieron cuenta de que no se trataba de ninguna broma. En efecto, los propios facinerosos y malhechores habían decidido unirse y organizarse al abrigo de esta agrupación.

Esta sociedad había celebrado ya dos asambleas, cuyos informes se publicaron en la prensa, y la gente, al leerlos, se quedó estupefacta. Se alzaron algunas voces afirmando que aquello era una señal inequívoca de que se aproximaba el fin del mundo. Sus objetivos estaban detallados en una larga lista en la que se afirmaba que, en primer lugar, esa asociación de facinerosos y malhechores alzaría la voz para protestar por el odio y el desprecio con el que la sociedad los contemplaba. Ellos también, al igual que los demás o, incluso, más aún, eran ciudadanos amantes de la paz, y no se les debía llamar facinerosos y malhechores, ya que eso suponía una humillación y un insulto. Ellos mismos podían haber propuesto algún nombre adecuado y honroso, pero, para evitar que se les atribuyera el refrán que decía «alabanza propia, falsedad probada», dejaban esta decisión en manos del pueblo y sus dirigentes. El latrocinio, el saqueo y el bandidaje, la ratería, la falsificación, los juegos de naipes, el contrabando, etc., no debían considerarse actos despreciables, sino bellas artes. El fin principal de su sindicato era la completa rectificación del mal trato que se había dado hasta el momento a dichas artes.

Hubo asimismo otros propósitos que resultaron sumamente insólitos para todos aquellos que oyeron o leyeron acerca de los mismos. Daba la impresión de que algunos bromistas ociosos hubieran redactado todos esos puntos para divertimento popular. En efecto, no parecía sino broma el hecho de que el sindicato se fuera a responsabilizar de la protección legal de sus miembros, y que tuvieran intención de hacer todo lo posible para crear una atmósfera favorable y agradable para el desarrollo de sus actividades. Estas autoridades, cuando correspondiera, presionarían para que se juzgara a cada miembro del sindicato de acuerdo con su posición y su rango, y para que esto también se tuviera en cuenta en el momento de imponerles una pena. El Gobierno no permitiría que los ciudadanos instalaran en sus casas alarmas electrónicas antiladrones, ya que estas, en diversas ocasiones, habían demostrado tener consecuencias fatales. Del mismo modo en que en las cárceles se concedía a los presos políticos privilegios de tipo A y B, también se les debían conceder estos a sus miembros. El sindicato se responsabilizaba asimismo de ofrecer a sus miembros ancianos, desocupados o víctimas de algún accidente, una cantidad mensual razonable para sus gastos. A aquellos que desearan viajar al extranjero para especializarse en algún campo concreto, se les proporcionaría una ayuda, etc., etc.

Evidentemente, los periódicos escribieron numerosos artículos acerca de la creación de este sindicato. La inmensa mayoría estaba en su contra. Algunos conservadores decían que esta era una forma extrema de comunismo, y que los caminos de sus fundadores lindaban con los de los criminales. Por lo tanto, el Gobierno pidió en repetidas ocasiones que se sofocara inmediatamente esta revuelta, ya que si se les ofrecía la más mínima posibilidad de prosperar, extenderían en la sociedad un veneno tan potente que resultaría difícil hallar un antídoto contra él.

Se creía que los progresistas apoyarían ese sindicato, puesto que suponía una bocanada de aire fresco, y se había forjado un camino completamente nuevo, apartándose de los antiguos valores, y además, porque los conservadores creían que era un invento de los comunistas. Sin embargo, lo sorprendente fue que, en un principio, ninguno de los grandes simpatizantes de las minorías se pronunció al respecto, y posteriormente se unieron a los otros y empezaron a presionar para que se prohibiera el sindicato.

En los periódicos se mantenía viva la polémica, y comenzaron a celebrarse por todos los rincones del país asambleas contra la creación del sindicato. Los representantes famosos de casi todos los partidos salieron a la palestra y calificaron de execrable a esa agrupación, ya que suponía una deshonra para la sociedad y la civilización, y afirmaron que era el momento de que todos olvidaran sus viejas rencillas e hicieran frente a esa terrible adversidad oponiéndose a ella con unidad, disciplina y auténtica firmeza.

El sindicato respondió a todo este revuelo con un cartel en el que afirmaba de forma muy escueta que, a pesar de que la prensa se hallaba en manos de la mayoría, y tenía a la ley de su parte, no lograrían aplastar las ambiciones e intenciones de la asociación, ya que ellos estaban intentando reunir una buena suma de dinero para comprar algún periódico con el objetivo de que defendiera sus intereses.

En cuanto aparecieron estos carteles por todas las puertas y paredes del país, se recogieron en varias ciudades las aportaciones de ladrones y bandidos de gran renombre. Y al cabo de varios días, cuando de repente dos periódicos empezaron a mostrar de forma soterrada el aspecto reformista de los objetivos del sindicato de facinerosos y maleantes, la gente comprendió lo que había ocurrido a puerta cerrada.

En un principio, el hecho de que esos dos periódicos se publicaran o dejaran de publicarse resultó prácticamente indiferente, ya que se trataba de ese tipo de noticieros impresos en un papel de muy mala calidad. Pero, de repente, se renovaron de tal modo que todo el mundo quedó asombrado. Esas dos publicaciones contaban con el mejor equipo editorial, y en las oficinas tenían dos rotativas en vez de una. Además de pagar el sueldo antes de tiempo, concedían dietas extras como dietas para la casa, los *tongas*, los cigarrillos, el té y la subida de precios. Todas ellas juntas suponían el doble del sueldo. Aquellos aficionados al fruto de la vid tenían licencias gratis, y se ofrecía el mejor *whisky* escocés a un precio fijo. A todos los empleados se les hacía un contrato formal en el que el editor afirmaba que en caso de que robaran en su casa o les hurtaran la cartera, además de compensarles por ello, les restituirían todo lo robado.

En muy poco tiempo la tirada de esos dos periódicos llegó a miles de ejemplares. Lo curioso era que antes, cuando era muy pequeña, siempre se anunciaba a grandes voces su gran tirada, pero a partir de su renovación no se decía nada al respecto. No obstante, al cabo de algún tiempo los dos periódicos a la vez publicaron que habían alcanzado tal número de ejemplares que si lo superaban, tendrían grandes problemas desde el punto de vista logístico.

En sus secciones de conocimiento y cultura empezaron a aparecer artículos sobre temas muy curiosos. Reproducimos aquí algunos realmente chocantes:

- Las ventajas del contrabando: un enfoque económico.
- La importancia de las casas de lenocinio en el ámbito social y comunal.
- La mentira permanece, la verdad perece. Nueva investigación científica.
- Tendencias innatas al asesinato y al pillaje en los niños.
- Análisis crítico de los sóviets: los terribles ladrones del mundo y la religión santificadora.

Los anuncios también resultaban bastante curiosos. En ellos no aparecía el nombre ni la dirección del anunciante, y tras el titular, se presentaba el contenido de forma muy breve. Véanse como ejemplo varios titulares:

- Antes de comprar joyas robadas no deje de visitar nuestro establecimiento en el que le garantizamos la venta de productos auténticos.

- En el mercado negro solo vendemos entradas de películas en las que el divertimento esté asegurado.
- Cómo adulterar la leche. Lea el artículo: «La leche con la leche y el agua con el agua».
- Los hechizos, talismanes, colgantes, amuletos, encantamientos para la pareja y conjuros para el control del amado no son más que patrañas. En lugar de engañarse a sí mismo, engañe a su amada.
- Compre solo aquellos artículos alimenticios que no hayan sido adulterados con sustancias nocivas.

En otro artículo titulado «Tarifas actuales en el mercado negro» se daban las tarifas de todos aquellos artículos que solo se podían conseguir en el mercado negro. La gente decía que esos precios no variaban ni un céntimo, y aquellos que compraban artículos robados debidamente certificados, conseguían artículos auténticos a un precio más económico.

A medida que la asociación de facinerosos, ladrones y maleantes fue cobrando fama la preocupación de las autoridades se intensificó. El Gobierno, por su parte, de forma secreta hizo lo posible para encontrar su centro de operaciones, pero no lo consiguió. Todas las tareas del sindicato se realizaban de forma soterrada, es decir, *underground*. Según algunas figuras claves de la alta sociedad, había varios policías corruptos que no solo habían conectado con el sindicato, sino que eran miembros de hecho, y cada mes entregaban como tributo una buena parte de sus ganancias obtenidas de forma ilegal. Por eso, la espada de la ley no podía llegar hasta este peligroso absceso. Había opiniones para todos los gustos, pero resultaba curioso que en ese momento entre la clase baja hubiera desaparecido por completo la inquietud inicial por la creación de este sindicato, la clase media se interesara mucho por sus actividades, y solo la clase alta estuviera cada vez más atemorizada.

De modo que todos los días se pronunciaban discursos contra ese sindicato, y se celebraban asambleas en diversos lugares, pero ya no reinaban el ardor y la pasión iniciales. Por eso, para hacer que estos recobraran su intensidad, se anunció la celebración de una gran asamblea en el salón del ayuntamiento, y a ella se invitó a un gran número de personalidades de todas las ciudades. El objetivo de dicha asamblea era aprobar por unanimidad una moción de censura contra aquel sindicato, y prevenir de forma adecuada a las clases más bajas de la sociedad contra los terribles virus que se habían propagado con su presencia en el ámbito social y comunal, y que continuaban propagándose a gran velocidad.

Se invirtió mucho dinero en su organización. Las delegaciones encargadas de los preparativos y de la recepción ofrecieron todo tipo de facilidades para la comodidad y el bienestar de los delegados. Se celebraron con gran éxito varias sesiones cuyo informe detallado se publicó en los boletines del sindicato. Se publicaron asimismo todas las mociones de censura que se fueron aprobando, dándoles un lugar destacado en ambos periódicos.

La última sesión era muy importante. En ella estaban reunidas todas las grandes y respetables personalidades del país. Además de hallarse presentes todos los nobles y ministros, también estaba invitada toda la plana mayor del Gobierno. Se pronunciaron ardorosos discursos, y se presentaron pruebas y argumentos desde el punto de vista religioso, social, económico, moral o psicológico, en definitiva, desde todos los puntos de vista posibles, en contra de la organización de facinerosos y maleantes, y se demostró que la presencia de ese despreciable grupo constituía un veneno mortal para la humanidad. Tras aprobarse por unanimidad la última moción de censura, presentada con una retórica muy efectista, comenzaron a resonar los aplausos por toda la sala. Cuando se hizo un poco de silencio, de entre las últimas filas se levantó un hombre. Este, dirigiéndose al presidente de la asamblea, le dijo:

—Señor presidente, si usted me lo permite, me gustaría pronunciar unas palabras.

Todas las miradas en la sala se dirigieron a aquel hombre. El presidente le preguntó con gran circunspección:

—¿Puedo preguntarle quién es usted?

Aquel hombre, vestido con sobriedad, pero con gran elegancia, respondió con mucha cortesía:

—El más humilde siervo del país y de la sociedad. —Tras lo cual se inclinó ligeramente en señal de respeto.

El presidente se puso las gafas, y tras observarlo con mayor atención, le preguntó:

—¿Qué es lo que desea decir usted?

Aquel hombre de aspecto enigmático sonrió y dijo:

—Que nosotros también tenemos lengua.[96]

Al oír esto todos los congregados en la sala comenzaron a murmurar. Especialmente en el estrado, donde los dignatarios y representantes se miraron con cara de extrañeza.

El presidente, adoptando un tono aún más circunspecto, le preguntó:

—¿Qué quiere decir usted con eso?

—Ahora mismo se lo diré. —Dicho esto, sacó de su bolsillo un pañuelo blanco inmaculado, se secó el rostro y, tras volverlo a introducir en el bolsillo, dijo adoptando un tono de político—: Señor presidente y respetables señores.

---

[96] Esta frase es una paráfrasis de un verso de Ghalib: «Yo también tengo lengua. / ¡Ojalá me preguntaras cuál es mi deseo!».

—Entonces miró a un extremo del estrado, se detuvo, y añadió—: Les ruego sepan excusarme. La honorable señora Mirzaban, en contra de lo habitual, hoy ha tenido a bien sentarse en el último asiento. Señor presidente, honorable señora y respetables señores.

La señora Mirzaban sacó de su bolso Dinasty un espejo, comprobó su maquillaje y se dispuso a escuchar con atención. Los demás presentes también estaban expectantes.

Aquel hombre comenzó a decir con gran refinamiento:

*El enemigo del objetivo difícil, ajeno es a la magia de la oración.*[97]
*Larga vida tenga Jizar,*[98] *oh, Dios, acepta tú mi petición.*

Tras detenerse unos instantes, sonrió y dijo:

—Es del poeta Ghalib. El aquí presente, el más humilde servidor de ustedes, ha escuchado con gran atención todas las invectivas que se han lanzado en esta sesión y en las previas contra un grupo supuestamente abyecto en el ámbito social.

Todos los presentes en la sala comenzaron a murmurar. Al presidente se le resbalaron las gafas sobre la nariz:

—¿Quién es usted?

Aquel hombre, inclinando ligeramente la cabeza, respondió:

[97] Este verso admitiría otras traducciones muy distintas. Hay que tener en cuenta que Ghalib hace un uso abundante de dos de los recursos poéticos de la poesía urdu: la ambigüedad y la polisemia, con las que se busca un oscurecimiento voluntario del sentido y la creación de varios niveles de significado que enriquecen el poema.

[98] Jizar: Figura mística que aparece en algunos hadices y que correspondería a un personaje del que se habla en la sura 18 del Corán, el cual, según la tradición, guio a Alejandro Magno en busca del Agua de la Vida, de la cual bebió el místico alcanzando la vida eterna. En el segundo verso, por tanto, parece haber cierta ironía en el hecho de pedir a Dios algo innecesario.

—Un humilde servidor del país y de la sociedad. Un miembro de la asociación de dicho grupo supuestamente abyecto en la esfera social al cual tiene el honor de representar.

Alguien en la sala exclamó:

—¡Bravo! —Y aplaudió. El representante del sindicato de ladrones, rateros y facinerosos inclinó ligeramente la cabeza y añadió:

—¿Qué les puedo decir? Sobran las palabras.

*Allí también fui yo, mas a sus insultos qué podía responder*
*si las bendiciones que recordaba al guardián acababa de ofrecer.*

En esta sesión se han proferido tamaños dicterios, ultrajes e injurias contra esa asociación a la cual mi humilde persona representa, que tan solo alcanzo a decir:

*Mira, va diciendo que este no tiene ni fama ni reputación.*

»Señor presidente, honorable señora Mirzaban y respetables señores...

Sobre los labios pintados de la señora Mirzaban se dibujó una sonrisa. El orador entornó los párpados e inclinó la cabeza en señal de agradecimiento.

—Honorable señora Mirzaban y respetables señores..., soy consciente de que no hay en esta sala nadie que simpatice con mi asociación. No hay entre ustedes ninguno que la apoye.

*Aunque no haya ningún amigo que te ofrezca curación*
*al menos habrá en ti un anhelo de sanación.*

Uno de los notables que estaba en el estrado vestido con un *achkan*,[99] con la boca llena de *pan*, dijo:

—¡Repítalo, por favor!

Cuando el presidente le lanzó una mirada reprobatoria, este guardó silencio.

Los finos labios del representante del sindicato de los ladrones y maleantes esbozaron una ligera sonrisa:

—Todos aquellos versos que utilice en mi breve intervención serán del poeta Ghalib.

La señora Mirzaban dijo con gran candidez:

—Parece usted una persona muy cultivada.

El orador hizo un gesto de agradecimiento y, sonriendo, dijo:

*Aprendí el arte de la pintura para las mujeres bellas,*
*¡tan solo me falta ahora toparme con ellas!*

La sala al completo prorrumpió en carcajadas y aplausos. La señora Mirzaban se levantó y dijo algo al presidente al oído, y este pidió a los presentes que guardaran silencio. Una vez hubo silencio, el representante del sindicato de ladrones y rufianes tomó de nuevo la palabra:

—Señor presidente, honorable señora Mirzaban y respetables señores:

*Aunque sea con alguna que otra maldad, sea bien recibida.*
*Mi mención es mejor que yo, si en esa reunión es proferida.*

»No obstante, si quieren que les sea sincero, esto no es algo que me consuele. No puedo dejar de hacer patente mi dolor ante

[99] Tipo de chaqueta masculina, larga hasta media rodilla y muy entallada, abotonada en la parte frontal.

el hecho de que se haya cometido tamaña injusticia contra ese grupo al cual mi asociación representa. Hasta el día de hoy se le ha mostrado desde una perspectiva sumamente errada, y no cejan de intentar expulsarlo de la sociedad por medio de insultos y agravios. ¿Qué puedo decir yo ante esos seres tan puros que han cogido piedras para lapidar a tan honrado y digno grupo?

*El secreto que oculto ha formado un fuego en mi corazón.*
*¡Ay, ay, si está escena se volviera visible! ¡Qué turbación!*

De repente, el presidente exclamó enfadado:

—¡Silencio! ¡Ya basta! Le prohíbo que siga hablando.

El orador sonrió y dijo:

—Precisamente otro de los versos de ese mismo *gazal* del poeta Ghalib dice así:

*Permíteme, ¡oh, tirano!, que muestre mi descontento.*
*Mi dolor también te procurará algo de esparcimiento.*

Los aplausos resonaron en la sala. El presidente quería dar por zanjada la sesión, pero los asistentes se negaron y le pidieron que cerrara la sesión una vez que finalizara su discurso el representante de los ladrones y malhechores. En un principio el presidente y algunos otros miembros se mostraron reacios, pero finalmente tuvieron que plegarse a la voluntad general, y el orador obtuvo el permiso para hablar.

Este, tras mostrar su agradecimiento al presidente con palabras oportunas, comenzó a decir:

—A nuestro sindicato se le contempla con odio y desprecio por el mero hecho de ser una asociación de ladrones, carteristas, saqueadores y bandidos creada para defender sus derechos. Yo me hago perfecto cargo de sus sentimientos, y puedo comprender a qué se debe su pronta reacción, pero ¿acaso los ladrones, los maleantes y los bandidos no tienen derechos? O ¿no los pueden tener? Creo que no habrá ningún hombre en su sano juicio capaz de pensar eso. Del mismo modo que ustedes son, ante todo, personas, y seguidamente, ricos, nobles, oficiales municipales o ministros del Interior o del Exterior, asimismo, ellos, al igual que ustedes, son, en primer lugar, hombres, y después, ladrones, bandidos, saqueadores, carteristas o contrabandistas. Aquellos bienes disponibles bajo la bóveda celeste para otros hombres, también están disponibles, o deben estarlo, para ellos. También tienen derecho a disfrutar de los mismos dones de los que disfrutan otras personas. No alcanzo a comprender por qué se considera que un ladrón o un bandido carece de agudeza de ingenio, por qué se le representa como desprovisto de la más mínima sensibilidad... Discúlpenme si les digo que es capaz de estremecerse al oír un buen verso, como cualquier otro apasionado de la poesía. No son ustedes los únicos capaces de disfrutar del amanecer de Benarés o del atardecer de Lucknow, también él lo es. Él también está versado en el arte de la música. No solo sabe cómo caer preso en manos de la policía, conoce igualmente el modo de caer preso en las redes del amor de una mujer bella. Se casa y tiene hijos, a los cuales les prohíbe que roben y que digan mentiras... Dios no lo quiera, pero si alguno de ellos se muere, su corazón también se acongoja. —Al decir esto su voz se entrecortó durante unos breves instantes, pero se apresuró a trocar su gesto, y añadió con una sonrisa—: Me disculparán si les digo que no habrá entre ustedes nadie capaz de apreciar estos versos de Ghalib:

*Si no me hubieran robado de día, ¿cómo dormiría sereno?*
*¡Alabado el salteador que me libró de robos y desvelos!*

Toda la sala estalló en una carcajada. La señora Mirzaban, a la cual la última parte del discurso había provocado cierta tristeza, sonrió. El orador también esbozó una ligera sonrisa y retomó la palabra:

—Pero ¿dónde encontrar ahora quien haga tales plegarias?

La señora Mirzaban volvió a decir con gran inocencia:

—Y ¿dónde encontrar ahora tales ladrones?

El orador, con un gesto de agradecimiento, replicó:

—Ha hablado usted con gran atino, señora Mirzaban. Nosotros también lamentamos mucho esa triste realidad. Por eso nos hemos unido y hemos fundado nuestra propia asociación. Con los nuevos tiempos, prácticamente todos los salteadores, ladrones y carteristas han olvidado la gallardía y maneras de antaño. Pero debemos congratularnos por el hecho de que ahora estén volviendo con gran presteza a sus raíces… No obstante, querría hacer una pregunta capciosa a aquellos señores que se dedican a desarraigar a esos pobres, y mi pregunta es: ¿qué es lo que han hecho hasta ahora para reformarlos? No debería decirlo, mas me veo obligado a establecer esta analogía, ya que es a nosotros a quienes se nos llama ladrones perversos o bandidos crueles, pero, si esto es así, ¿qué son aquellos…, algunos de los cuales se encuentran sentados en este alto estrado…, que se dedican a robar el dinero y los bienes del pueblo a manos llenas?

En la sala comenzaron a resonar los murmullos.

El orador retomó la palabra tras una pausa:

—Nosotros robamos, saqueamos, pero no cambiamos el nombre de estas acciones. Estas grandes personalidades cometen robos mucho más execrables y, sin embargo, lo estiman correcto. Nadie ve ni quiere ver en su ojo esa larga y pesada viga. ¿Por qué? Esa es una pregunta muy interesante, cuya respuesta me gustaría escuchar aunque fuera aún más interesante…

Tras una pausa sonrió y continuó:

—Los señores ministros afilan los cuchillos en la piedra de afilar de sus excelsos ministerios, y van cortando a diario tajadas del país. Eso no supone delito alguno. Sin embargo, aquel que con pulcritud extrema roba la cartera del bolsillo de alguien, es digno de reprobación… y dejemos a un lado la reprobación, ante la cual yo no tengo excesivos reparos…, pero este, ante los ojos de ustedes, es digno de ser decapitado.

Muchas de las autoridades que estaban en el estrado se empezaron a sentir nerviosas e inquietas. La señora Mirzaban estaba encantada.

El orador se aclaró la garganta y reanudó su discurso:

—En todos los departamentos, desde las más altas esferas hasta las más bajas, se hace uso del soborno. ¿Es este un hecho desconocido? ¿Acaso es un secreto que haya que desvelar que, debido a la práctica del favoritismo y el nepotismo, los altos puestos están ocupados por personas indignas, indoctas e ineptas en grado sumo? Perdónenme que les diga que entre nosotros no se produce esa lamentable situación. Ningún ladrón escogería para un robo a un buen amigo suyo. En nuestro ámbito, aunque alguien quisiera beneficiarse de ese tipo de favores, no lo podría hacer, ya que para robar, para quitar la cartera o para atracar, son necesarias agallas, pericia y habilidad, y ahí no hay recomendación que valga. Cada trabajo supone un examen para esa persona, cuyo resultado conocerá de inmediato.

Un gran silencio se había extendido por la sala, y todos los asistentes estaban escuchando con gran atención. Al cabo de unos instantes el orador volvió a alzar la voz:

—Yo puedo perdonar la vileza, pero soy incapaz de perdonar la impericia. En verdad considero dignos de castigo a aquellos que roban las riquezas del país de forma tan tosca. Con una tosquedad tal que cada dos por tres se descubre su comportamiento. Los detienen, pero se libran de la condena, ya que su nombre está en la carpeta número diez bajo la letra A y no bajo la B… ¡Qué injusto es eso!… Yo creo que la sangre de la pobre justicia…, de la ciega justicia, está aquí… bueno, no, hay también otros cadalsos donde se cuelga diariamente de una sola soga a todos, a la justicia, a la humanidad, a la honradez, a la nobleza, a la santidad y a la pureza, a la religión y al mundo. Y yo pienso: ¿quiénes son los que comercian con las pieles sin curtir de los hombres? ¿Nosotros o ustedes?… Yo me planteo: ¿quiénes son los que arrastran a los hombres amantes de la paz a las puertas de la primitiva barbarie? ¿Nosotros o ustedes?… Y yo pregunto: ¿quiénes son los que venden su honradez tras adulterarla como cualquier otro producto? ¿Nosotros o ustedes?

Un silencio sepulcral se extendió por la sala. El orador sacó del bolsillo el pañuelo blanco, se secó la cara, y ondeándolo en el aire dijo:

—Señor presidente, estimadísima señora y respetables señores, disculpen ustedes que me haya dejado llevar por la emoción… En definitiva, que allá donde se mire, se comercia con la honra, la conciencia, la patria o la sociedad. Es difícil de entender que éstas sean también cosas susceptibles de ser vendidas. El hombre, ni siquiera en los momentos más difíciles, las puede tener hipotecadas ni un instante. Pero, claro, estoy hablando de hombres… Discúlpenme ustedes. He vuelto a adoptar un tono amargo.

*Perdona, Ghalib, por este amargor.*
*Hoy el dolor de mi corazón es aún mayor.*

Acto seguido avanzó hacia el estrado.

—Señor presidente, honorable señora Mirzaban y respetables señores, quiero manifestarles mi agradecimiento de parte de mi sindicato por el hecho de que me hayan permitido expresarme.

Al llegar al estrado extendió la mano hacia el presidente:

—Ahora desearía marcharme en calidad de amigo.

El presidente, titubeante, se levantó y le dio la mano. Después extendió la mano a la señora Mirzaban:

—Si me lo permite…

La señora Mirzaban le dio la mano con gran ingenuidad. Tras estrechar la mano a las demás personalidades y dignatarios se despidió y se dispuso a marcharse, pero acto seguido se detuvo. Metió las manos en los bolsillos y empezó a sacar muchos objetos que fue depositando sobre la mesa del presidente. A continuación se rio, y dijo:

—Hace ya bastante que dejé de ser carterista, ahora me dedico a atracar bancos… Hoy solo les he limpiado los bolsillos como divertimento. —Dicho lo cual se dirigió a la señora Mirzaban con estas palabras—: Mi querida señora, perdóneme usted, también he cogido una cosa de su bolso Dinasty, pero es algo que no le puedo devolver delante de todo el mundo.

Y abandonó la sala con rapidez.

## EL RESUMEN DEL LIBRO

Era invierno, y Anwar estaba con su sobrino pequeño en el altillo de la azotea volando una cometa. Su padre había salido e iba a regresar tarde, de modo que podía jugar con toda la tranquilidad del mundo. Su cometa, una que le habían regalado después de mucho insistir, se había enredado con otra. Anwar estaba tirando con mucha fuerza del hilo, y su sobrino, con su corazoncito palpitando de emoción y la mirada fija en el cielo, le dijo:

—¡Venga, tío, corta la cuerda![100]

Pero él siguió tirando del hilo y moviéndolo de un lado a otro.

Más abajo, en la azotea, estaba la hermana de Anwar con sus amigas, aprovechando el calor del sol. Todas ellas estaban bordando y charlando. Shamim, la hermana de Anwar, que tenía dos años más que él, era experta en el bordado y en el trabajo de pedrería. Por eso, algunas muchachas del barrio iban a su casa y pasaban allí horas sentadas aprendiendo de ella. Había una muchacha hindú, llamada Bimla, que vivía más lejos, ya que su casa estaba a unos tres kilómetros, a pesar de lo cual acudía todos los días sin falta, y siempre

[100] En países como la India, Pakistán o Afganistán, la diversión de jugar con la cometa no consiste solo en el mero hecho de volarla, sino en cortar los hilos de otras cometas. Para eso estos hilos están untados con una pasta que tiene cristal en polvo. Una vez cortada otra cometa, todos empiezan a gritar: «¡Una cometa cortada!», y los niños siguen la trayectoria de su caída para intentar hacerse con ella y reunir el mayor número de cometas.

prestaba mucha atención para aprender los nuevos diseños de bordados.

El padre de Bimla era maestro y su madre había fallecido cuando ella todavía era pequeña. Si su padre, Lala Hari Charan, hubiera querido, podría haberse vuelto a casar sin ningún problema, pero como se preocupaba por Bimla, permaneció viudo y se dedicó a criar a su hija con mucho cariño. En ese momento Bimla tenía dieciséis años. Era una muchacha menuda y de piel trigueña, tan calladita que casi no se la oía, y muy tímida. Llegaba a las diez de la mañana, saludaba a Shamim, abría su bolsa y se ponía a bordar.

Anwar tenía dieciocho años. De todas esas muchachas, por la única que sentía un ligero interés era por Sayda, pero ese interés no podía pasar a mayores, ya que su hermana no le permitía que estuviera con las demás jóvenes. Si alguna vez se sentaba con ellas durante un instante, Shamim le ordenaba inmediatamente:

—Anwar, vete. No tienes que estar aquí. —Y a él no le quedaba más remedio que obedecerla sin rechistar.

No obstante, Bimla a veces lo llamaba para pedirle alguna novela prestada. En una ocasión le dijo a Shamim:

—En casa me aburro mucho. Papá se va a jugar al ajedrez, y yo me quedo sola. Dile a Anwar que me deje de vez en cuando alguna novela para leer.

Al principio Bimla recibía las novelas a través de Shamim, pero poco después empezó a pedírselas directamente a Anwar. A él Bimla le parecía una muchacha muy rara. Es decir, ese tipo de chica de la que uno solo se percata después de fijarse mucho en ella. Entre las otras muchachas del grupo pasaba completamente desapercibida. Cuando iba al salón a pedirle una novela nueva, él tan solo reparaba en su presencia cuando se le acercaba y le decía en voz baja:

—Anwar Sahab…, toma tu novela…, gracias.

Entonces Anwar se la quedaba mirando, y un día se le ocurrió una curiosa similitud:

—Esta niña parece el resumen de un libro.

Bimla no decía nada más. Tras devolverle la novela anterior, cogía una nueva, decía adiós y se marchaba. Anwar se quedaba pensando en ella unos instantes, pero después, desaparecía de su mente. Sin embargo, en un par de ocasiones le había dado la impresión de que Bimla había intentado decirle algo, pero al empezar a decirlo se había callado. Anwar pensó:

—¿Qué me querría decir?

Pero su propia mente le respondió:

—¡Pues nada!... ¡Qué me va a querer decir ella a mí!

Anwar estaba en el altillo de la azotea volando la cometa. Su cometa se había enredado con otra y estaba dando fuertes tirones del hilo. De repente, oyó la voz atribulada de su hermana Shamim:

—¡Anwar, Anwar! ¡Que viene papá!

A él lo único que se le ocurrió fue romper el hilo con la mano y bajar del altillo de un salto. Empezaron a oírse gritos de «¡Está cortada! ¡Está cortada!». Anwar se había arañado bastante la rodilla y le dolía, y a eso se añadían los gritos victoriosos de los rivales. Se acercó al *charpoi* cojeando y se sentó. Se miró la rodilla, y vio que le estaba sangrando. Bimla, que estaba sentada frente a él, se quitó la *dupatta*, rasgó una tira de uno de sus extremos, hizo una venda y se la enrolló a Anwar en la rodilla. En ese momento él estaba pensando en su cometa. Estaba convencido de que iba a ganar, pero la llegada inoportuna de su padre no le había dejado otra salida que despedirse de esa cometa suya que volaba tan alto. Todavía se oían los gritos de sus rivales. Con tono de reproche le dijo a su hermana:

—¡Justo tenía que venir papá en este momento!

Shamim le contestó sonriendo:

—Pero ¿cuándo ha venido papá?

Anwar le gritó:

—¡¿Qué has dicho?!

Shamim se rio.

—Era una broma.

Anwar se enfadó:

—¡O sea, que me haces perder y, encima, te ríes! Pues ¡qué broma más graciosa! He perdido esa cometa que estaba volando altísimo…, oye cómo están gritando… y, además, me he hecho una herida en la rodilla.

Dicho esto, Anwar se miró la rodilla. Tenía puesta la venda de muselina blanca. Entonces se acordó de que esa venda se la había puesto Bimla rasgando un trozo de su propia *dupatta*. Dirigió una mirada agradecida a la muchacha, y le pareció como si ella estuviera sintiendo el dolor de su herida.

Bimla, dirigiéndose a Shamim, le dijo:

—Has sido muy mala. Si se hubiera hecho una herida más grave… —Iba a decir algo más, pero se quedó callada y se puso a bordar.

La mirada de Anwar se apartó de Bimla y fue a parar a Sayda. Le pareció que estaba guapísima con ese jersey blanco. El muchacho le dijo:

—Sayda, tú dime: ¿te parece una broma graciosa? Entonces, ¿de qué te reías?

Shamim le regañó:

—Anwar, vete, que tú no tienes que estar aquí.

Anwar miró a Sayda, y tras decir «muy bien» se levantó y volvió a subir al altillo cojeando. Estuvo jugando con la cometa durante un rato. Con el enfado se dedicó a tirar del hilo hasta que cortó casi doce cometas, y después bajó. Le dolía la rodilla, así que se tumbó en un sofá del salón, se cubrió con una manta, y, tras pensar un rato en sus victorias, se quedó dormido.

Al cabo de más o menos una hora oyó una voz, como si alguien le estuviera llamando. Abrió los ojos, y vio que Bimla estaba de pie delante de él, con semblante mustio y como encogida. Anwar, sin incorporarse, le preguntó:

—¿Qué pasa, Bimla?

—Bueno, es que había una cosa que te quería… —dijo, y se detuvo—. Bueno, sí, es que te quería… pedir otro libro. ¿Me puedes dejar otro libro?

Anwar le respondió:

—Me duele mucho la rodilla. Mira, ¿ves ese armario de ahí enfrente? Pues ábrelo y coge el libro que quieras.

Bimla se quedó de pie unos instantes y después, con un sobresalto, dijo:

—¿Qué?

Anwar se quedó mirándola con atención. Bajo esa *dupatta* de la cual Bimla había desgarrado una tira, palpitaban unos pechitos raquíticos. Anwar sintió pena por ella. Tenía una cara y un aspecto que siempre le inspiraban compasión. Como no se le ocurrió otra cosa le dijo:

—¡Gracias por ponerme la venda!

Bimla se acercó al armario sin responder, lo abrió y empezó a mirar los libros. En la mente de Anwar volvió a surgir esa analogía.

—No es un libro, es el resumen de un libro… impreso en un papel de muy mala calidad.

Bimla miró de reojo a Anwar una vez, pero cuando él se dio cuenta, le dio la espalda. Estuvo un rato hojeando los libros. Eligió uno, cerró el armario, se acercó a Anwar y tras decirle: «Me llevo este», se marchó.

Anwar intentó pensar en Bimla, pero no hacía más que recordar el jersey blanco de Sayda.

«¡Cómo se marcan las formas al llevar jersey! El pecho de Sayda y esos pechitos raquíticos de Bimla… como si le hubieran sacado la leche y hubieran dejado solo el agua… El pelo rizado de Sayda… ¡Qué forma tenía la muy pícara de taparse esa cicatriz que tenía en la frente…, se dejaba un mechón rizado suelto sobre ella…, y Bimla…, ¡yo no sé qué es lo que le pasa!…, hoy también empezó a decirme algo y luego se quedó callada…, pero ¿qué me querrá decir?…, a lo mejor es que ella es así… Siempre me pide los libros como si me estuviera pidiendo auxilio…, como si buscara ayuda… Sayda, ¡Dios bendito!, hoy, con ese jersey blanco, parecía que iba a provocar el fin del mundo…, bueno, eso del fin del mundo es una tontería…, con el fin del mundo se acaba todo… y Sayda acaba de llegar a mi vida… Bimla… Bimla… Bimla… ¡Yo es que no entiendo a esa chica!…, su padre la quiere mucho… y no se ha vuelto a casar por ella…, a lo mejor es que tiene problemas de dinero…, pero la casa que tienen está bastante bien…, tienen solo una cama, pero grande y buena…, el tresillo tampoco está mal… y siempre que he comido en su casa, la comida era buena…, la casa de Sayda sí que es lujosa…, su padre es muy rico…, bueno, ¡me da igual su riqueza!… ese es el gran problema, porque si no…, pero bueno, olvídate… Sayda es joven y cualquier día la casarán…, yo no sé cuántos años tardaré en terminar mis estudios…, primero graduarme…, después de la graduación, me iré al extranjero…, ¿casarme?…, ¡ya veremos!…, pero ¡el jersey blanco era muy bonito!».

A la mente de Anwar no hacían más que llegar todos esos pensamientos inconexos. A continuación, se puso a hacer otras cosas.

Al día siguiente Bimla no fue, pero Anwar tampoco sintió excesivamente su ausencia. Solo se dio cuenta de que no estaba entre las otras muchachas…, a lo mejor sí estaba, pero cuando llegó la muchacha al día siguiente, las chicas le preguntaron:

—Bimla, ¿por qué no viniste ayer?

Bimla tenía un aspecto aún más mustio y se había encogido aún más, como si le hubieran pasado la garlopa y la hubieran rebajado por todos lados dejándola más escuchimizada. Su color trigueño se había tornado en una palidez extraña y lastimera. Al oír las preguntas de las otras muchachas, miró a Anwar, que estaba regando las plantas, y, mientras abría la bolsa y se sentaba en el *charpoi*, contestó:

—Es que ayer mi padre..., ayer mi padre estuvo enfermo.

Shamim, mostrando su pesar, le preguntó:

—¿Qué le pasaba?

Bimla miró a Anwar. Como él la estaba mirando, desvió la mirada, y respondió:

—¿Que qué le pasaba?... No lo sé. —Acto seguido, metió la mano en la bolsa, sacó su labor y añadió—: Yo es que no entiendo de esas cosas.

Anwar dejó la jarra en el parapeto y le dijo:

—Pues id a un médico.

Bimla, lanzando una intensa mirada a Anwar, respondió:

—Los médicos no van a saber qué es lo que le pasa.

A Anwar le pareció como si Bimla le hubiera dicho: «Tú sí que puedes saber qué es lo que le pasa». Justo cuando iba a decir algo oyó la voz de Sayda, que le estaba diciendo a Bimla:

—Podemos ir a ver a mi tío, que es un médico muy importante. En un instante —dijo chasqueando los dedos—, te dirá qué es lo que tiene.

Sayda chasqueó los dedos, pero no le sonaron. Anwar le dijo:

—Sayda, es inútil que te esfuerces, nunca vas a conseguir que suenen.

Sayda se avergonzó. El jersey que llevaba ese día era negro. Anwar pensó:

—A la muy fresca le sientan bien todos los colores. Pero ¿cuántos jerséis tendrá?... Siempre está tejiendo alguno. Le encantan los jerséis y las chaquetas... Si me casara con ella, sería estupendo..., tendría montones de jerséis... y mis amigos me tendrían mucha envidia..., pero esta Bimla, ¿por qué parece hoy como un puñado de cenizas?..., a Sayda le ha dado vergüenza. No me gusta que se avergüence..., aprende a chasquear los dedos de mí... o si no es de mí, pues de otra persona..., pero el mejor chasqueador de dedos soy yo.

Todo eso lo pensó en un segundo. Sayda no respondió nada. Anwar le dijo:

—Mira, así es como se chasquean los dedos. —Y chasqueó los dedos con fuerza.

De repente, su mirada fue a parar sobre Bimla. Su rostro reflejaba una terrible impotencia. Anwar sintió compasión por ella.

—Bimla, tú dile a tu padre que no deje de ir a un buen médico... Tú no tienes a nadie más aparte de él.

Al oír eso los ojos de Bimla se llenaron de lágrimas. Apretó los labios, y, a pesar de que intentó controlarse con todas sus fuerzas, empezó a llorar desconsoladamente, y se fue corriendo a la azotea. Todas las muchachas dejaron su labor y fueron corriendo tras ella. A Anwar no le pareció bien subir, de modo que se fue al salón. Intentó pensar en Bimla, pero su pensamiento no lo acompañó. No fue capaz de hacer un análisis certero del dolor de la muchacha, y lo único que se le ocurrió fue que estaba triste porque su madre no vivía.

Por la tarde, cuando le preguntó a su hermana por Bimla, ella le dijo:

—¡No sé qué le pasa a la pobre! No hace más que nombrar a su padre, y decir que no sabe qué enfermedad tiene, y ya está.

Sayda estaba allí al lado de pie con su jersey negro. Su generoso pecho, como dos esferas negras, hacía un contraste encantador bajo la *dupatta* de nailon blanco. Parecía como si para ocultar el brillo de sus pechos negros una araña hubiera tejido una tela finísima sobre ellos. Anwar, olvidándose de la tristeza de Bimla, empezó a hablar con Sayda. Ella no le prestó la menor atención, y, tras despedirse de Shamim, se marchó.

Cuando Anwar se sentó en el salón a hacer las tareas de la universidad, se acordó de Bimla.

«¡Vaya chica más rara!..., ¡yo es que no la entiendo!..., me puso la venda... después de romper su propia *dupatta*... y hoy, cuando le dije: «Tú no tienes a nadie aparte de tu padre», se echó a llorar a lágrima viva... y cuando yo estaba regando las plantas, y dijo que los médicos no iban a saber qué era lo que le pasaba, ¿por qué sentí como si Bimla en vez de eso me estuviera diciendo: «Tú sí que puedes saber qué es lo que le pasa»..., pero ¿por qué lo voy a saber yo?..., ¿por qué no me lo dice claramente?... vamos, si es que quiere decirme algo..., ¡yo es que no entiendo nada!..., cuando me miró, ¿por qué lo hizo con esa intensidad?..., ahora que lo pienso, era como si estuviera maldiciendo mi inteligencia y mi intuición..., pero ¿por qué?..., bueno, ¡ya está bien!... Sayda..., sí, ese jersey negro... con esa *dupatta* fina de nailon blanco... y..., pero no debería pensar en eso..., ¡a saber para quién será!..., bueno, ¡da igual!..., es una chica guapa... y lo seguirá siendo».

Al día siguiente Bimla no fue. En casa de Anwar todos se quedaron preocupados y rezaron para que Dios cuidara a su padre. Shamim sentía mucho cariño por Bimla porque era callada e inteligente, y entendía a la primera las cosas más difíciles. Por eso, durante todo el día no dejó de pensar en ella de tanto en tanto. La madre de Anwar le dijo a él que fuera en bicicleta a su casa para preguntar cómo estaba su padre.

Anwar así lo hizo. Bimla estaba dormida en la gran cama de teca. Respiraba profundamente. Él la llamó en voz baja, pero no hubo reacción alguna. Entonces la llamó en voz más alta:

—Bimla.

Ella, sobresaltada, se dio la vuelta y lo miró. Anwar la saludó, y ella respondió a su saludo juntando las palmas de las manos. Él se fijó en que tenía los ojos empañados, como si hubiera estado llorando, y no se hubiera secado las lágrimas.

Se levantó de la cama, ofreció una silla a Anwar, y ella se sentó en el suelo sobre una alfombra.

Anwar, tras permanecer un momento en silencio, le dijo:

—Estábamos todos muy preocupados… ¿Dónde está tu padre?

Bimla abrió sus labios marchitos y se limitó a decirle con voz inexpresiva:

—Mi padre…

Anwar le preguntó:

—¿Qué tal está?

—Esta bien —respondió ella con una voz que no parecía la suya.

—Como hoy no has venido, todos estábamos muy preocupados… Mamá me dijo que viniera en bicicleta para ver cómo estaba… ¿Dónde está tu padre?

—Se ha ido a jugar al ajedrez.

—Y tú, ¿por qué no has ido hoy?

—¿Yo? Al decir esto Bimla se detuvo y al cabo de un instante respondió—: Ya no voy a poder ir más…, es que… he encontrado un trabajo.

Anwar le preguntó:

—¿Qué trabajo?

Bimla lanzó un suspiro y dijo:

—Me enteré ayer mismo…, no sé de qué se trata. —Tras decir eso se estremeció—. Bueno, no me importa lo que sea. —Dicho esto, fue como si se hundiera en sí misma.

Durante un rato permanecieron en silencio, y después, Anwar, aburrido, le preguntó:

—¿Qué quieres que les diga?

—No hace falta que les digas nada más… ¡Salúdalas a todas de mi parte!

Anwar se levantó de la silla y juntando las palmas se despidió de Bimla. Ella respondió a su saludo, pero Anwar permaneció allí de pie. La muchacha tenía la mirada perdida. Al cabo de un rato Anwar le dijo:

—Bimla…, yo creo que…, es que me parece que has intentado decirme algo varias veces…, pero que al final no te has atrevido a decírmelo… ¿Puedo preguntarte…?

Los labios de Bimla dibujaron una sonrisa amarga. Anwar no pudo terminar su pregunta. Bimla se levantó, se asomó a la ventana, y, contemplando el ancho desagüe que discurría bajo esta, le respondió:

—Hace ya mucho que pasó el momento de decir y de entender aquello que yo fui incapaz de decir y que tú fuiste incapaz de entender… Ahora, vete, que quiero dormir.

Anwar se marchó… y Bimla no volvió.

Unos diez meses más tarde se publicó una noticia sensacionalista que decía que en un desagüe de la calle Mayor habían encontrado el cuerpo sin vida de un recién nacido. Tras llevarse a cabo una investigación se descubrió que el niño era hijo de Bimla, la hija del maestro Hari Charan, y que el padre de la criatura era el propio Lala Hari Charan… Todo el mundo se sintió muy consternado.

Anwar pensó: «De modo que ese era el resumen de todo el libro».

# EL ÚLTIMO SALUDO

Esta guerra de Cachemira era bastante curiosa. El *subedar* Rab Navaz tenía la cabeza como un rifle al que se le hubiera encasquillado el gatillo.

En la Segunda Guerra Mundial había luchado en distintos frentes, y sabía lo que era matar y que te mataran. Su valentía, coraje e inteligencia le hicieron ganarse la estima de oficiales y suboficiales. El comandante del batallón siempre le encomendaba misiones difíciles de las cuales él siempre salía victorioso. Sin embargo, esta guerra era distinta. No es que él careciera de entusiasmo y ardor, ni tampoco temía el hambre ni la sed. Su único objetivo era eliminar al enemigo; sin embargo, cuando se hallaba frente a él, descubría rostros de personas conocidas. Veía a algunos amigos suyos, buenos amigos, que en la Segunda Guerra Mundial lucharon junto a él hombro con hombro frente a las fuerzas aliadas, y que ahora estaban ansiosos de matar.

A veces se preguntaba si todo aquello no sería un sueño. La declaración de la Segunda Guerra Mundial, el alistamiento, la talla de soldados, la instrucción militar, las prácticas de tiro, más tarde, el frente, siempre de aquí para allá, y de acá a acullá, y luego el fin de la guerra, tras el cual, de repente, se crea Pakistán y comienza la guerra de Cachemira. ¡Cuántos acontecimientos seguidos! Rab Navaz estaba convencido de que los artífices de todo esto lo habían hecho así a propósito para que los demás se quedaran desconcertados y no pudieran reaccionar; de lo contrario,

¿cómo era posible que se produjeran tantas guerras seguidas?

Lo único que entendía era que estaba luchando para conseguir Cachemira. Y ¿por qué había que conseguir Cachemira? Eso también lo entendía muy bien: porque su anexión resultaba vital para la existencia de Pakistán, pero, cuando estaba apuntando con su fusil y descubría el rostro de alguna persona conocida, se olvidaba durante unos instantes de por qué estaba luchando y de para qué había cogido el fusil. Y quizás lo olvidaba porque él mismo debía recordarse una y otra vez que en esta ocasión no estaba luchando únicamente por dinero, tierras o medallas, sino por su patria. Su nueva patria también había sido su patria anterior. Él era de aquella zona que ahora había pasado a formar parte de Pakistán. Ahora tenía que luchar contra ese compatriota que un día fue compañero suyo y a cuya familia estaba unido por lazos de varias generaciones, y para el cual su patria había pasado a ser aquella cuyas aguas ni siquiera había probado, pero para cuya defensa, de repente, le habían colocado un fusil al hombro y le habían dicho: «Vamos, ve y lucha por ese lugar en el cual no tienes siquiera dos ladrillos para construirte una casa, y cuyo aire y cuyas aguas tu boca todavía no han paladeado. Ve y lucha por él contra Pakistán, ese Pakistán en el que transcurrieron tantos años de tu vida».

Rab Navaz pensaba que lo mismo les ocurriría a los soldados musulmanes que se habían marchado a Pakistán dejando todas sus posesiones en la India. Allí les habían quitado todo, y aquí no les dieron nada excepto un fusil del mismo calibre, tipo y marca que habían usado siempre.

Antes luchaban todos juntos contra un enemigo que, ya fuera para alimentarse, por dinero o por honor, habían hecho propio. Ahora habían quedado divididos en dos bandos. Anteriormente, todos formaban parte del Ejército indio. Ahora había un Ejército pakistaní y uno indio. Allí, en la India, los musulmanes formaban parte del Ejército indio. Cuando Rab Navaz pensaba en esto, se quedaba hecho un lío, y cuando pensaba en Cachemira, se le encasquillaba el cerebro. El Ejército pakistaní, ¿estaba luchando por Cachemira o por los musulmanes de Cachemira? Si luchaban solo por los musulmanes de Cachemira, ¿por qué no les ordenaban luchar por los musulmanes de Hyderabad o de Junagarh? Y si esta guerra era únicamente una guerra musulmana, ¿por qué no participaban en ella otros países musulmanes del mundo?

Después de mucho pensar llegó a la conclusión de que los soldados no deben ocuparse de esas cuestiones complejas, sino que deben tener una mente fuerte, porque solo aquellos de mente fuerte pueden ser buenos soldados. A pesar de todo, a veces no podía evitar enfrascarse en esos pensamientos, aunque luego se reía de su comportamiento.

Llevaban un tiempo luchando para tomar la carretera que iba de Muzaffarabad a Keran, situada a orillas del río Kishanganga. Era una guerra extraña. A veces, por la noche, en vez de oírse disparos, se oía el eco de fuertes insultos.

En una ocasión en que el *subedar* Rab Navaz y sus soldados se disponían a atacar, comenzaron a oírse unos insultos provenientes de las trincheras enemigas, situadas algo más abajo. Al principio se asustó, le parecía como si se hubieran congregado un montón de fantasmas para bailotear y reírse a carcajadas. Él murmuró:

—Pedazo de cerdos. ¿Qué es lo que ocurre?

Uno de los soldados se encargó de repetir a voz en grito ese insulto dirigiéndose a las voces que les llegaban en eco, y a continuación dijo a Rab Navaz:

—*Subedar* Sahab, esos hijos de perra nos están insultando. Están diciendo algo sobre su madre.

Rab Navaz estaba oyendo los improperios, que eran bastante subidos de tono, y sintió ganas de dar la orden de disparar, pero no le pareció correcto, de modo que no dijo nada. Los soldados también permanecieron en silencio durante un rato, pero, a medida que fue aumentando el tono de los insultos, ellos también empezaron a insultar a voz en grito a los del otro bando. Para Rab Navaz, este tipo de enfrentamiento era completamente nuevo. En dos o tres ocasiones les dijo a los soldados que permanecieran en silencio, pero los insultos eran de tal calibre que resultaba imposible quedarse callado.

No se veía a los soldados enemigos. De noche reinaba una oscuridad absoluta, pero durante el día tampoco se les divisaba. Únicamente se oían sus insultos que se encaramaban desde el pie de la montaña y, tras chocar con las piedras, se disolvían en el aire. Cuando los soldados del batallón de Rab Navaz respondían con otros insultos, tenía la impresión de que estos no descendían, sino que se elevaban en el aire, y eso le resultaba muy frustrante. Por eso, cansado de esta situación, dio la orden de atacar.

Rab Navaz había observado algo curioso en esas montañas. Había algunas cuyas cimas estaban cubiertas de árboles y matorrales, y que, sin embargo, tenían las faldas desnudas de todo tipo de vegetación, como la cabeza de un obrero cachemiro; otras, en cambio, estaban peladas por arriba y llenas de árboles por abajo. Pinos de largos troncos con cuyas agujas secas se resbalaban las botas de los soldados.

La colina en la que se encontraba el pelotón del *subedar* Rab Navaz carecía de vegetación, y eso hacía que resultara muy peligroso atacar, pero todos sus soldados estaban dispuestos a hacerlo, ya que estaban ansiosos por vengarse de todos aquellos insultos. Atacaron y vencieron. Murieron dos soldados y cuatro resultaron heridos. Y en las filas enemigas fallecieron tres soldados, y el resto huyó dejando algunas provisiones.

Tanto el *subedar* Rab Navaz como sus soldados sintieron mucho no haber atrapado a ningún soldado enemigo con vida para poder insultarlo hasta resarcirse. No obstante, con la conquista de esas trincheras habían conseguido una importante colina. A través del dispositivo inalámbrico informó inmediatamente al comandante Aslam del resultado del ataque, y este le felicitó.

Prácticamente en todas las cimas de las colinas había algún lago. En esa también lo había, y además mucho más grande que los de las otras montañas. Tenía un agua completamente cristalina, y, a pesar de que hacía mucho frío, todos se bañaron allí. Les castañeteaban los dientes, pero no les importaba. Justo cuando estaban bañándose, oyeron unos disparos. Todos los soldados salieron del lago y se echaron al suelo tal como estaban, desnudos. Al cabo de un rato el *subedar* Rab Navaz inspeccionó con sus prismáticos las laderas, pero no vio ningún lugar en el que se pudiera ocultar el enemigo. Mientras observaba, sonó otro disparo. A lo lejos, justo un poco más allá de la falda de una pequeña colina, vio alzarse una pequeña columna de humo, e inmediatamente dio a sus hombres la orden de disparar.

Se produjo un intercambio de disparos y también comenzaron a oírse insultos procedentes del otro lado. El *subedar* Rab Navaz examinó con atención las posiciones enemigas con los prismáticos. Debían de estar ocultos tras una pared de roca, pero era bastante pequeña, de modo que no podrían permanecer mucho tiempo allí. En cuanto alguno de ellos se apartara de allí quedaría al alcance del *subedar* Rab Navaz.

Los disparos continuaron durante un rato hasta que Rab Navaz les dijo a sus soldados que no desperdiciaran balas y se limitaran a permanecer alerta para disparar en cuanto alguno de los enemigos abandonara el refugio de la pared. Una vez dada esta orden, contempló su cuerpo completamente desnudo y murmuró:

—Pedazo de cerdos... Desde luego, sin ropa, el hombre parece un animal.

De vez en cuando los enemigos lanzaban algún que otro disparo, que era ocasionalmente respondido por los de este bando. Este juego duró unos dos días. Habían bajado las temperaturas, tanto que incluso durante el día parecía congelarse la sangre; por eso, el *subedar* Rab Navaz dio la orden de que prepararan té y de que hubiera siempre un cazo al fuego. En cuanto sentían mucho frío, preparaban una nueva ronda de té caliente, pero sin dejar de controlar al enemigo, relevándose unos a otros para vigilar con los prismáticos.

Soplaba un viento gélido que calaba los huesos. De repente, el soldado que estaba de guardia dijo que se había producido algún movimiento tras aquella pared. El *subedar* Rab Navaz le cogió los prismáticos y comenzó a explorar. No vio el menor movimiento, pero enseguida oyó una voz cuyo eco continuó resonando en las montañas. Rab Navaz no entendió lo que decía. Como respuesta, apuntó con su fusil, apretó el gatillo, pero justo en ese momento se oyó una voz que se dirigía claramente a él. Rab Navaz gritó:

—¡Pedazo de cerdo! Pero ¿qué dices?

Como no les separaba una gran distancia, sus palabras llegaron pronto al enemigo. Desde allí alguien respondió:

—¡Oye, hermano, sin insultar!

Rab Navaz miró a sus soldados con sorpresa y enfado, y dijo:

—¿Hermano?

A continuación, colocándose las palmas de las manos a los lados de la boca a modo de bocina, gritó:

—¡Oye, hermano se lo dirás al hijo de tu madre, que aquí somos todos amantes de tu madre!

Inmediatamente desde el otro lado alguien respondió con voz ofendida:

—¡Rab Navaz!

Rab Navaz se quedó de piedra. Aquella voz comenzó a chocar con todas las colinas repitiendo con distintas modulaciones «Rab Navaz, Rab Navaz», hasta desvanecerse finalmente en aquella brisa heladora.

Al cabo de un buen rato, Rab Navaz dijo:

—Y ¿quién era ese? —Tras lo cual añadió—: ¡Menudo pedazo de cerdo!

Lo único que sabía él era que la mayoría de los soldados del frente de Titwal habían pertenecido al Regimiento 6/9, al cual también había pertenecido él. Pero ¿de quién era esa voz? Conocía a muchos de aquellos soldados. Algunos habían sido amigos muy queridos, y otros, enemigos, algunos de ellos por motivos personales, pero ¿quién era ese que se había sentido ofendido por su insulto y le había llamado por su nombre?

Rab Navaz miró a través de los prismáticos, pero no vio nada en aquella falda pelada. Utilizando nuevamente las manos como bocina gritó:

—¿Quién dijo eso? Habla Rab Navaz… Rab Navaz… Rab Navaz.

Este «Rab Navaz» siguió resonando por las montañas. A continuación murmuró:

—Pedazo de cerdo.

Inmediatamente se oyó una voz proveniente del otro lado que decía:

—Soy yo…, soy yo, Ram Singh.[101]

Al oír eso Rab Navaz pegó un brinco como si quisiera abalanzarse al otro lado. Primero se dijo a sí mismo:

—¡Ram Singh!

Acto seguido gritó con todas sus fuerzas:

—¡Ram Singh! ¡Eh, Ram Singh! ¡Pedazo de cerdo!

Cuando todavía no había dejado de resonar en las montañas la expresión «pedazo de cerdo», se oyó la voz emocionada de Ram Singh que decía:

—¡Alfarero de mierda!

Rab Navaz comenzó a bufar. Miró a sus soldados de forma autoritaria y murmuró:

—¡No dice más que tonterías, el muy pedazo de cerdo! —A continuación respondió a Ram Singh—: ¡Eh, cerdo degollado! ¡Ofrenda para Baba Tal![102]

Ram Singh se echó a reír a carcajadas. Rab Navaz también empezó a reírse con todas sus fuerzas, y las montañas, jugueteando, comenzaron a lanzarse una a otra estas voces. Los soldados de Rab Navaz permanecían en silencio.

Cuando dejaron de reírse, se oyó la voz de Ram Singh:

—Oye, mira, es que tenemos ganas de beber té.

Rab Navaz dijo:

—¡Pues, hombre, bebed y disfrutad!

Se oyó la voz de Ram Singh:

—Sí, pero ¿cómo? Si tenemos todas las cosas allí…

Rab Navaz le preguntó:

—¿Dónde?

Ram Singh contestó:

---

[101] Su apellido indica que es sij, mientras que Rab Navaz es musulmán. Durante la Partición, que enfrentó principalmente a musulmanes e hindúes, los sijs se alinearon con los hindúes.

[102] Baba Atal Rai fue una figura del siglo XVII respetada en el sijismo, la religión de Ram Singh.

—Pues ahí, donde nos puedes volar los sesos de un disparo.

Rab Navaz se rio.

—A ver, entonces, ¿qué es lo que quieres, pedazo de cerdo?

Ram Singh dijo:

—Que nos dejes traer las cosas para preparar el té.

Rab Navaz contestó:

—Cogedlas. —Y tras decir esto miró a sus soldados.

A continuación se oyó la voz preocupada de Ram Singh:

—Y nos dispararás, alfarero de mierda.

Rab Navaz, ligeramente ofendido, respondió:

—¡No digas idioteces, sij, tortuga de Sanatojsar![103]

Ram Singh se rio y le dijo:

—Júrame que no vas a disparar.

Rab Navaz le dijo:

—¿Por quién quieres que lo jure?

Ram Singh contestó:

—Por quien quieras.

Rab Navaz respondió:

—Bueeeeno, id y coged vuestras cosas.

Hubo unos minutos de silencio. El soldado que estaba vigilando con los prismáticos lanzó una mirada cómplice al *subedar* Rab Navaz, con la intención de disparar, pero él le dijo:

—¡No, no!

A continuación él mismo cogió los prismáticos y se puso a observar. Un hombre muerto de miedo estaba saliendo de detrás de la pared de piedra caminando en cuclillas. Al cabo de un momento se incorporó y comenzó a

[103] Uno de los templos sij de Amritsar, que, como es habitual en estos templos, cuenta con un estanque para que los fieles hagan sus abluciones.

correr, desapareciendo un poco más allá, tras unos matorrales. Unos minutos después salió llevando con él todas las cosas. Se detuvo unos instantes, y luego salió corriendo hasta llegar a la pared. En cuanto desapareció, Rab Navaz lanzó un disparo al tiempo que soltaba una carcajada. Ambos sonidos resonaron durante unos instantes. A continuación se oyó la voz de Ram Singh:

—*Thank you!*

—*No mention* —respondió Rab Navaz, tras lo cual dijo a sus soldados—: Venga, una rondita de disparos.

Como diversión se estuvieron intercambiando disparos durante un rato, y después se hizo el silencio. Rab Navaz miró a través de los prismáticos, y, al ver que en el valle se elevaba una columna de humo, gritó:

—¿Qué, Ram Singh? ¿Ya habéis hecho el té?

A continuación se oyó la respuesta:

—Pero ¡¿cómo lo vamos a haber hecho ya, alfarero de mierda?!

Rab Navaz pertenecía por nacimiento al gremio de los alfareros, pero cuando alguien se lo señalaba, se enfadaba muchísimo. Solo soportaba oír esto de Ram Singh, ya que era un buen amigo suyo. Se habían criado juntos hasta la adolescencia en el mismo pueblo y solo se llevaban unos años de diferencia. Sus padres y los padres de sus padres también eran amigos. Habían estudiado en la misma escuela, alistándose después en el mismo ejército, y en la Segunda Guerra Mundial habían luchado juntos en varios frentes.

Rab Navaz, sintiéndose ligeramente ofendido, miró a sus hombres y murmuró:

—Y ¡sigue, el muy pedazo de cerdo!

A continuación dijo a Ram Singh:

—¡Oye, piojo de burro, no digas majaderías!

La risotada de Ram Singh resonó por las colinas.

Rab Navaz, que estaba apuntando hacia el enemigo, apretó el gatillo por diversión. Junto con el disparo se oyó un grito desgarrador. Rab Navaz cogió inmediatamente los prismáticos y vio que el propio Ram Singh, con la mano en el estómago, estaba apoyado en la pared de piedra y que, a continuación, cayó al suelo.

Rab Navaz gritó:

—¡Ram Singh! —Y se levantó de un salto.

De repente se produjeron varios disparos en el otro lado, y una de las balas pasó rozando el brazo de Rab Navaz, que se echó inmediatamente a tierra bocabajo. Comenzó un fuego cruzado. Llegaban disparos del otro lado que no alcanzaban su objetivo. Rab Navaz ordenó a sus soldados que bajaran. Murieron tres, pero el resto, con gran dificultad, consiguió alcanzar la otra colina.

Ram Singh estaba tendido sobre el suelo pedregoso bañado en sangre y gimiendo. La bala le había desgarrado el estómago. Al ver a Rab Navaz, alzó con dificultad los ojos, y con una sonrisa dijo:

—Alfarero de mierda, ¿qué es lo que has hecho?

Rab Navaz sentía la herida de Ram Singh como si fuera propia, pero se inclinó sonriendo ante él, se puso de rodillas y comenzó a aflojarle el cinturón.

—Pero ¿quién te manda a ti salir?

Cuando le quitó el cinturón, Ram Singh sintió un terrible dolor que le hizo gritar. Rab Navaz examinó la herida y vio que era muy grave; entonces Ram Singh le apretó la mano y le dijo:

—Salí para que me pudieras ver…, pero vas tú, pedazo de animal, y disparas.

Rab Navaz sintió un nudo en la garganta.

—Te juro por Dios único e indivisible que disparé sin querer. ¿Cómo iba a saber yo que justo en ese momento estabas saliendo tú, pedazo de tonto? ¡Lo siento!

Ram Singh estaba perdiendo mucha sangre. Rab Navaz y sus soldados habían tardado varias horas en llegar allí, y en ese intervalo debía de haber perdido ya mucha. Le sorprendía que todavía estuviera con vida, y no tenía la menor esperanza de que se salvara. Como no convenía moverlo, llamó al comandante del pelotón a través del sistema inalámbrico y le pidió que enviara rápidamente un médico porque su amigo Ram Singh estaba herido.

Intentar que fuera allí un médico y pretender que llegara a tiempo era algo absurdo, y Rab Navaz era consciente de que a Ram Singh solo le quedaban unas horas de vida, pero, a pesar de ello, tras enviar el mensaje, sonrió a Ram Singh y le dijo:

—Tú no te preocupes, que va a venir un médico.

Ram Singh, con un hilo de voz, le respondió:

—¿Por qué me iba a preocupar?… Pero dime: ¿a cuántos de mis hombres habéis matado?

Rab Navaz respondió:

—Solo a uno.

Ram Singh preguntó con voz aún más débil:

—Y de los tuyos, ¿cuántos han muerto?

Rab Navaz le mintió:

—Seis. Y mientras le decía esto lanzó una mirada cómplice a sus soldados.

—¡Seis! —dijo Ram Singh, contando interiormente cada una de las bajas—. Cuando caí herido, todos estaban muy abatidos, pero yo les dije: «Enfrentaos al enemigo». Seis…, seis no está mal. —A continuación se perdió en los recuerdos brumosos del pasado—: Rab Navaz, ¿te acuerdas de aquel día…?

Y Ram Singh comenzó a rememorar los días pasados. Recuerdos de los campos y de los almiares, historias de la escuela, aventuras del Regimiento Yat[104] 6/9, chistes sobre sus comandantes, y sus aventuras en el extranjero con mujeres desconocidas. Entre todos aquellos recuerdos Ram Singh se acordó de una anécdota interesante y comenzó a reírse, y eso le hizo sentir un dolor insoportable, pero no le importó. Continuó riéndose y dijo:

—Oye, pedazo de gorrino…, ¿te acuerdas tú de aquella señora?

Rab Navaz le preguntó:

—¿Cuál?

Ram Singh respondió:

—Esa…, la de Italia…, ¿cómo la llamábamos?… ¡Menuda comehombres era!

Rab Navaz se acordó inmediatamente de aquella mujer:

—¡Ah, sí! Esa…, la señora… Moneytafinito… «Si no hay dinero, no hay juego»… Aunque a ti de vez en cuando te hacía algún que otro favorcito, esa hija de Mussolini.

Ram Singh se rio con ganas, y de su herida ensangrentada salió un pedazo de carne. Rab Navaz tembló. Le había puesto una venda, pero se le había desprendido, por lo que se la volvió a colocar y le dijo:

—Ahora no hables.

Ram Singh comenzó a tener mucha fiebre, lo que hizo que su cabeza funcionara a toda velocidad. Continuó hablando aunque casi no tenía fuerzas. A veces se paraba como

104 Casta de agricultores del norte de la India y Pakistán. Ya en la época medieval se enfrentaron a los invasores musulmanes. Tras 1858, los yats cobran fama por su servicio en el Ejército indio en el Regimiento Yat, un regimiento de infantería que participó en la Primera y en la Segunda Guerra Mundial obteniendo numerosas condecoraciones.

si estuviera haciéndose una idea de cuánta gasolina le quedaba en el depósito. Permaneció un tiempo sumido en un estado de delirio, en el que a veces recuperaba la conciencia. En una de esas ocasiones le preguntó a Rab Navaz:

—Dime sinceramente, ¿de verdad queréis Cachemira?

Rab Navaz le respondió con gran sinceridad:

—Sí, Ram Singh.

Este, moviendo la cabeza, dijo:

—No, no me lo puedo creer. Os han engañado.

Rab Navaz le respondió para asegurarle:

—No, es a vosotros a quienes han engañado..., te lo juro por los Panjtan Pak...[105]

Ram Singh cogió la mano de Rab Navaz y le dijo:

—No jures..., será como tú dices. —Aunque por su tono era evidente que no creía lo que el otro le juraba.

Poco antes del atardecer, llegó el jefe del pelotón, el comandante Aslam. Le acompañaban algunos soldados, pero ningún médico. Ram Singh, inconsciente y al borde de la muerte, estaba delirando, pero con una voz tan débil y quebrada que no se entendía nada de lo que decía. El comandante Aslam también había pertenecido al Regimiento Yat 6/9 y conocía perfectamente a Ram Singh. Después de preguntarle a Rab Navaz qué había ocurrido, llamó a Ram Singh:

—Ram Singh, Ram Singh.

Ram Singh abrió los ojos, y, tendido en el suelo, se cuadró y se llevó la mano a la frente para hacer el saludo militar. Entonces volvió a abrir los ojos y durante unos instantes contempló con atención al comandante Aslam. De repente, la mano que había alzado para hacer el saludo se le desplomó. Enfadado, comenzó a murmurar:

---

[105] Cinco personas sagradas para los musulmanes: Mahoma, su yerno, su hija y sus dos nietos.

—No pasa nada, Ram Sian… Pedazo de gorrino, te olvidaste de que esto era…, de que esto era una guerr…

Incapaz de finalizar la frase, contempló a Rab Navaz con los ojos entornados y mirada suplicante, y murió.

# TRAS EL JUNCAL

¿De qué ciudad se trataba? Creo que ni ustedes necesitan saberlo ni yo necesito contarlo. Bastará con que les diga que el lugar en el que se desarrolla esta historia se hallaba situado a las afueras de Peshawar, cerca de la frontera, y que la vivienda de aquella mujer era una especie de chamizo situado tras un juncal.

Los juncos formaban un denso seto tras el cual se encontraba su casa de adobe. Al estar situada a cierta distancia del seto, quedaba prácticamente oculta por este, de modo que los que pasaban por el camino cercano no la veían.

Los juncos estaban totalmente secos, pero se hallaban tan enterrados en la tierra que formaban una gruesa empalizada. No sé si los plantó aquella mujer o si ya estaban allí desde antes, pero la verdad es que formaban una especie de telón de acero.

La vivienda en sí, ya se la denomine casa o chamizo, constaba de tres habitaciones pequeñas pero limpias, en las cuales había muy pocas cosas, pero todas ellas dignas. En la última habitación había una cama de matrimonio, junto a la cual había una hornacina en la que ardía durante todo el día una lamparilla de aceite de mostaza. La hornacina también estaba limpia, al igual que la lamparilla, cuyo aceite y cuya mecha cambiaban cada día.

A continuación les diré el nombre de aquella mujer que vivía junto a su joven hija en la casa oculta tras el juncal.

Existen varias versiones. Unos dicen que la muchacha no era su hija, sino una huérfana a la que adoptó cuando era pequeña y a la que se encargó de criar; otros dicen que era su hija ilegítima, y también hay quienes afirman que era su hija legítima. Sea cual fuere la verdad, no podemos afirmar nada con certeza. Una vez que hayan leído este relato saquen ustedes sus propias conclusiones.

Por cierto, me he olvidado de decirles el nombre de esa mujer. En realidad, lo que ocurre es que su nombre no tiene la menor importancia. Pueden llamarla ustedes como quieran, Sakina, Mehtab, Gulshan o cualquier otro nombre. Al fin y al cabo, ¡qué importancia tienen los nombres! No obstante, para facilitarles a ustedes las cosas, la llamaré Sardar.

Esta Sardar era una mujer de mediana edad, y sin duda hubo un tiempo en que fue hermosa. A pesar de que sus sonrojadas mejillas ya tenían alguna arruga, seguía pareciendo unos años más joven de lo que era. No obstante, a nosotros no nos interesan sus mejillas.

Su hija (no sé si era su hija o no) era un perfecto ejemplo de juventud. No había nada en su aspecto que permitiera inferir que fuera una meretriz, pero la realidad era que su madre la prostituía, y ganaba bastante dinero. Y también es cierto que esta muchacha, a la que para comodidad del lector llamaré Nawab, no odiaba su trabajo.

En realidad se había criado en un lugar tan apartado de la civilización que no tenía la menor noción de lo que era la correcta vida conyugal. Cuando Sardar le presentó en la cama, en aquella cama de matrimonio, al primer hombre, ella pensó que las muchachas normalmente iniciaban su adolescencia de ese modo, por lo que se acostumbró a su vida de prostituta, y llegó a la conclusión de que esos hombres que venían desde muy lejos y se tendían junto a ella en su cama de matrimonio eran el objetivo de su existencia.

Aunque, desde el punto de vista con el que juzgan nuestras honradas y santas mujeres a esas profesionales, ella era sin duda una prostituta, en realidad no tenía la menor conciencia de estar llevando una vida pecaminosa. ¿Cómo podía planteárselo siquiera si no le habían dado la oportunidad?

Su cuerpo era puro. Se entregaba a cada uno de los hombres que venían desde lejos cada semana o semana y media porque pensaba que esa era la obligación de toda mujer. Y se ocupaba de que se sintieran cómodos y relajados, y de que no sufrieran la más mínima molestia.

Ignoraba las formalidades de la gente de ciudad. No tenía la menor idea de que aquellos hombres que iban en coche hasta su casa, por las mañanas, tenían la costumbre de cepillarse los dientes y de que, nada más abrir los ojos, bebían en la cama una taza de té, tras lo cual se levantaban y se bañaban. Sin embargo, poco a poco, había ido aprendiendo de forma muy natural ciertos detalles sobre sus costumbres. Le desconcertaba mucho que no fueran todos iguales. Había unos que nada más levantarse por la mañana pedían un cigarrillo; otros, té; y había otros incluso a los que no había quien los levantara. Algunos pasaban toda la noche despiertos, y por la mañana se metían en su coche y se marchaban rápidamente.

Sardar estaba tranquila. Tenía la absoluta certeza de que su hija, o lo que fuera, sabía controlar a sus clientes; por eso se tomaba una bolita de opio y se dormía en su camastro. En ocasiones, cuando era necesario (por ejemplo, cuando algún cliente bebía en exceso y se emborrachaba), se levantaba medio dormida y le indicaba a Nawab que le diera de comer encurtidos o que intentara darle agua caliente con sal para que devolviera, y que luego lo arrullara hasta que se durmiera.

En cuestiones de dinero Sardar era muy meticulosa, de modo que en cuanto llegaba un cliente lo primero que hacía era coger los honorarios de Nawab y guardarlos enrollados en la cintura de su *salvar*. Y, a su manera, les decía «que soñéis con los angelitos», sacaba una bolita de opio, se la metía en la boca y se dormía.

Todo lo que ganaba era para Sardar, pero la muchacha se quedaba con los regalos que recibía. Los hombres que iban a verla tenían mucho dinero, y eso le permitía lucir buenos vestidos y comer todo tipo de dulces y frutas.

Nawab estaba contenta en esa casa de adobe que solo tenía tres pequeñas habitaciones. Pensaba que tenía una vida muy interesante y agradable. Un oficial del Ejército le había regalado un gramófono y muchos discos, y en sus ratos libres oía música de cine e intentaba cantar las canciones. No tenía el menor estilo cantando, pero probablemente no lo sabía. La realidad es que ni sabía nada ni deseaba saber nada. Había aceptado desde la más profunda ignorancia el camino al que la habían arrojado.

No tenía la menor idea de cómo era el mundo al otro lado del juncal, excepto que había un camino por el que cada dos o tres días pasaba un coche levantando polvo que se detenía junto a la casa y hacía sonar la bocina. En esas ocasiones, su madre, o lo que fuera, se levantaba del camastro, se acercaba al juncal y le indicaba al conductor que aparcara un poco más allá y pasara, tras lo cual este entraba, se sentaba en la cama con Nawab y comenzaba a decirle cosas muy dulces.

No había muchos hombres que fueran a su casa. Serían unos cinco o seis, pero todos ellos eran clientes fijos, y Sardar había arreglado las cosas de tal manera que no se encontraran unos con otros. Era una mujer muy inteligente, por lo que establecía un día para cada cliente, de modo que ninguno tuviera ocasión de quejarse.

Además, cuando era preciso, se ocupaba de que Nawab no se quedara embarazada. La vida que llevaba la muchacha hacía que esta fuera una circunstancia muy probable, pero Sardar llevaba dos años o dos años y medio consiguiendo evitar ese riesgo de la naturaleza.

Esa había sido la vida cotidiana tras el juncal hasta entonces. Los policías no tenían la menor idea de lo que allí ocurría. Los únicos que lo sabían eran los clientes que allí acudían y Sardar y su hija, o lo que fuera.

Un día se produjo una revolución en aquella casa situada tras el juncal. Apareció un gran coche que debía de ser un Dodge, y se detuvo allí. Tocó la bocina. Sardar salió y vio a un desconocido. Ella no le dijo nada, y él tampoco a ella. Aparcó a cierta distancia, salió del coche y entró directamente en la casa como si llevara años yendo allí.

Sardar se quedó realmente desconcertada, pero Nawab, desde la entrada, lo recibió con una sonrisa encantadora y lo condujo a la habitación de la cama de matrimonio. Cuando estaban los dos allí sentados, llegó Sardar. Como era muy inteligente, se dio cuenta de que el desconocido era un hombre rico, apuesto y sano. Entró en la habitación, lo saludó y le preguntó:

—¿Quién le dijo cómo llegar aquí?

Aquel hombre sonrió, y, rozando cariñosamente con los dedos las mejillas regordetas de Nawab, le dijo:

—Ella.

La muchacha, sobresaltada, se echó a un lado y dijo con un aspaviento:

—¡Ay, pero si yo no te he visto nunca!

La sonrisa del desconocido se hizo aún más amplia y dijo:

—Pues yo a ti te he visto ya varias veces.

Nawab le preguntó:

—¿Dónde? ¿Cuándo?

Su boca menuda esbozó un gesto de asombro que confirió aún un mayor encanto a su rostro.

El desconocido cogió su mano rolliza y mirando a Sardar le respondió:

—Tú ahora no puedes entender estas cosas. Pregúntaselo a tu madre.

Nawab, con gran inocencia, le preguntó a su madre cuándo y dónde la había visto ese hombre. Sardar llegó a la conclusión de que alguno de los hombres que acudían a su casa le habría hablado de la muchacha y le habría dado la dirección, por lo que le dijo a Nawab:

—Ya te lo diré.

Tras decir eso salió de la habitación, se sentó en su camastro, sacó una bolita de opio de la caja y se acostó. Estaba tranquila porque parecía un buen hombre y tenía la seguridad de que no causaría ningún problema.

Aunque no es algo que se pueda decir con certeza, probablemente el desconocido, que se llamaba Hebat Jan y que era una persona bastante acaudalada del distrito de Hazara, se quedó tan prendado de la candidez de Nawab que, cuando se disponía a marcharse, le dijo a Sardar que a partir de entonces no fuera ningún otro hombre a ver a la muchacha. Sardar reaccionó con inteligencia:

—¡Jan Sahab! ¡¿Cómo voy a hacer eso?! ¿Acaso me puede dar usted todo ese dinero?

Él la interrumpió, se metió la mano en el bolsillo, sacó un grueso fajo de billetes de cien y lo arrojó a los pies de Nawab. A continuación se quitó un anillo con un diamante que llevaba, se lo puso a la joven y se marchó al otro lado del juncal.

La muchacha ni siquiera miró los billetes. Simplemente se quedó contemplando durante mucho rato su dedo en el que lucía ese anillo, cuyo gran diamante producía destellos multicolores. El coche se puso en marcha y partió levantando una nube de polvo. Después la muchacha salió de su ensimismamiento y se dirigió al juncal, pero no encontró nada más que polvo.

Sardar ya había cogido el fajo de billetes y lo había contado. Si hubiera habido un billete más, habrían sido dos mil rupias, pero eso no la entristeció. Enrolló con sumo cuidado los billetes y se los puso en la cintura de su amplio *salvar*, se dirigió a su cama y, tras sacar una bola de opio de la caja y metérsela en la boca, se tumbó con gran tranquilidad y estuvo durmiendo hasta tarde.

Nawab estaba radiante. No hacía más que mirarse la mano con su anillo de diamante. Pasaron tres o cuatro días, durante los cuales apareció un antiguo cliente, al cual Sardar dijo que había cerrado el negocio porque había peligro de que fuera la policía. Aquel cliente, que era bastante rico, se marchó defraudado. Sardar se había quedado impresionada con Hebat Jan. Mientras se encontraba sumida en el estado de embriaguez que le provocaba el opio, pensó que era una buena idea ganar con un solo hombre lo mismo que antes; por eso decidió que poco a poco iría evitando del mismo modo a los demás clientes diciéndoles que la policía la estaba controlando y no quería poner en entredicho su reputación.

Hebat Jan volvió al cabo de una semana. Durante ese período Sardar ya había dicho a otros dos clientes que no volvieran por allí.

Entró con la misma suficiencia que la vez anterior, y nada más llegar abrazó a la muchacha. Sardar no le dijo nada y Nawab…, o más bien habría que decir que Hebat llevó a Nawab a la habitación de la cama de matrimonio. En esa ocasión, Sardar no entró allí, sino que se tumbó directamente en su cama, adormilándose con el opio.

Hebat Jan estaba encantado, y quedó aún más prendado de la naturalidad de la muchacha. Era completamente ajena a las maneras de las mujeres de la calle y carecía asimismo de la simplicidad rústica de las mujeres normales. Poseía algo único, diferente a las demás. Se tendía junto a él en la cama como un niño junto a su madre, pasándose la mano por los senos, metiéndose el dedo en la nariz, enrollándose mechones de pelo en el dedo, hasta adormecerse poco a poco.

Para él resultaba una experiencia nueva. Le parecía una mujer muy especial, interesante y agradable, por lo que comenzó a ir dos veces a la semana. Ella se había convertido para él en una atracción irresistible.

Sardar estaba satisfecha de tener suficiente dinero que guardarse en la cintura. Nawab, sin embargo, a pesar de su inocencia, en ocasiones se preguntaba por qué él parecía estar siempre atemorizado. ¿Por qué se asustaba tanto cuando pasaba algún camión o algún coche por el camino, al otro lado del juncal? ¿Por qué se separaba entonces de ella y salía sigilosamente para ver quién era?

Un día, cerca de la medianoche, Hebat Jan y Nawab estaban durmiendo abrazados, y pasó un camión por el camino. Él se despertó sobresaltado y se incorporó inmediatamente, y la muchacha, que tenía un sueño muy ligero, en cuanto él se asustó, se estremeció como invadida por un terremoto y le gritó:

—¡¿Qué pasa?!

Hebat Jan, que ya estaba más calmado, intentó tranquilizarse aún más y dijo:

—Nada… Debe de haber sido una pesadilla.

Todavía se oía en el silencio de la noche el sonido del camión.

Nawab le dijo:

—No, Jan. Es otra cosa. Cada vez que pasa un coche o un camión por el camino te ocurre lo mismo.

Él, al ver que la joven había puesto el dedo en la llaga, para defender su hombría dijo con firmeza:

—Pero ¿tú eres tonta? ¿Por qué iba a tener miedo de los coches o de los camiones?

Nawab tenía un corazón muy delicado, de modo que, al oír el tono áspero de Hebat Jan, se sintió herida y comenzó a llorar. Él la consoló y entró en contacto con una faceta extremadamente delicada de su propia vida que hizo que su cuerpo se sintiera aún más cercano al cuerpo de Nawab.

Hebat Jan era un hombre alto, fornido y apuesto. En sus brazos Nawab sintió por primera vez una maravillosa pasión. Él le descubrió todos los secretos del placer sexual, y ella empezó a enamorarse de él, es decir, comenzó a comprender el sentido de eso a lo que se denomina amor. Cuando no aparecía durante una semana, Nawab ponía en el gramófono discos de melodías tristes, que ella misma entonaba entre suspiros. No obstante, le seguía preocupando mucho que él se asustara tanto ante el paso de los coches.

Transcurrieron varios meses durante los cuales la entrega y el amor de la muchacha no cejaron de aumentar, al igual que aumentó su preocupación, ya que él comenzó a ir solo durante unas horas y a marcharse apresuradamente. Nawab se daba cuenta de que se veía obligado a ello, ya que en realidad él deseaba quedarse más tiempo.

En varias ocasiones le preguntó que por qué se marchaba, pero él le respondía con evasivas. Un día por la mañana temprano su Dodge se detuvo al otro lado del juncal. Nawab estaba durmiendo. Cuando oyó el claxon, se levantó precipitadamente y salió frotándose los ojos. En ese momento él ya había aparcado el coche y había llegado a la casa. Nawab salió corriendo y lo abrazó. Él la cogió en brazos y la llevó a la habitación de la cama grande.

Pasaron mucho tiempo hablando y diciéndose palabras de amor. Quién sabe qué le ocurrió a Nawab, que por primera vez pidió una cosa:

—Jan, tráeme unas pulseras de oro.

Él besó varias veces sus mejillas sonrosadas y regordetas y le dijo:

—Mañana mismo vendré. Mi vida es tuya.

Nawab, con coquetería, pero con naturalidad, le dijo:

—No, no, soy yo la que te entregaré mi vida.

Al oír esto, Hebat Jan prometió protegerla en todo momento, y tras compartir unos momentos de gran ternura se marchó dándole su palabra de que volvería al día siguiente y le traería unas pulseras de oro que él mismo pondría en sus delicadas manos.

Nawab estaba muy feliz. Aquella noche estuvo hasta tarde en la habitación de la cama grande poniendo discos alegres y bailando. Sardar también estaba contenta. Esa noche volvió a sacar una gran bola de opio, se la tomó y se durmió.

Al día siguiente la muchacha estaba más feliz aún porque iba a tener sus pulseras de oro y se las iba a poner el propio Hebat Jan. Pasó todo el día esperando, pero él no apareció. Pensó que a lo mejor se le había estropeado el coche y que quizás iría por la noche, pero estuvo toda la noche despierta y él no fue. Su corazón delicado estaba muy dolido. No hacía más que decirle a su madre, o lo que fuera:

—Me lo prometió, pero no ha venido. —Aunque después se quedaba pensando y decía—: No, le tiene que haber pasado algo. —Y se tranquilizaba un poco.

Se le ocurrían varias cosas, como que hubiera tenido un accidente con el coche, que se hubiera puesto enfermo o que le hubieran atracado, pero no podía dejar de recordar el sonido de los coches y de los camiones que tanto le asustaba. Aunque estuvo pensando en ello durante horas, no fue capaz de llegar a ninguna conclusión.

Transcurrió una semana, durante la cual no apareció por allí ninguno de los antiguos clientes, ya que Sardar les había dicho a todos ellos que no lo hicieran. Solamente pasaron levantando polvo por aquel camino tres o cuatro camiones y dos coches. Cada vez que eso ocurría, Nawab sentía el deseo de salir corriendo tras ellos y prenderles fuego. Creía que ellos eran la causa que impedía que Hebat Jan fuera allí, pero después pensaba en qué impedimento podían suponer esos coches, y se reía de su propia ingenuidad.

No obstante, no podía dejar de extrañarle que un hombre fuerte como Hebat Jan se asustara al oír los coches. Ninguna explicación podía borrar esa realidad. Y, cuando eso ocurría, se entristecía mucho y comenzaba a escuchar discos melancólicos con los ojos bañados en lágrimas.

Al cabo de una semana, al mediodía, cuando Nawab y Sardar habían terminado de comer y se disponían a reposar, oyeron de repente en el exterior la bocina de un coche. Les sorprendió porque no era el sonido de la bocina del coche de Hebat. Sardar se apresuró a salir para ver quién era y, en el caso de que fuera uno de los antiguos clientes, decirle que se marchara. Sin embargo, cuando llegó cerca del juncal, vio a Hebat, que estaba sentado en un coche distinto al habitual, en cuyo asiento trasero había una mujer muy bella y muy elegante.

Hebat Jan aparcó el coche un poco más allá y salió de él, y tras él salió aquella mujer. Ambos se acercaron a su casa. Sardar no entendía lo que pasaba.

Si él iba hasta allí desde tan lejos para estar con una mujer, ¿por qué acudía con una mujer bella, joven y vestida con ropa cara?

Justo cuando estaba pensando eso, Hebat entró en la casa con aquella bella mujer llena de alhajas. Ella fue tras ellos, pero ninguno de los dos le prestó la menor atención.

Cuando entró, estaban sentados junto a Nawab en la cama de matrimonio y reinaba un profundo silencio, un silencio extraño. No obstante, la mujer enjoyada parecía un poco nerviosa, ya que no hacía más que mover una pierna rápidamente.

Sardar se quedó de pie en la puerta. Cuando Hebat, al oír sus pasos, miró hacia ella, esta le saludó, pero él no le respondió, lo cual la irritó mucho.

La mujer dejó de mover la pierna y le dijo a Sardar:

—Ya que hemos venido, prepara algo de comer.

Sardar adoptó la actitud de perfecta anfitriona y dijo:

—Dime qué es lo que queréis, que ahora mismo lo preparo.

Aquella mujer, cuyo aspecto dejaba traslucir su carácter decidido, le dijo a Sardar:

—Pues vete a la cocina, enciende el fogón y… ¿tienes un caldero grande en casa?

—Sí —dijo ella moviendo su pesada cabeza.

—Entonces, vete lavándolo bien, que ahora voy yo.

La mujer se levantó de la cama y comenzó a contemplar el gramófono.

Ella, con tono de disculpa, le dijo:

—Aquí no tenemos carne ni nada de eso.

La mujer, mientras colocaba la aguja sobre uno de los discos, le dijo:

—La tendremos. Tú haz lo que te he dicho, y asegúrate de que haya un buen fuego.

Tras escuchar estas órdenes, Sardar se marchó, y entonces aquella elegante mujer se dirigió sonriendo a la muchacha:

—Nawab, te hemos traído unas pulseras de oro.

Tras decir eso, abrió su bolso y sacó unas pulseras bastante pesadas y bellas envueltas en un papel fino rojo.

Nawab estaba sentada en silencio mirando a Hebat Jan. Echó una mirada a las pulseras, y con gran dulzura y delicadeza, pero con voz dolida, le preguntó señalando a la mujer:

—Jan, ¿quién es esta mujer?

La mujer, jugando con las pulseras, dijo:

—¿Que quién soy? Soy la hermana de Hebat[106] Jan. —Y tras decir eso miró a Hebat, que se sobresaltó un poco. A continuación le dijo a Nawab—: Me llamo Halakat.[107]

Nawab no entendía nada, pero le asustaba la mirada de aquella mujer bella pero aterradoramente directa. Parecía como si lanzara fuego.

La mujer se acercó a la atemorizada muchacha, la sujetó y, cogiéndole las muñecas, comenzó a ponerle las pulseras, pero luego la soltó y le dijo a Hebat Jan:

—Tú vete, Hebat Jan, que quiero ataviarla para luego presentártela.

Él estaba desconcertado. Al ver que no se levantaba, aquella mujer, que había dicho llamarse Halakat, le dijo con tono ligeramente brusco:

—¡Vete! ¿Es que no me has oído?

Él salió mirando a Nawab. Estaba muy nervioso y no sabía a dónde ir ni qué hacer.

La cocina estaba en un extremo de la veranda exterior, separada por una cortina. Al salir vio que Sardar ya había encendido el fuego. Sin decirle nada, se marchó al otro lado del juncal. Estaba medio enloquecido, y el menor ruido le aterrorizaba.

Vio a lo lejos un camión que se acercaba, y pensó pararlo y desaparecer de aquel lugar, pero, cuando este pasó a su lado, levantó tal polvareda que desapareció en ella. Lo llamó, pero el polvo le impidió alzar la voz.

---

[106] Literalmente, «sobrecogimiento» o «terror».

[107] Literalmente, «muerte» o «destrucción».

Cuando se disipó la nube de polvo, Hebat Jan estaba exánime. Deseaba dirigirse a aquella casa en la cual había pasado tantos días y tantas noches junto a la espontánea Nawab, pero le resultó imposible porque sus pies se negaban a moverse.

Permaneció durante un rato de pie en el camino pensando qué era lo que ocurría. Hacía mucho tiempo que mantenía una relación con aquella mujer que había ido con él. Fue a darle el pésame por la muerte de su marido, que era muy amigo suyo, pero el destino quiso que esa circunstancia diera pie a una relación amorosa. Al día siguiente de la muerte de su marido fue a su casa, y ella lo requirió con tal imperiosidad que se entregó a ella como si fuera su criado.

En cuestiones de mujeres, Hebat Jan era muy inocente. Cuando Shahina le mostró su extraño amor avasallador, se sintió dominado. No tenía la menor duda de que ella tenía mucho dinero, en parte suyo y en parte de su difunto marido, pero a él no le interesaba lo más mínimo su dinero; lo único que le interesaba era ella porque era la primera mujer de su vida. Quizás su absoluta inexperiencia fue la que le hizo someterse a su despotismo.

Se quedó durante un buen rato de pie en el camino, pensando. Finalmente, incapaz de resistir más, regresó y vio que Sardar estaba en la cocina friendo algo. Tras entrar en la casa se dirigió a la habitación de la cama grande, pero se encontró la puerta cerrada. Llamó suavemente.

Al cabo de unos instantes, la puerta se abrió. Lo primero que vio sobre el suelo de tierra fue un montón de sangre por todas partes. Comenzó a temblar. A continuación vio a Shahina junto a la puerta, y ella le dijo:

—¡He acicalado y engalanado a tu Nawab!

Hebat Jan escupió para humedecerse la garganta reseca y le preguntó:

—¿Dónde está?

Ella le respondió:

—Una parte sobre la cama, pero lo mejor está en la cocina.

A pesar de que no entendió lo que había querido decir, se quedó aterrorizado, y fue incapaz de decir nada. Permaneció allí de pie en la entrada, pero se dio cuenta de que el suelo estaba lleno de trozos de carne y de que también había un cuchillo afilado. Vio también que en la cama de matrimonio había alguien tumbado tapado con una sábana empapada de sangre.

Shahina, sonriendo, le dijo:

—¿Quieres que levante la sábana y te la enseñe? Es tu engalanada Nawab. La maquillé yo misma, pero primero vete a comer, que debes de tener mucha hambre. Sardar está preparando una carne muy buena, cuyos pedazos he cortado yo misma.

A Hebat Jan le empezaron a temblar las piernas y gritó:

—Shahina, ¿qué has hecho?

Ella sonrió:

—Pero, mi vida, ¡si no es la primera vez, es la segunda! Mi marido, que Dios lo tenga en su gloria, también me fue infiel, como tú. Yo misma lo maté y cociné su carne, y luego se la di a los cuervos y a los buitres. A ti te quiero, por eso, en tu lugar…

Sin completar la frase, retiró la sábana empapada en sangre. Hebat Jan lanzó un grito que se ahogó en su garganta, y acto seguido, cayó al suelo desmayado.

Cuando recobró el sentido, vio que estaba en el coche con Shahina, que iba al volante, conduciendo por un paraje desconocido.

## SHUSHU

En casa había un gran bullicio. Todas las habitaciones estaban repletas de jóvenes, niños y mujeres, y el jaleo era tal que resultaba imposible oír nada. En un cuarto había dos o tres niños en brazos de sus madres berreando porque querían mamar, y en otro, un montón de niñas pequeñas con un tamborcito, cantando a voz en grito, totalmente desafinadas, y ajenas a toda noción de ritmo o melodía. Ellas se limitaban a cantar y punto. La casa estaba rebosante de invitados, desde la entrada, en la planta baja, hasta arriba, en la azotea. ¿Cómo no iba a estarlo? Se celebraban dos matrimonios en una misma familia, y tras la boda habían llegado mis dos hermanos con sus novias, guapas como la luna.

Más o menos hacia las once de la noche llegaron los dos palanquines, y en la calle se formó una auténtica algarabía. Pero era fascinante ver cómo salían todas las muchachas de nuestra calle, vivarachas y presumidas, y empezaban a aletear de un lado a otro como mariposas.

El murmullo de la seda de los saris, el crujido de los *salvares* almidonados y el tintineo de las pulseras empezaron a ondular por el aire. Los mechones de pelo que caían una y otra vez sobre los rostros encendidos, las vocecitas agudas que surgían tras forzar los diminutos pechos, los andares sugerentes sobre los zapatos de tacón, el movimiento sinuoso de los dedos, las voces emocionadas, las venas palpitantes, los cuchicheos de esas muchachas en plena lozanía... Al contemplar todo esto daba la impresión de que la belleza y la juventud estuvieran escribiendo con sus cálamos su significado sobre el suelo empedrado.

Abbas estaba de pie a mi lado. Los dos nos hallábamos en medio de un grupo de mujeres. De repente, se quedó mirando a la esquina de la calle y me preguntó:

—¿Dónde está Shushu?

Le respondí:

—Mira, ahora mismo no tengo tiempo de responder a tu pregunta.

Yo me sentía en medio de ese gentío como una abeja que, al ver un arriate de flores, fuera incapaz de decidir sobre qué flor posarse.

Abbas, con voz quejumbrosa me dijo:

—No ha venido.

—Bueno, ¿y ¿qué? ¡Todas los demás sí que están!... ¡Ay!... Mira, precisamente..., ¿quién es esa del sari azul?... Shushu —le dije a Abbas apretándole la mano.

Abbas se quedó mirando con atención y dijo:

—¿La del sari azul...? —Tras lo cual, con ese aire especial suyo, me lanzó una mirada contrariada, y me dijo—: ¡A ver si vas al oculista..., tonto! ¿Esa es Shushu?

—¿Qué pasa? ¿Que no es?

Yo volví a mirar fijamente hacia el sari azul, y mi mirada se tropezó con la de la muchacha, de tal modo que ella sintió como si le hubieran dado un empujón. La joven mantuvo el equilibrio, me miró y sacó la lengua roja para hacerme burla, y le dijo algo al oído a una amiga.

Su amiga me miró de reojo... y el sudor me empezó a correr por la frente. Abbas, que estaba mirando de nuevo a aquella muchacha para asegurarse, dijo en voz alta:

—¡Te juro por Dios que la estás insultando..., pedazo de burro..., en cuestión de mujeres eres un completo cretino!

A ti te ponen delante una muñeca de madera envuelta en una tela azul, y ya pierdes la cabeza.

Esto lo dijo tan alto que la muchacha del sari azul lo oyó. Cuando pasó a nuestro lado ella misma trastabilló. Por un instante sus pasos se detuvieron, como si uno de nosotros se hubiera dirigido a ella, pero, al darse cuenta de su error, para disimular la vergüenza que le produjo, miró de repente hacia atrás y dijo:

—Oye, Amina…, ¿dónde te has metido?

Yo, aprovechando la oportunidad, me apresuré a apretarle la mano a Abbas a modo de señal, y le dije a ella:

—Encantado de conocerla, pero me llamo Muhammad Amin. También me llaman Nil Kanth.[108]

Ella se enfadó, pero nosotros nos marchamos riéndonos disimuladamente. Después de dar unos pasos Abbas me dijo con gran preocupación:

—Todavía no ha venido Shushu.

—Y yo, ¿qué quieres que le haga?… Si quieres, dame una gorra de policía, y me pongo a buscarla y te la traigo. Pero ¡deja ya la tontería! ¿Me vas a dejar divertirme o no?… Además, mi querido amigo, dime una cosa… Aunque estuviera aquí, ¿acaso ibas a hablar con ella?… ¡A ver si te piensas que estás leyendo una novela americana o que estás soñando!

Abbas comprendió inmediatamente mis palabras, ya que tan tonto no era, así que los dos nos fuimos alejando de aquella calle y nos dirigimos al mercado. En la esquina, estaba abierta la tienda de *pan* de Ram Bharose, y él estaba dormitando bajo la bombilla con la cabeza inclinada. Le pedimos que nos preparara *pan* para los dos, y nos quedamos allí charlando, en el mercado, sentados en unas sillas. Tras hablar durante un buen rato sobre la separación que seguía

[108] Arrendajo de cuello azul.

reinando en la India entre hombres y mujeres, a la una de la madrugada Abbas se levantó entre bostezos y me dijo:

—Oye, yo ya tengo sueño. Me marcho con el dolor de no haber visto a Shushu. Te lo digo en serio, Amin, esa muchacha…, pero ¿cómo te la podría describir ahora?

Abbas se fue a su casa y yo a la mía. Por el camino me quedé pensando en qué es lo que le habría visto mi amigo de especial a una muchacha tan corriente como Shushu para que estuviera nombrándola a cada momento. Doy fe de que Abbas tiene un gusto exquisito, pero en esa cuestión no sé qué es lo que le había pasado. Shushu… Shushu… Pero ¿qué es eso?… Pronuncié su nombre dos o tres veces y me pareció como si estuviera chupando caramelitos de menta… Shushu… Pruebe usted también a repetirlo un par de veces. Así, muy deprisa… ¿No le parece que tiene su encanto?… Seguro que sí. Pero ¿por qué? No podía entender por qué de repente no hacía más que pensar en Shushu, la adorada de Abbas. No había nada en ella digno de atención, y, sin embargo…, sin embargo…, no hay duda de que ese nombre de Shushu tenía su interés, y también, como ya he dicho antes, su encanto.

El nombre de Shushu poseía el timbre de las cuerdas vibrantes del banjo. Pruebe usted a pronunciar este nombre y sentirá como si hubiera pasado el arco con gran presión sobre las cuerdas tensadas de algún instrumento.

Shushu… es otro nombre de Sushila, es decir, su lado feo, pero, a pesar de todo, cuánta musicalidad hay en él… Sushila… Shushu. Shushu… Sushila… No… ¡Sushila no tiene ni por asomo la misma musicalidad que Shushu!

Byron, el poeta inglés, era apuesto, pero ¿qué había en él que hacía palpitar el corazón de las mujeres?… Su cojera… Greta Garbo no es nada guapa y, sin embargo, ¿qué hay en ella que embruja a los espectadores?… Ese acento tan extraño que tiene al hablar inglés… ¿Por qué a veces las cosas sin tacha se embellecen al ajarse?… Sushila era una muchacha normal de quince o dieciséis años que vivía en nuestro barrio. A esa edad poseía todo lo necesario para provocar un torbellino en el pecho de cualquier joven. Pero a los ojos de Abbas eso no era un atractivo. El corazón de Abbas no era como el de los otros jóvenes, una brizna de hierba que se estremeciera a la menor ráfaga de aire… ¡Quién sabe cuál sería ese gesto suyo que tanto le cautivaba, y que excedía mi comprensión!

Yo nunca me había parado a pensar en el aspecto de Sushila ni en el mérito de su figura, pero, no sé por qué, ese día no podía dejar de pensar en eso. No hacía más que venirme a la cabeza, y, cada vez que esto ocurría, dejaba a un lado a Sushila y me perdía en la musicalidad de su diminutivo, Shushu. Enfrascado en estos pensamientos llegué a la esquina de la calle, de lo cual me percaté cuando me di cuenta de que todo estaba en profundo silencio. Mi casa estaba frente a mí. En su muro exterior, había una bombilla colgada cuya luz cegadora se extendía por toda la calle… Sentí compasión por la «soledad» de esa bombilla. Había un silencio absoluto y esa bombilla parecía asombrada.

Entré en casa, donde también reinaba el silencio, tan solo interrumpido de tanto en tanto por el llanto trémulo de un niño seguido por la voz somnolienta de su madre. Abrí la puerta de la habitación que había junto a la entrada, y me senté en un sofá. Al lado, sobre una mesilla, estaba la revista *Romance*. La cogí y la empecé a hojear. Al pasar las hojas mi mirada se detuvo en un *gazal* de Ajtar. ¡Qué bonitos eran los dos primeros hemistiquios!

*No olvidaré las noches en que, vergonzosa, te acercabas*
*con el sueño derramándose en tu embriagadora mirada.*

Me entró sueño. Miré el reloj y vi que la aguja pequeña había llegado al número dos, y que estaba sonando para anunciarlo: ¡taaan!, ¡taaan!

«Ya son las dos»... Me levanté, subí las escaleras y entré en mi habitación con intención de dormir. Era primavera y no había humedad. La ventana de mi habitación, que daba a la calle, estaba abierta y su cortina de seda rosa ondulaba de forma muy agradable movida por la brisa suave.

Me puse el pijama, encendí la luz verdosa y me tumbé en la cama.

Mis párpados se empezaron a cerrar y comencé a sentir como si me estuviera hundiendo en un montón de algodón mullido. Cuando tan ssolo un instante separaba la vigilia del sueño, llegó a mis oídos el murmullo de una conversación. Mis párpados cerrados se volvieron a abrir, y yo, venciendo el sueño, me puse a escuchar. En la habitación de al lado había alguien hablando. De repente se oyó el sonido armonioso de una risa encantadora, que se extendió por aquella atmósfera silenciosa como las chispas centelleantes de una bengala.

Me levanté de la cama y me quedé de pie junto a la puerta para escuchar la conversación.

—¡Qué guapas iban las dos novias!

—Sí, eran como el sol y la luna.

Las que hablaban debían de ser dos muchachas, y, como el tema me interesó, empecé a prestar más atención.

—¡Nargis estaba guapísima con el sari rojo con adornos dorados!... y, ¡con ese velo de brocados que le caía por sus mejillas blanquísimas!..., me daban ganas de bendecirla.

—¡Con qué timidez iba la pobre!

—Ni siquiera levantaba la cabeza..., pero..., pero ¿hasta cuándo le durarán esa vergüenza y ese recato?... Esta noche...

—¡Esta noche!

—¡Ay, por Dios! ¡De qué cosas hablas, Shushu!

Al compás de esta frase se oyó un rumor de telas, y un cosquilleo me recorrió todo el cuerpo... Shushu... Entonces, una de ellas era Sushila. Mi interés se intensificó aún más, y empecé a buscar en la puerta alguna rendija por la que pudiera verlas además de oírlas. En uno de los tablones inferiores de una de las hojas de la puerta se había salido un pequeño nudo de la madera dejando un agujero del tamaño de una monedita. Me arrodillé y empecé a mirar por el agujero.

Shushu estaba sentada sobre una alfombra, tapándose las piernas con un sari de color crema. A su lado estaba Afat, algo ruborizada, tumbada en la cama con los codos apoyados en los cojines.

—¿Qué les estará pasando ahora a esas novias de piel blanca? —Tras decir esto, Shushu se detuvo y, a la vez que tocaba las pulseras de Afat, haciéndolas tintinear, dijo—: ¿Tú que crees?

Las mejillas de Afat se encendieron unos instantes.

—¡Qué cosas más turbadoras dices, Shushu!

—¡Ay, sí! ¡Como si aquí la niña no tuviera ningún interés en estas cosas! Más vale que te calles y te cases de una vez.

Afat interrumpió a Sushila y le preguntó:

—Pero ¿dónde se han llevado a las novias?

—¿Que dónde se las han llevado? —dijo Sushila sonriendo—. Al fondo del mar, donde reinan las sirenas. A las grutas del monte Qaf, donde viven *jinns*[109] de grandes cuernos.

Durante unos instantes hubo un silencio misterioso, tras el cual volvió a tomar la palabra Shushu:

—¿A dónde se las van a haber llevado? ¡Pues a sus habitaciones!

---

[109] Genios. Seres fantásticos de la mitología semítica.

—¿Cómo van a conseguir dormir las pobres? —dijo, mostrando su temor, otra muchacha que hasta entonces había estado callada, y cuyo nombre desconocía.

Shushu dijo:

—¿Pobres?... ¡Que alguien vaya y pregunte a su corazón con qué ansia estaban esperando esta noche de vigilia!

—Entonces, ¿estarán muy contentas?

—¡Pues claro!

—Pero yo he oído que a veces ellos hacen muchas cosas malas—, dijo Afat deslizándose hasta ponerse al lado de Sushila.

—Pero, a ver, ¿tú de qué tienes miedo?... Cuando te empiecen a molestar, tú no les dejes..., no permitas que te toquen ni con las manos ni con los pies..., pero bueno ¿por qué te empiezas a preocupar ya?

—¡Ay, madre! —empezó a decir Afat en voz alta—. ¡De qué cosas hablas, Shushu! ¡Mira qué deprisa me late el corazón! —Afat cogió la mano de Sushila y se la puso en el corazón.

—¿Ves?

Shushu sintió con atención los latidos del corazón de Afat y a continuación dijo en tono muy misterioso:

—¿Sabes lo que está diciendo?

Afat respondió:

—No. ¿Qué?

—Está diciendo: «Afat Bano Gaznavi quiere convertirse en una novia».

—¡Ay, calla! ¡¿No te da vergüenza?! —dijo Afat sonriendo, y se cambió de lado.

—¡Es tu corazón el que lo desea y ahora resulta que me culpas a mí!

Después se levantó y le empezó a preguntar a Sushila:

—Bueno, pero dime una cosa, Shushu. ¿A ti con qué tipo de hombre te gustaría casarte? ¡Pero de verdad, dímelo en serio! ¡Como me mientas me voy a poner a llorar!

—¿Por qué te lo voy a decir?

Tras decir esto, Sushila movió la cabeza con rapidez, y su rostro, antes oculto a mi vista, quedó frente a mí. La observé con atención y me pareció muy guapa, con esos ojos embriagadores y la boca entreabierta como una herida reciente de espada. Tenía varios mechones de pelo sueltos que danzaban en medio de esa escena iluminada por la luz eléctrica. Su rostro trigueño era bello. Su pecho, sobre el que se estaba resbalando el extremo del sari, palpitaba suavemente, y sobre su ancha frente lucía un *bindi*[110] rojo muy favorecedor.

Afat insistió:

—Venga, por favor. Dímelo.

Shushu le dijo:

—Dímelo tú primero.

—Bueno, pero no se lo vayas a decir a nadie, ¿eh?

A continuación Afat comenzó a decir con cierto pudor:

—Yo quiero…, yo quiero casarme con un chico que sea…

Entonces Shushu dijo:

—¡Ay, dilo de una vez!

Afat, retirándose el pelo de la cara, dijo:

—Bueno, pues con un chico que sea alto, que sea fuerte como mi hermano mayor, que sea británico y hable muy bien inglés, que tenga la piel clara y que sea elegante, que sepa conducir y que también juegue al bádminton.

Shushu le preguntó:

—¿Ya está?

[110] Punto sobre la frente con el que se adornan las mujeres hindúes.

—Sí.

Afat se volvió y se quedó mirando a Sushila.

—Ruego al Altísimo que te conceda tu deseo —le respondió esta con gran seriedad, y adoptando un tono como si estuviera recitando un mantra sagrado en un templo.

La chica que estaba participando poco en la conversación dijo:

—Afat, ahora le toca a Shushu.

Afat, que había cogido un extremo del sari de Shushu y se lo estaba enrollando en un dedo, dijo:

—Bueno, ahora dilo tú. Yo ya te he dicho lo que a mí me gustaría.

Shushu le respondió:

—¿Para qué quieres que te lo diga?… Si mi idea es totalmente distinta a lo que tú has dicho.

—No nos importa que sea distinta o igual, pero no te vamos a dejar que te marches si no nos lo dices.

—Yo —comenzó a decir Sushila mirando al techo, y después de permanecer un rato en silencio volvió a decir—: Yo…, pero ¡es que te vas a reír, Afat!

—Venga, dilo ya, ¿no?

Sushila lanzó un suspiro:

—Mis sueños son un poco especiales, Afat…, surgen en mi mente como burbujas de jabón multicolores que danzaran frente a mis ojos y luego desaparecieran… Yo pienso… y después pienso que quién me manda a mí pensar… Sería maravilloso que se cumpliera todo aquello que el hombre desea…, pero entonces, ¿qué nos quedaría en la vida?… ¿De dónde brotarían los anhelos y los deseos?… Está bien que las cosas sean tal como son. Bueno, ya sé que no voy a conseguir lo que pido, pero yo lo seguiré pidiendo en mi corazón. ¿Acaso no es suficiente eso para seguir viviendo?

Afat y la otra muchacha estaban sentadas en silencio.

Shushu tomó de nuevo la palabra:

—Yo quiero que el compañero de mi vida sea un chico que no solo sea joven en edad, sino también de corazón y de mente... que cada poro de su cuerpo sea joven..., que sea poeta... No me importa su aspecto..., quiero un poeta que, prendado de mi amor, se troque en amor de los pies a la cabeza..., que halle belleza en cada una de mis palabras..., que cada uno de sus versos sea un retrato mío y solo mío..., que se pierda en las honduras de mi amor... A cambio de todo eso, yo le entregaré ese regalo de mi femineidad que hasta ahora no ha podido ofrecer ninguna mujer.

Guardó silencio. Afat, completamente atónita, no dejaba de mirar fijamente su boca. Su rostro delataba que no había entendido ni una sola palabra de lo que había dicho Sushila. Yo mismo estaba asombrado de que el pecho de esa muchachita menuda de quince o dieciséis años albergara tales pensamientos, y cada una de sus palabras seguía resonando en mi cabeza.

—Si lo encuentro... —dijo Sushila, y adelantándose, cogió el rostro de Afat entre sus manos, y continuó—: Saldré a recibirlo y sellaré sus labios con ese beso que hace ya mucho tiempo que se oculta ardiente en los míos.

Shushu besó los labios de Afat, entreabiertos por el asombro, y los labios de ambas permanecieron unidos unos instantes. Lo extraño fue que Afat se quedó callada y no opuso resistencia alguna.

Cuando los labios de las dos se separaron con un leve sonido y pude contemplar sus rostros, vislumbré algo especial, que no se puede expresar con palabras. Afat parecía embelesada y asombrada, como la abeja que se posa por primera vez sobre los delicados pétalos de una flor y siente el placer de libar su néctar... y Sushila... había adoptado un aire aún más misterioso.

—¡Ven, vamos a dormir ahora!

Esa voz suave y somnolienta pertenecía a Afat. Además, pude oír el rumor de las telas. Yo me empecé a sumergir en el profundo océano de mis pensamientos.

¿Qué insólitas ideas albergaría esa muñeca de color trigueño en su cabecita?… y ¿cuál sería ese regalo que ocultaba en el regazo de su femineidad… que hasta el día de hoy ninguna mujer había podido ofrecer a ningún hombre?

Miré por el agujero y vi que Shushu y Afat dormían abrazadas. Shushu tenía el pelo revuelto por la cara, y su respiración hacía que este se moviera ligeramente. ¡Qué lozana y rozagante parecía! ¡Realmente merecía que le escribieran poemas!… Pero Abbas no era poeta… Entonces…, entonces…

# RAM KHILAWAN

Después de matar unos cuantos bichos, me puse a hojear unos papeles que tenía en un baúl, y encontré por casualidad la foto de mi hermano Sayd. Sobre la mesa había un marco vacío, así que puse la foto en él, y me senté en la silla a esperar al lavandero.

Era algo que hacía todos los domingos, ya que el sábado por la noche se me acababan las reservas de ropa limpia. Quizás no debería llamarlas reservas, puesto que en aquellos tiempos de penuria tan solo contaba con la cantidad de ropa suficiente para pasar seis o siete días con relativa dignidad.

Mi familia me estaba buscando una novia con la que me pudiera casar, y por eso hacía dos o tres domingos que yo iba a Mahim. El lavandero era un hombre noble. Es decir, que, a pesar de que no le pagaba, todos los domingos a las diez en punto venía sin falta a traerme la ropa. No obstante, me preocupaba que un día se cansara de mi morosidad en el pago, vendiera mi ropa en el mercado de los ladrones, y yo me viera obligado a participar en las conversaciones de mi boda sin ropa, lo cual, sin duda, resultaría sumamente indecoroso.

Un olor muy desagradable a insectos muertos se había extendido por toda la habitación. Cuando estaba pensando cómo mitigarlo llegó el lavandero, y tras decir «Buenos días, señor», abrió su fardo y colocó mi escasa ropa en la mesa. Al hacerlo, su mirada tropezó con la foto de mi hermano Sayd, y se sobresaltó. Tras observarla atentamente, de su garganta surgió un extraño sonido:

—¿Eeeeh?

Yo le pregunté:

—¿Qué pasa?

La mirada del lavandero seguía fija en la foto.

—Pero ¿si es el abogado Sayd Shalim?

—¿Lo conoces?

El lavandero movió la cabeza afirmativamente, y respondió:

—Sí…, son dos hermanos…, su casa estaba ahí, en Colaba… El abogado Sayd Shalim…, yo le lavaba la ropa.

Deduje que se refería a dos años antes, ya que mis hermanos Sayd Hasan y Muhammad Hasan, antes de marcharse a Nueva Zelanda, ejercieron en Bombay cerca de un año. Por eso le dije:

—Eso sería hace dos años, ¿no?

El lavandero movió la cabeza de forma enérgica en señal afirmativa, y me dijo:

—El abogado Sayd Shalim, cuando se marchó me regaló un turbante…, me regaló un *dhoti*…, me regaló una *kurta*…,[111] nueva… Eran muy buenos… uno tenía barba… así de larga. —Me indicó con la mano la longitud de la barba, y, señalando la foto de mi hermano Sayd, añadió—: Este era el pequeño…, tenía tres hijos…, niños y niñas…, jugaban mucho conmigo…, tenía la casa en Colaba…, era muy grande…

Yo le dije:

—Pues son mis hermanos.

Su garganta emitió un curioso:

—¿Eeeeh? ¿El abogado Sayd Shalim?

Intenté aplacar su asombro diciéndole:

[111] Camisa larga y abierta por los costados con cuello de tirilla y tres botones en la parte superior.

—Esta foto es de mi hermano Sayd Hasan…, el de barba es Muhammad Hasan…, que es el mayor de todos.

El lavandero se me quedó mirando con atención, y después examinó la suciedad de mi habitación. Era un cuartucho sin luz eléctrica, en el que había una mesa, una silla y un colchón de algodón lleno de pulgas. El lavandero no se podía creer que yo fuera hermano del abogado Sayd Shalim, pero después de que le contara muchas cosas sobre él movió la cabeza de un modo curioso y dijo:

—¡El abogado Sayd Shalim vivía en Colaba y tú aquí, en una habitación!

Yo le respondí en tono muy filosófico:

—Así es la vida. En unos lugares luce el sol y en otros solo hay sombra. Los cinco dedos no son iguales.

—Sí, señor, tienes mucha razón. —Y dicho esto, cogió su fardo y se dispuso a marcharse.

Yo me acordé del dinero que le debía. En el bolsillo solo tenía ocho *annas*, que casi no me llegaban para pagarme el trayecto de ida y vuelta a Mahim para hablar de mi boda. Para demostrarle que al menos mis intenciones eran buenas, lo detuve y le dije:

—Oye, lleva la cuenta de la ropa. Yo no sé cuántas prendas me has lavado ya.

El lavandero se arregló el pliegue de su *dhoti* y dijo:

—Señor, yo nunca llevo la cuenta… Trabajé durante un año para el abogado Sayd Shalim…, lo que me daba, lo cogía, y ya está…, yo es que no soy de llevar cuentas.

Dicho esto, se marchó, y yo me preparé para ir a Mahim.

Las negociaciones se resolvieron con éxito y me casé. Mi situación también mejoró, y de esa habitación en el número dos de la calle Pir Jan por la que pagaba un alquiler de nueve rupias al mes, me mudé a un piso en la calle Clare por el cual pagaba treinta y cinco rupias al mes, y el lavandero empezó a cobrar mensualmente su dinero sin falta.

Él estaba tan contento de que mi situación hubiera mejorado que le dijo a mi mujer:

—Señora…, el hermano del señor, el abogado Sayd Shalim, era un hombre muy importante…, vivía aquí, en Colaba…, cuando se marchó me regaló un turbante, un *dhoti* y una *kurta*… Un día tu marido también será muy importante.

Yo ya le había contado a mi mujer la historia de la foto, y también le había hablado de lo bien que se había portado conmigo el lavandero en mis tiempos de escasez, que jamás se lamentó ni se preocupó de cuándo le pagaba ni cuánto le pagaba. Pero al poco tiempo ella comenzó a quejarse de que no llevara la cuenta de la ropa. Yo le expliqué:

—Lleva cuatro años trabajando para mí y nunca ha llevado la cuenta.

Ella me respondió:

—¿Para qué va a llevar la cuenta?… Así te habrá estado cobrando el doble o el triple.

—¿Cómo?

—Tú es que no entiendes…, en esas casas donde no hay una mujer al mando, esta gente se aprovecha todo lo que puede.

Prácticamente todos los meses el lavandero y mi mujer discutían por el hecho de que no llevara la cuenta de la ropa. Él, con gran candidez, se limitaba a decir:

—Señora, es que yo no soy de llevar cuentas… y tú no me vas a mentir… el abogado Sayd Shalim, que es el hermano de tu marido…, yo trabajé para él un año entero… la señora me decía: «Mira, te corresponde tanto», y yo le decía: «Bueno».

Un mes lavó doscientas cincuenta prendas, y mi mujer, para ponerlo a prueba, le dijo:

—Este mes han sido sesenta prendas.

Él respondió:

—Bueno. Tú no me vas a mentir.

Cuando ella le dio el dinero correspondiente a esa cantidad, se llevó las sesenta rupias a la frente, se despidió y, cuando se disponía a marcharse, mi mujer le dijo:

—Espera. No han sido sesenta, sino doscientas cincuenta prendas. Toma el resto del dinero, que estaba bromeando.

El lavandero se limitó a decir:

—Señora, tú no vas a decir mentiras. —A continuación se llevó el resto del dinero a la frente, se despidió y se marchó.

A los dos años de mi boda me trasladé a Delhi, donde viví año y medio. Después regresé a Bombay y me instalé en Mahim. En tres meses cambiamos de lavandero en cuatro ocasiones porque no eran de fiar y discutían mucho. A cada tanda de ropa que les dábamos se producía una discusión. Unas veces nos faltaba ropa y otras veces lavaban la ropa muy mal. Empezamos a acordarnos de nuestro antiguo lavandero. En una ocasión en que nos habíamos quedado sin lavandero, de repente, apareció este y nos dijo:

—Un día vi al señor en el autobús… y me dije: ¿cómo puede ser?… si el señor se había ido a Delhi…, le pregunté a Bai Khala. El de la imprenta me dijo: «Pregunta allí, en Mahim. En ese edificio de al lado hay un amigo del señor», y le pregunté a él, y aquí estoy.

Nosotros nos alegramos mucho, y comenzó una etapa de felicidad para nuestras coladas.

El partido del Congreso ganó las elecciones y prohibió la venta de alcohol. Aunque se podía conseguir alcohol de exportación, estaba totalmente prohibido producir y vender alcohol local. El noventa y nueve por ciento de los lavanderos bebían. Después de estar todo el día metidos en el agua, lo normal era que por las noches se bebieran un cuarto o medio litro de alcohol. Nuestro lavandero se puso enfermo, y, para curarse, bebía ese alcohol venenoso que se destilaba de forma ilegal y se vendía a escondidas. Como resultado tuvo un problema estomacal muy grave que lo tuvo a las puertas de la muerte.

Yo estaba muy ocupado. Salía de casa a las seis de la mañana y volvía a las diez o diez y media de la noche, pero cuando mi mujer se enteró de lo grave que estaba el lavandero cogió un taxi y fue a su casa, y, con la ayuda del criado y del conductor, lo subió al coche y lo llevó al médico. El médico se quedó tan conmovido que se negó a cobrar la consulta, pero mi mujer le dijo:

—Doctor, no se puede llevar usted toda la recompensa por esta buena acción.

El doctor se rio y dijo:

—Está bien. Entonces lo haremos a medias. —Y aceptó cobrar la mitad.

El lavandero recibió el tratamiento adecuado, y, tras varias inyecciones, se recuperó. A pesar de que estaba muy débil, con la ayuda de las medicinas fue mejorando poco a poco. Al cabo de varios meses ya se había curado del todo y no hacía más que pronunciar bendiciones en nuestro favor:

—Quiera Dios que el señor sea como el abogado Sayd Shalim..., que el señor viva allí, en Colaba..., que tenga hijos..., que tenga mucho dinero..., la señora vino a buscarme... en un coche... y me llevó a la zona del fuerte, a un doctor muy importante... que está casado... Quiera Dios que la señora sea muy feliz.

Pasaron algunos años. Durante ese período se produjeron varias revueltas políticas, pero el lavandero siguió viniendo todos los domingos sin falta. Ahora se encontraba muy bien de salud. A pesar de que había transcurrido mucho tiempo, no olvidó la atención que le mostramos, y siempre pronunciaba bendiciones en nuestro favor. Había abandonado la bebida por completo, y aunque, al principio, a veces se acordaba del alcohol, ya ni siquiera lo nombraba. Después de estar todo el día en el agua, había dejado de sentir la necesidad de beber para alejar el cansancio.

La situación política se complicó mucho más. Se produjo la Partición, y comenzó la violencia entre hindúes y musulmanes. Tanto a plena luz del día como en la oscuridad de la noche empezaron a producirse asesinatos de hindúes en los barrios de los musulmanes y de musulmanes en los barrios hindúes. Mi mujer se fue a vivir a Lahore.

Cuando la situación empeoró aún más, le dije al lavandero:

—Mira, ya no vengas…, este es un barrio de musulmanes…, no sea que te vayan a matar.

El lavandero se rio.

—Señor, a mí no me mata nadie.

En mi barrio se cometieron varios asesinatos, pero el lavandero continuó viniendo tal como acostumbraba.

Un domingo estaba yo en casa leyendo el periódico. La página de deportes mostraba los resultados de los partidos, y la primera página, el número de hindúes o musulmanes que habían muerto en las revueltas. Justo cuando estaba pensando en la pavorosa similitud que había entre ambas cosas llegó el lavandero. Saqué el cuaderno y me puse a revisar las cuentas, pero él se echó a reír y me dijo:

—El abogado Sayd Shalim era un hombre muy bueno…, cuando se marchó de aquí me regaló un turbante, un *dhoti* y una *kurta*…Tu señora también es muy buena… Se ha marchado, ¿no?…, a vuestro país…, pues si le envías allí una carta, salúdala de mi parte…, vino con un coche a mi casa…, me dolía mucho la tripa… y el médico me puso una inyección… y me curé del todo…, si le envías allí una carta, salúdala de mi parte…, dile que Ram Khilawan dice que le escribas también a él.

Yo le interrumpí y le dije con cierta rudeza:

—Oye, ¿has empezado a beber otra vez?

El lavandero se rio.

—¿A beber? Señor, ¿dónde se puede encontrar bebida?

No quise añadir nada más. Él hizo un fardo con la ropa sucia, se despidió y se marchó.

Al cabo de unos días la situación se volvió muy preocupante. Mi mujer no hacía más que mandarme telegramas desde Lahore diciendo: «Déjalo todo y ven rápidamente a Lahore». El sábado decidí que me marcharía al día siguiente, pero tenía que salir por la mañana temprano, y la ropa la tenía el lavandero. Pensé ir a su casa antes de que comenzara el toque de queda y recogerla yo mismo, de modo que por la tarde cogí una victoria y fui a Mahalakshmi.

Todavía faltaba una hora para el toque de queda, por eso aún había ajetreo en la calle, y funcionaban los tranvías. Cuando mi victoria llegó al puente se produjo un gran alboroto, y la gente comenzó a huir despavorida. Parecía que se había producido una pelea de bueyes. Al dispersarse la multitud vi a lo lejos, al lado de los bueyes, a muchos lavanderos blandiendo palos, y bailando y gritando todo tipo de consignas. Yo tenía que ir en esa dirección, pero el conductor de mi victoria se negó, así que le pagué y continué a pie. Cuando llegué donde estaban los lavanderos, estos, al verme, se quedaron en silencio.

Me adelanté y le pregunté a uno de ellos:

—¿Dónde vive Ram Khilawan?

Otro lavandero, que llevaba un palo en la mano, se acercó tambaleándose al que yo le había preguntado, y le dijo:

—¿Qué está preguntando este?

—Que dónde vive Ram Khilawan.

El lavandero borracho se echó casi encima de mí y me dijo:

—¿Tú quién eres?

—¿Yo? Ram Khilawan es mi lavandero.

—Ram Khilawan es tu lavandero. Y tú, ¿de qué lavandero eres hijo?

Otro gritó:

—¿De un lavandero hindú o de un lavandero musulmán?

Todos ellos, completamente borrachos, me rodearon agitando los palos y los puños. Solo tenía que responderles una cosa, si yo era musulmán o hindú. Estaba muy asustado, pero no me planteaba siquiera escapar, ya que me tenían rodeado y cerca no había ningún policía al que pudiera llamar para pedir ayuda. Como no sabía qué hacer, me puse a hablar de forma inconexa:

—Ram Khilawan es hindú…, lo que quiero saber es dónde vive…, dónde está su casa…, hace diez años que es mi lavandero…, estuvo muy enfermo… y nosotros nos ocupamos de su tratamiento…, mi esposa…, mi señora vino aquí en coche. —Tras decir todo esto sentí pena de mí mismo. Me avergoncé al constatar lo bajo que puede caer el ser humano para salvar su vida. Ese sentimiento me infundió valor, de modo que les dije—: Soy musulmán.

—¡Matadlo! ¡Matadlo! —empezaron a gritar.

El lavandero que estaba borracho miró a un lado y gritó:

—¡Esperad! ¡Que lo mate Ram Khilawan!

Yo me volví y vi a Ram Khilawan que caminaba tambaleándose con un palo muy grueso en la mano. Él me miró y empezó a lanzar terribles insultos contra los musulmanes. Se acercó a mí enarbolando el palo y lanzando insultos, y yo le dije con tono autoritario:

—¡Ram Khilawan!

Él se puso a gritar:

—¡Cállate! ¡Déjate de Ram Khilawan!

Se había desvanecido mi última esperanza. Cuando llegó donde yo estaba, con la garganta reseca y en voz baja, le dije:

—¿Ram Khilawan, no me reconoces?

Él alzó el palo para atacarme y, de repente, me miró abriendo y cerrando los ojos varias veces. Soltó el palo, se acercó, se me quedó mirando con atención y gritó:

—¡Señor! —Y acto seguido, dirigiéndose a sus compañeros, dijo—: Este no es musulmán…, es mi señor…, el señor de la señora…, ella vino con un coche…, me llevó al médico… y el médico me curó el estómago.

Ram Khilawan hizo lo posible por explicárselo a sus compañeros, pero ellos no le hacían caso. Estaban todos borrachos, y se enzarzaron en una discusión. Algunos lavanderos se pusieron de parte de Ram Khilawan, y la cosa llegó a las manos, ocasión que aproveché yo para escabullirme.

Al día siguiente, cerca de las nueve, ya tenía preparado el equipaje. Solo me quedaba esperar los billetes que un amigo mío había ido a buscar al mercado negro.

Estaba muy nervioso. En mi interior bullían todo tipo de sentimientos. Quería que me llevaran ya los billetes y marcharme al puerto, ya que tenía la sensación de que si tardaba más, mi piso me acabaría haciendo prisionero.

Llamaron a la puerta, y pensé que ya me traían los billetes. Al abrir puerta vi allí al lavandero.

—¡Buenos días, señor!

—Buenos días.

—¿Puedo pasar?

—Sí, adelante.

Entró en silencio. Abrió el fardo, sacó la ropa y la puso encima de la cama. Se secó los ojos con el *dhoti*, y, con la voz entrecortada, me dijo:

—¿Se va a ir usted, señor?

—Sí.

Él comenzó a llorar.

—Señor, perdóname. Todo es por culpa del alcohol... y es que el alcohol..., el alcohol ahora se encuentra gratis..., los caciques lo reparten para que bebamos y matemos a los musulmanes..., señor, ¿quién lo va a rechazar si se lo dan gratis?..., perdóname..., es que había bebido..., el abogado Sayd Shalib era muy bueno conmigo..., me regaló un turbante, un *dhoti* y una *kurta*..., la señora me salvó la vida..., me habría muerto de dolor de estómago..., pero ella vino con un coche..., me llevó al médico..., se gastó un montón de dinero..., cuando vayas a tu país... no le digas a la señora que Ram Khilawan...

Se le hizo un nudo en la garganta. Se echó al hombro la sábana con la que envolvía la ropa y se dispuso a marcharse. Entonces yo le detuve:

—Espera, Ram Khilawan.

Pero él se arregló el pliegue del *dhoti* y se marchó presuroso.

# MI VENGANZA Y LA SUYA

En casa no había nadie más que yo. Mi padre estaba en el juzgado, y normalmente volvía a casa por la tarde. Mi madre estaba en Lahore, y Bimla, mi hermana, se había ido a casa de una amiga. Yo estaba solo, sentado en mi habitación con un libro, medio dormido, cuando, de repente, llamaron a la puerta principal. Me levanté, y al abrir vi que era Pariti.

Allí, en el umbral, me preguntó:

—Mohan Sahab, ¿está Bimla en casa?

Durante un instante, antes de que alcanzara a responderla, se desplegó ante mi mirada toda la coquetería de Pariti. Y cuando pensé que en casa no había ni un alma, se me ocurrió una broma, por lo que le mentí y le dije con gran naturalidad:

—Está en su habitación cosiéndose una blusa.

Dicho esto salí a la calle por la puerta. La habitación de Bimla estaba en la planta de arriba. Cuando vi a Pariti subir las escaleras desde el tragaluz de la calle, volví a entrar en casa, cerré la puerta y puse el candado que estaba allí al lado, colgado de un clavo, y, acto seguido, me dirigí a mi habitación y me tumbé en el sofá con el corazón latiéndome a toda velocidad.

A grandes rasgos, se podría describir la figura de Pariti tal como sigue.

Es al mismo tiempo una muchacha atrevida y vergonzosa. Tan pronto te habla con toda naturalidad, como cambia totalmente de actitud. Lleva la picardía grabada en cada poro de su cuerpo, pero hay veces en que se pone tan seria y tan formal que ni siquiera te atreves a dirigirle la palabra. En todo el barrio no hay otra muchacha como ella. Le encanta fastidiar a los chicos, pero si alguno le responde con una broma inocente, se enfada mucho. Disfruta jugando con los delicados sentimientos de los muchachos del barrio. Le gusta, como a los gatos, atrapar entre sus garras algún ratón, y jugar a zarandearlo, hasta que se cansa y lo suelta. Es una experta en subir a la azotea y romper las cometas de los niños de la vecindad.

Solía venir a casa a menudo, por eso yo estaba más o menos al tanto de su carácter travieso. Conmigo había hablado varias veces, pero delante de los demás yo era muy tímido. No es que la odiara, ya que no había nada en ella que la hiciera merecedora de odio, pero tenía un carácter un tanto especial, y, a veces, su excesivo descaro me resultaba irritante. Si yo fuera capaz, haciendo buen uso de mi elocuencia, de silenciar delante de los demás esa lengua suya que parecía una bengala de la que a veces salían chispas afiladas y duras, y otras veces, suaves y delicadas, no me quejaría. Al contrario, lo disfrutaría mucho, pero aquí, en las actuales circunstancias, ¡¿cómo se iba a cumplir un sueño como ese?!

El cuerpo armonioso de Pariti era un compendio de bondades. Cada uno de sus miembros rezumaba mocedad. De sus ojos emanaba un brillo que parecía producido por la colisión entre el sol y la lluvia, su cuerpo joven gozaba de la encantadora lozanía de la pubertad, su voz poseía la dulzura de las campanas del templo en la atmósfera silenciosa de la mañana…, y su caminar…, no hay palabras para describir el gracejo de sus andares.

No había nadie en casa. Es decir, que tenía el campo libre. Por eso me pareció que era una oportunidad muy buena, y decidí vengarme. Hacía mucho que quería atrapar al menos una vez a ese pez escurridizo, y martirizarlo de tal forma que se pusiera a llorar, y se le olvidara durante un tiempo su descaro.

Estaba sentado en mi habitación y, tal como yo esperaba, ella vino y empezó a decirme con preocupación:

—La puerta está cerrada con candado.

Yo, fingiendo asombro, me levanté inmediatamente, inquieto.

—¿Qué?

—¡Que la puerta principal está cerrada con candado!

—Esos gamberros de la calle lo habrán puesto desde fuera. —Y dicho esto me acerqué a ella.

Entonces Pariti dijo:

—¡No, no, si es que el candado está puesto por dentro!

—¿Dentro? Y Bimla, ¿dónde está?

—En su habitación no está. He mirado por todas partes y no está.

—Entonces es una broma suya. Vete a buscarla. Se habrá escondido en la cocina, en el baño o en cualquier otra parte. ¡Me habías asustado!

Tras decir esto me di la vuelta y me volví a tumbar en el sofá, y ella se fue a buscar a Bimla. Al cabo de quince o veinte minutos volvió otra vez y me dijo:

—He buscado por toda la casa, pero ¡vete a saber dónde se ha escondido! Nunca me había gastado una broma así. ¡No sé qué le habrá pasado hoy!

Pariti estaba de pie detrás del sofá. Tras escuchar sus palabras, abrí un periódico que había por allí, y mientras lo hojeaba le dije:

—A mí también me extraña. Busca en las habitaciones del patio. Estará allí escondida debajo de alguna cama.

Entonces Pariti se marchó diciendo:

—Pues no conoce ella mis bromas. Un solo herrero vale por cien orfebres.

Yo estaba disfrutando muchísimo de verla tan nerviosa. ¡Esta mariposa se creía muy lista! Sonreí al ver que la tenía atrapada por esas alas suyas que tanto revoloteaban, y que podía entretenerme contemplando su desazón.

Ya había pensado todos los detalles del plan, y lo estaba llevando a cabo. Al cabo de un rato volvió. Esta vez estaba muy enfadada. Por debajo de la oreja derecha tenía un mechón de pelo que se había soltado de la horquilla. El extremo del sari se le había resbalado de la cabeza, y no hacía más que limpiarse las manos llenas de polvo con un pequeño pañuelo. Entró en la habitación y se sentó en una silla frente a mí.

Yo me quedé tumbado, y le dije:

—¿Qué? ¿La has encontrado?

Ella me respondió con tono de cansancio:

—No. Ahora la pienso esperar aquí sentada.

—Sí, siéntate. Yo voy a ir un momento arriba y ahora vengo.

A continuación, me levanté y subí.

Estuve andando unos quince o veinte minutos por la azotea. La llave estaba en mi bolsillo; por eso sabía que no había forma de que Pariti saliera de casa, y esa sensación me estaba produciendo una dicha inenarrable. Tenía el campo completamente libre y quería aprovechar la ocasión al máximo. Mi mayor deseo era que se apagara por un momento el brillo de esos ojos de Pariti acostumbrados a burlarse de los demás, y que se diera cuenta de que los hombres son capaces de responder con gran dureza a las provocaciones femeninas.

Era un juego muy peligroso, ya que tenía miedo de que le contara todo a mi padre, a mi madre o a Bimla. A pesar de que eso causaría mi inexorable deshonra ante los ojos de mis familiares, el fantasma de esta divertida venganza que había planeado para esa muchacha presumida me rondaba en la mente de tal modo que por un momento todas esas cosas desaparecieron de mi vista. Yo le preguntaba a mi corazón qué pasaría, pero este, como respuesta, en vez de mostrarme una imagen realista de mi situación, revelaba ante mis ojos la imagen de una Pariti derrotada. Eso me hacía completamente dichoso.

Tras pasear durante un rato por la azotea, bajé. Pariti estaba sentada en la silla muy nerviosa, moviendo sus bonitas piernas, lo cual hacía ondular la seda de su sari.

En cuanto entré en la habitación le pregunté:

—Bueno, ¿has encontrado a Bimla?

—No. He vuelto a buscarla por todas las habitaciones, pero ha desaparecido como por arte de magia.

Yo sonreí y le dije:

—Venga, vamos a buscarla los dos juntos. ¿Por qué estás tan preocupada? Si tú eres una chica muy valiente y muy atrevida.

—¡No, no estoy preocupada, lo que pasa es que tenía que volver pronto a casa! —En los labios de Pariti surgió una encantadora sonrisa.

Los dos estuvimos buscando a Bimla durante un rato, en el patio de abajo, debajo de las camas, detrás de los camastros, alrededor de las mesas y detrás de las cortinas, pero ¿cómo la íbamos a encontrar si no estaba en casa? Al final, fingiendo gran sorpresa, le dije a Pariti:

—Es increíble. Dime tú: ¿dónde se ha metido Bimla?

Pariti, que de tanto agacharse, levantarse y sentarse estaba muy cansada, limpiándose unas pequeñas gotas de sudor de la frente, respondió:

—¡¿Y yo qué sé?! ¡Se la habrá tragado la tierra o se la habrán llevado los demonios! ¡Es tu propia hermana la que ha hecho esta travesura! Bueno, no pasa nada. Ya me ocuparé yo de gastarle alguna broma que no olvide en toda su vida. Bimla, prepárate, porque no te vas a escapar de mí.

Yo me quedé callado y me senté en la silla con gran tranquilidad. En ese momento nos encontrábamos en la habitación de mi madre. Pariti estaba de pie frente a mí, cerca de la cómoda. Al ver su rostro era evidente que estaba completamente abstraída. No podía evitar mirarse una y otra vez en el espejo redondo de la cómoda, y se estaba arreglando los pliegues del sari sobre el regazo. De repente, al percatarse de que en la habitación reinaba un profundo silencio, se puso nerviosa y empezó a decir:

—Mohan Sahab, tengo que irme a casa. Cuando más prisa tengo, más tarde se hace. ¡Como la encuentre ahora, se va a enterar!

—Sí, muy bien, pero ¿yo qué quieres que haga? Eso es cosa vuestra. ¿Qué culpa tengo yo? Si de verdad tienes tanta prisa, si quieres, te ato una cuerda a la cintura y te descuelgas desde la azotea, o, si no, rompo el candado. Lo que prefieras.

Ella se quedó pensando unos instantes y respondió:

—Pues no va a quedar más remedio que romper el candado.

—Pero es que —dije yo levantándome de la silla— el candado es muy grande y va a ser muy difícil romperlo. Además, ¿qué va a decir la gente cuando empiece a oír los martillazos?

Al oír mi respuesta se puso seria y tras pensar unos instantes, respondió:

—Pero es que yo me tengo que ir a casa. ¿Qué va a decir la gente? Tampoco estamos asaltando la casa de un desconocido. Estamos rompiendo el candado de nuestra propia casa. ¡Ay, quién me mandaría a mí venir hoy aquí! ¿Qué va a pasar ahora? ¿Cómo puedo volver a casa? ¡Ay, Dios, en qué lío me he metido!

Mi ataque había fracasado. En realidad, lo que yo quería era que fuera plenamente consciente de la situación tan delicada en la que se hallaba en esos momentos, de modo que le hablé con mayor claridad.

—Mi madre está en Lahore, mi padre está fuera y Bimla ha desaparecido. En esas circunstancias… —Al decir esto guardé silencio, y acto seguido terminé la frase diciendo—: no me parece bien que rompamos el candado.

Esta vez la flecha sí que había dado en el blanco. Sobre el rostro blanco de Pariti se extendió un poco de rojo, y, por unos instantes, pareció como si hubieran esparcido pétalos de rosa sobre sus mejillas. Encogida en su sari de seda empezó a temblar. Temblequeaba como el mercurio. Estuvo a punto de decir algo, pero se quedó callada. Yo aproveché la ocasión para decirle en tono compasivo:

—¡Piensa tú algo porque a mí no se me ocurre nada!

Ella se puso muy nerviosa. Yo estaba disfrutando mucho de verla tan inquieta. Esa muchacha, que ayer, pizpireta, vivaracha, presumida y descarada, jugaba al escondite con las nubes y centelleaba como el rayo, hoy se había convertido en el pábilo de una lamparilla a merced de un soplido mío que extinguiera su llama.

Cual ola vapuleada tras chocar contra las rocas de la orilla, se volvió a recomponer y dijo:

—Mi vida está en peligro y tú no haces más que decir bobadas.

—¿Qué bobadas?

—¡Pues eso! ¡Eso de qué va a decir la gente! —dijo ella haciendo todo lo posible por disimular su vergüenza. Yo me senté en la silla y empecé a repetir en voz baja:

—Mi madre está en Lahore, mi padre está fuera y Bimla ha desaparecido.

—¡Vaya novedad! ¡Eso ya lo sé yo! La cuestión es dónde está Bimla.

—¡¿Pues dónde va a estar?! ¡Arriba!

—¿Arriba? Pero ¿cómo que arriba, si acabo de buscar allí por todas partes?

—Debe ser que cuando la buscas abajo, ella sube por las otras escaleras, y cuando tú subes, ella baja —se me ocurrió decir, y Pariti, en cuya mejilla derecha se formó un encantador hoyuelo del tamaño de un dedo, dijo:

—Eso tiene solución. Vamos a hacer una cosa, yo voy a subir, y, entonces, tú quédate esperando en las otras escaleras, y en cuanto baje, la coges.

Al oír su plan dije:

—Pero es que, a lo mejor, en realidad no está aquí.

Estoy seguro de que a Pariti estuvo a punto de darle un soponcio al oírme decir que no estaba allí.

—Sí, debe de ser eso, ya que si estuviera, la habríamos encontrado.

—¡¿Cómo va a ser eso?! Si no está aquí, entonces, ¿quién ha puesto el candado en la puerta? No será una de tus bromas, ¿no? Si es así, dímelo.

—¡¿Y yo qué sé?! Yo creo que Bimla se debe haber ido a casa de alguna amiga suya. Lo digo porque esta mañana se estaba planchando el sari.

—Pero, ¿qué dices? —respondió Pariti, cuyo asombro iba aumentando por momentos—. Si se ha ido a casa de alguna amiga, ¿quién ha puesto el candado? ¿Qué broma es esta?

—No hay nada de lo que asombrarse. Me acuerdo perfectamente de que se fue a casa de una amiga suya, porque al marcharse se fue con Santo. Me acabo de acordar ahora. Y me quedé yo solo, así que ahora dime tú por qué te he encerrado. Yo, al menos, te diré que he atrapado en la red a un pez muy interesante.

—Pero ¿qué estás diciendo? Entonces..., entonces..., está broma... —Fue incapaz de terminar la frase.

—Sí, yo también puedo gastar este tipo de bromas —le contesté sonriendo—. O ¿acaso te crees que no soy capaz? A lo mejor, es que me estoy vengando de ti por algo.

Pariti, presa de la confusión, estaba muy nerviosa por salir a la calle, como el vapor encerrado. Me lanzó una mirada fiera, como si quisiera atravesarme el corazón, pero yo estaba interpretando mi papel como un excelente actor.

Ella, entornando los párpados, dijo:

—Pero yo no sé a qué se debe esta broma.

Se quedó en silencio, y, después, súbitamente, como si hubiera recordado algo, empezó a decir:

—¡Mohan Sahab, me tengo que ir a casa!

—Ya lo sé. Pero dime una cosa. ¿Es que alguien te lo impide?

—Abre la puerta, por favor. —Tras decir esto se quedó pensando un momento y añadió—: Pero ¿cómo puedes decir que el candado lo has puesto tú? ¿Es que Bimla no está en casa de verdad?

—Estoy segurísimo de que no está en casa, ya que yo mismo la acompañe a la calle Ram y luego volví, y fui yo el que puso el candado con estas manos. —Estaba hablando con gran gravedad y seriedad.

—¿Por qué has puesto el candado? —preguntó Pariti muy enfadada—. ¿No ves? Ya dije yo que esto era broma tuya.

—¿Que por qué lo he puesto? Pues lo he puesto porque lo he puesto y yo no lo he puesto y lo han puesto mis manos.

—¿Te parece eso una respuesta?

Yo me levanté de la silla y le dije bostezando:

—Esta noche estuve fuera hasta muy tarde y no he dormido mucho. Creo que voy a dormir ahora.

—Por favor, dame la llave, y luego, si quieres, te vas a dormir. Si no, voy a organizar un escándalo. —Pariti, completamente agitada, extendió la mano hacia mí para que le diera la llave.

—La llave…, la llave me la metí en el bolsillo de la camisa, pero es que ha desaparecido. No sé quién se la habrá llevado. ¿Qué va a pasar ahora?

A continuación dijo Pariti muy enfadada:

—¿Que ha desaparecido? Será que tú ya sabías antes que iba a desaparecer. Mohan Sahab, dame la llave que tienes en la mano derecha, por favor. No está bien gastar una broma así a una muchacha. Si no, que sepas que yo me llamo Pariti, no te vayas a creer que soy una chica cualquiera.

—Pero es que ¡de verdad que ha desaparecido la llave! —le respondí con la misma seriedad de antes—. Y no hace falta que seas tan mordaz. Te estás enfadando conmigo sin razón.

—Pero es que ¿tengo que saber yo dónde ha desaparecido la llave? —dijo Pariti enfadada—. ¿Acaso la tenías en el bolsillo y se ha esfumado en la nada?

—Aunque lo sepas, ¿qué vas a hacer? La puerta está cerrada y la he tirado a la calle. Mira, ahora escúchame bien. Cuando la tiré por una rendija de la puerta vi que un perro se la metía en la boca creyendo que era un hueso y se la tragaba. De modo que si encontramos a ese perro y le abrimos la tripa, encontraremos la llave.

Al oír esto Pariti se enfureció, y me dijo en un tono aún más áspero:

—¡Esta broma me la vas a pagar!

—¿Cómo?

—Eso ya lo verás.

Yo suspiré, y, con gran seguridad en mí mismo, le dije:

—Pues entonces esa es una cuestión secundaria que ya se verá a su debido tiempo. Lo que tenemos que hacer ahora es centrarnos en el momento presente. A ver si resulta que la llave se ha disuelto en la tripa del perro.

Ella no dijo nada y yo también me quedé callado. Un gran silencio se extendió por la habitación. Pariti estaba de pie cerca de la cómoda, confundida y llena de rabia por su impotencia.

—Entonces, ¿no piensas a abrir la puerta? —Y tras permanecer un rato en completo silencio dijo—: Mira, conmigo no bromees, porque las consecuencias pueden ser terribles.

—Yo no tengo la llave. Por eso no puedo hacer nada. Pero bueno, seguro que por la tarde ya se puede abrir la puerta, porque, a lo mejor, para entonces ya la he encontrado.

—Y ¿me voy a tener que quedar aquí encerrada hasta entonces?

—No, tú puedes moverte con total libertad por el jardín, por las habitaciones, por la azotea… Puedes ir donde te apetezca y ponerte a saltar o a cantar, que yo no tengo ningún inconveniente.

—¡Yo no sé qué es lo que te ha pasado! —Estaba muy sorprendida por el tono con el que me estaba dirigiendo a ella.

—Yo soy bueno, pero de vez en cuando también hay que divertirse un poco, ¿no crees? ¿Tú nunca gastas este tipo de bromas?

—¡Tengo que irme a casa, Mohan Sahab! —me dijo como respuesta.

—Cierto. Muy cierto. Tú tienes que irte a casa. ¿Acaso se ha inundado la casa de agua y tienes miedo de las tortugas gigantes? Pero dime tú ¿qué puedo hacer yo?

—Dame la llave, por favor. Ya me has fastidiado bastante, no me fastidies más, por favor.

—Mi querida princesa, lo siento mucho, pero la maldita llave se ha esfumado en la nada.

—«Se ha esfumado, se ha esfumado». No haces más que repetir lo mismo. ¿Me quieres dar la llave ya?

—Señora, que no la tengo, que está en la tripa del perro.

—¡Mohan Sahab! ¡No está bien gastarle bromas así a una chica! ¡La tripa del perro es tu bolsillo!

—Bueno, pues si tú lo dices, será así.

—¿Cómo que será así? ¡Dame la llave, por favor, que me quiero marchar!

—¡Ya te he dicho cien veces que no tengo la llave, que no la tengo, que no la tengo!

—¡Que sí que la tienes, que sí la tienes, que sí la tienes!

—¡Que no la tengo, que no la tengo, que no la tengo!

—¡Mentira! ¡Que sí que la tienes, que sí la tienes, que sí la tienes!

Después de repetir como unas cien veces ese «la tienes» añadió:

—Bueno, muy bien, no la tenías, pero ahora sí la tienes, así que venga, sácala del bolsillo.

—No te la voy a dar.

—Vas a tener que dármela.

—¿Cómo me vas a obligar?

—Me pondré a gritar.

Eso me asustó.

—Pues estupendo —le respondí yo con gran serenidad—. Pero que sepas que te vas a forzar y a desgarrar la garganta en vano. No vas a conseguir nada. Ponte a llorar con todas tus fuerzas y verás. No te estoy mintiendo. En esta habitación no hay ningún tragaluz. Las cortinas que hay en las puertas son todas muy gruesas, y lo sé de sobra de cuando yo era pequeño, que por muy fuerte que chilles aquí, fuera no se oye nada. Mi madre me pegaba a propósito en esta habitación, y yo, para librarme de sus azotes, me ponía a gritar con todas mis fuerzas para que me oyera mi padre, pero sin éxito alguno. Así que no te va a servir de nada gritar.

Tras oír mis palabras Pariti me dijo en tono de derrota:

—Entonces, ¿no me vas a dar la llave?

—Siento tener que decirte que no.

—Pero ¿por qué? ¿Por qué razón?

—Otra vez esa pregunta estúpida.

—Tu broma ya ha llegado demasiado lejos —dijo sujetando el extremo del sari, que se le estaba resbalando—. Le voy a contar todo esto palabra por palabra a Bimla, sin dejarme nada.

—Me parece muy bien. Yo me marcho a Delhi esta tarde. Además, ¿qué va a poder hacer la pobre Bimla?

—Se lo contará a tu padre.

—Me bastará regañarla muy enfadado para que no diga nada.

—Pues se lo contaré todo yo misma.

—Haz lo que tú quieras. No hace falta que me lo digas ahora.

A pesar de decirle eso, en realidad tenía mucho miedo. Mi padre era un hombre tranquilo, pero como se enterara de que había gastado una broma así, no le iba a gustar nada. De todas formas, había pensado que si Pariti se lo contaba, escucharía sus reproches cabizbajo. En realidad, estaba dispuesto a toda costa a soportar cualquier cosa antes que soltar de la trampa así como así a ese ratón que había caído en mi poder.

Al verme callado, para hacerme consciente de mi obligación, me dijo:

—No sé si sabes que me tengo que ir a casa. Ya está. Ya te has divertido un poco. Ahora, sé bueno, y dame la llave.

—No te puedes marchar.

—¿Es un capricho real?

—Exacto. Esta casa es mi reino y la casa de enfrente el tuyo. Tú en la azotea de tu casa eres Shivayi, y yo obedezco tus órdenes. Tú me has roto mil veces las cometas y varios carretes de hilo, y yo no he dicho nada. Hoy eres tú la que está en mis dominios, así que ni se te ocurra rechistar.

—Yo nunca te he roto las cometas. Eso no es verdad.

—¡Qué mentirosa eres, Pariti! Que sepas que ahora tengo todo el poder en mis manos. Tú tienes la costumbre de meterte siempre con los chicos por cualquier cosa, pero a lo mejor no sabes que nosotros somos muy crueles, y que nuestras venganzas son terribles, ¿sabes?

Al oír esto se puso aún más nerviosa y dijo:

—Yo me marcho.

Se dirigió hacia la puerta, pero yo fui corriendo hasta la entrada y le impedí el paso.

—¿Te quieres quedar quietecita en la habitación?

—¡Ay, déjame marcharme! —dijo sacudiéndome el brazo.

Yo me quedé allí plantado, y al verlo, ella dio un paso atrás y me dijo muy enfadada:

—Eres un tirano.

—Pues todavía no has visto ni la mitad de esa tiranía.

—¿Es que no me vas a dejar marchar?

—No.

—Entonces, Mohan Sahab, me voy a poner a llorar y a darme cabezazos.

Y, efectivamente, de sus ojos empezaron a caer lágrimas y siguió avanzando así, lloriqueando y a empujones. Quería apartarme de la puerta de un empellón. Al verla tan angustiada en esa pelea y confusión, me compadecí de ella, y cuando se adelantó para hacer un nuevo ataque, yo, con gran tranquilidad, toqué sus labios húmedos con mis labios.

Apenas rocé sus labios con los míos, se desató el caos. Fue como si alguien hubiera encendido un buscapiés. Comenzó a lanzarme tales insultos prefiero no repetir, y empezó a golpearme el pecho sin parar. Lo mejor era que se había puesto a llorar. Al final, cuando se cansó de pegarme, se sentó en el suelo con la cabeza sobre las rodillas y empezó a llorar aún más fuerte.

Después de suplicarme durante media hora, sus ojos dejaron de derramar lágrimas, y, a continuación, saqué la llave del bolsillo, abrí la puerta principal y me fui a mi cuarto diciendo:

—La puerta está abierta. Te puedes marchar.

Esa misma tarde me fui a Delhi, y regresé al cabo de quince días. Como en mi casa nadie hizo mención a aquella broma, comprendí que Pariti había aceptado mi desafío. Estaba claro que se iba a vengar.

Un día abrí el cajón de la mesa y saqué una foto mía grande que tenía allí, para llevarla a enmarcar. Estaba metida en un sobre de color marrón. La llevé a la tienda de marcos sin abrir el sobre ni mirar la foto. Una vez allí, después de pensar durante media hora, elegí un marco, y, sin dar más indicaciones, le entregué al dependiente el sobre.

Cuando este lo abrió y vio la foto se echó a reír a carcajadas. Tenía en la nariz un lunar negro grande y el cristal de las gafas estaba todo pintarrajeado de negro. La foto era un retrato mío, pero estaba tan retocada que resultaba difícil reconocerme. Al principio me quedé muy desconcertado, pensando quién habría hecho eso, pero inmediatamente lo vi todo muy claro. En mi ausencia, Shivayi había lanzado un ataque victorioso contra el sultanato de su vecino.

# A UN LADO DE LA CALLE

Fue en esta misma época del año. El cielo, al igual que sus ojos, era del mismo azul que hoy, lavado, purificado. El sol tenía la misma calidez, como un plácido sueño. La fragancia de la tierra también era como la que ahora mismo impregna mi corazón y mi mente… y yo, tendida igual que ahora, le había entregado mi alma trémula.

Él me dijo:

—Te aseguro que mi vida carecía de esos instantes que me diste. Te estoy agradecido por esos vacíos de mi existencia que hoy colmaste. Si no hubieras aparecido en mi vida, quizás esta habría quedado siempre incompleta…, no sé qué más te puedo decir… Se ha producido mi plenitud. De una forma tan absoluta que creo que ya no te necesito…

Y se marchó. Se marchó para siempre.

Mis ojos lloraron, mi corazón lloró… Le rogué y le supliqué. Le pregunté cien mil veces:

—¿Por qué tú ya no me necesitas… cuando yo, en cambio, he empezado a necesitarte con toda intensidad tras esos instantes que, tal como me dijiste, colmaron los vacíos de tu existencia?

Él me respondió:

—Esos instantes fueron escogiendo y dándome cada una de las partículas de tu ser que necesitaba para la construcción y consumación de mi existencia…, ahora que se ha producido la culminación, nuestra relación se ha terminado por sí sola.

¡Qué palabras tan despiadadas!… ¡No fui capaz de soportar esa lapidación!… Lloré y grité…, pero a él le dio igual… Le dije:

—Esas partículas que colmaron tu existencia eran parte de mi ser. ¿Acaso no tengo yo nada que ver con ellas? ¿Acaso puede el resto de mi ser romper el vínculo con ellas?… Tú alcanzaste la plenitud…, pero dejándome a mí incompleta… ¿Para eso te veneré como a un dios?

Me respondió:

—Las abejas van libando el néctar de las flores y los capullos, y fabrican la miel, mas luego no permiten siquiera que el poso de esta roce las flores… Dios se hace adorar, pero Él no se postra ante nadie… Tras pasar unos instantes en soledad con la inexistencia, completó la existencia…, pero ¿qué fue de la inexistencia?…, ¿qué necesidad tiene ya de ser? Fue como una madre que murió en su lecho tras dar a luz a la existencia. La mujer puede llorar…, no sabe argumentar…, su mejor argumento son esas lágrimas que derraman sus ojos…

Yo le dije:

—Mira…, estoy llorando…, mis ojos están derramando lágrimas. Si te vas a ir, vete, pero llévate contigo algunas de estas lágrimas envueltas en el sudario de tu pañuelo…, yo seguiré llorando toda la vida… ¡Recordaré al menos que tú te encargaste de enterrar algunas de estas lágrimas para hacerme feliz!

Él me contestó:

—Acabo de hacerte feliz…, acabo de acercarte a esa dicha auténtica que creías un espejismo. ¿Acaso su encanto y su magia no pueden convertirse en un apoyo para el resto de instantes de tu vida? Dices que mi plenitud te dejó incompleta, pero ¿acaso esa misma carencia no será suficiente para mantenerte en movimiento?… Yo soy un hombre. Hoy fuiste tú la que me colmaste…, mañana lo hará otra…, mi ser está hecho de tal sustancia que habrá momentos en la vida en que sentirá una profunda sed… y aparecerán varias mujeres como tú, que llenarán el vacío creado por esos momentos.

Yo seguí llorando y lamentándome, y pensé: «Esos instantes que tenía ahora mismo en mi poder…, no…, era yo la que estaba en poder de esos instantes… ¿Por qué me entregué a ellos? ¿Por qué introduje mi alma trémula en su jaula abierta?… En ellos hubo diversión, hubo placer…, hubo éxtasis… sin duda…, igual que lo hubo en nuestra colisión…, pero ¿cómo puede ser que él saliera sano y salvo y yo quedara herida?… ¿Cómo puede ser que él ahora no me necesite, y yo, sin embargo, lo necesite aún más? Él salió reforzado. Yo me debilité… ¿Cómo puede ser que dos nubes se abracen en el cielo y una empiece a llover con un llanto irreprimible y la otra, convertida en rayo, comience a jugar con esa lluvia, y se escape dando brincos?… ¿Quién dictó esa ley? ¿Fueron los cielos? ¿La tierra? ¿O aquel que los creó?».

Seguí pensando y lamentándome.

Dos almas se encuentran y tras fundirse en una, locas de amor, abarcan la inmensidad del espacio…, ¿acaso todo esto no es más que poesía?… No, sin duda, dos almas tras encontrarse llegan hasta ese punto en que al expandirse forman el universo…, pero, ¿por qué a veces una de ellas queda herida en ese universo?… ¿Quizás porque cometió el error de ayudar a la otra a llegar a ese punto diminuto?… ¿Qué universo es ese?

Fue en esta misma época del año. El cielo, al igual que sus ojos, era del mismo azul que hoy… y el sol tenía la misma calidez… y yo, tendida igual que ahora, le había entregado mi alma trémula… Él no está aquí… Convertido en rayo, ¿quién sabe con el llanto de qué nubes estará jugando?… Se fue tras alcanzar la plenitud… Era una serpiente que tras picarme se marchó... Pero ¿por qué está moviéndose ahora en mi vientre la cicatriz que me dejó?... ¿Acaso se está produciendo mi plenitud?

¡No, no...! ¿Cómo puede ser esto la plenitud?... Esto no es más que la destrucción..., pero ¿por qué se están colmando los vacíos de mi cuerpo?... ¿Con qué escombros se están rellenando esos huecos?... ¿Qué es ese cosquilleo que discurre por mis venas? ¿Qué es ese punto diminuto en mi vientre que me lleva a acurrucarme en mí misma, inquieta por alcanzarlo?... ¿En qué mares se está alzando mi barca hundida para salir de nuevo a flote?

¿Para qué invitado se está calentando leche en los fogones ardientes de mi interior?..., ¿para quién está preparando suaves y delicados edredones este corazón mío, tras alisar mi sangre?, ¿para quién está tejiendo vestiditos con los hilos multicolores de mis pensamientos esta mente mía? ¿Para quién se está iluminando mi tez?... ¿Por qué los lamentos atrapados en todos los miembros y poros de mi cuerpo se están tornando en nanas?

Fue en esta misma época del año. El cielo, al igual que sus ojos, era del mismo azul que hoy..., pero ese cielo, tras descender de sus alturas, ¿por qué ha cobrado forma en mi vientre?... ¿Por qué están recorriendo mis venas sus ojos azulísimos?

¿Por qué las curvas de mi pecho están cobrando una santidad pareja a la del arco del mihrab de las mezquitas?

¡No, no...! ¡No es santidad en absoluto...! ¡Arrasaré esos mihrabs...! ¡Apagaré todos los fogones de mi interior sobre los cuales se está ofreciendo una esclava de guerra para ese invitado sorpresa! ¡Enmarañaré todos los hilos multicolores de mis pensamientos!

Fue en esta misma época del año. El cielo, al igual que sus ojos, era del mismo azul que hoy. Pero ¿por qué recuerdo ese día en que se marchó llevándose incluso la huella que había dejado en su seno?

Entonces…, entonces, ¿de quién es esta huella? ¿Acaso es un desconocido ese que palpita en las profundidades de mi vientre?

La rasparé…, la eliminaré…, es un tumor…, un absceso…, un absceso maligno.

Si así es, ¿por qué siento como si fuera una gasa?… Si es una gasa, ¿de qué herida lo es? ¿De esa herida que él me provocó, para acto seguido marcharse? ¡No, no…! Parece que es de alguna herida de nacimiento…, de una herida de la que ni siquiera era consciente…, que estaba latente en mi vientre desde quién sabe cuándo.

¿Qué es este vientre?… Una vasija de barro inútil. Un juguete infantil. Lo destruiré.

Pero ¿quién me está diciendo al oído?:

—Este mundo es una plaza pública…, ¿para qué revelar tu secreto a los cuatro vientos? Ten presente que te señalarán con el dedo.

Dedos…, ¿por qué no señaláis en esa dirección, allí donde se marchó él tras colmar su ser? ¿Acaso esos dedos desconocen aquel camino?… Este mundo es una plaza…, sin embargo en este momento él se marchó dejándome en una encrucijada. Allí había inconclusión, allá también, allí lágrimas, allá también.

Pero ¿de quién son estas lágrimas que están fabricando una perla en mi ostra? ¿En qué collar la enfilarán?

Te señalarán con el dedo. Cuando se abra la ostra y salga la perla rodando y vaya a parar a la plaza te señalarán con el dedo. Señalarán a la ostra y también a la perla…, y esos dedos se convertirán en pequeñas culebras que os picarán a los dos y os dejarán azules con su veneno.

El cielo, al igual que sus ojos, era del mismo azul que hoy… ¿Cómo es posible que no se derrumbe?… ¿Qué pilares lo sostienen? ¿Acaso el terremoto de aquel día no fue suficiente para hacer temblar los pilares en que se asienta?… ¿Por qué sigue ahí extendido sobre mi cabeza?

Mi alma está bañada en sudor…, se ha abierto cada uno de sus poros. Llamea el fuego por doquier…, en el caldero de mis entrañas se funde el oro… Se agitan los fuelles sin cesar, y flamean las llamas. Hierve el oro como la lava de un volcán. Unos ojos azules corren desbocados por mis venas… ¡Resuenan las campanas…! ¡Alguien viene…! ¡Alguien viene! ¡Cerrad puertas y ventanas!

Se ha volcado el caldero…, se está derramando el oro fundido…, resuenan las campanas…, ya viene…, se entornan mis párpados…, el cielo azul se nubla y desciende.

¿De quién es este llanto?… ¡Hacedlo callar…! ¡Sus gritos son como martillazos en mi corazón! ¡Hacedlo callar! ¡Hacedlo callar! ¡Hacedlo callar…! Me estoy convirtiendo en un regazo… ¿Por qué me estoy convirtiendo en un regazo?…

Mis brazos se están abriendo. La leche está hirviendo en los fogones. Las curvas de mi pecho se están convirtiendo en cuencos… Dadme ese pedazo de carne, que lo acostaré en los suavísimos ovillos de lana mullida de la sangre de mi corazón.

¡No me lo quites! ¡No me lo quites…! ¡No lo separes de mí! ¡Por Dios, no lo separes de mí!

Dedos…, dedos… ¡Que me señalen! ¡No me importa! Este mundo es una plaza pública. ¡Que salgan a la luz todos mis secretos!

¿Quedará arruinada mi vida?… ¡Que se arruine!… ¡Devuélveme mi pedazo de carne…! ¡No me quites ese pedazo de mi alma!.. Tú no sabes lo valioso que es… Es una perla que esos pocos instantes me dieron... Esos pocos instantes que, tras escoger algunas partículas de mi ser y colmar a alguien, se marcharon haciéndome creer que me habían dejado incompleta... Hoy ha tenido lugar mi culminación.

Créeme..., créeme..., pregúntaselo al hueco de mi vientre. Pregúntaselo a mis pechos rebosantes de leche. Pregúntaselo a esas nanas que están entonando cada miembro y cada poro de mi cuerpo tras acunar todos los lamentos. Pregúntaselo a esos columpios que cuelgan de mis brazos.

Pregunta a la palidez de mi rostro, que está ocultando toda su grana en las mejillas de ese pedazo de carne..., pregúntaselo a ese hálito que se ha ido acercando a él a escondidas.

Dedos..., ¡qué me señalen los dedos!... Los cortaré... Se producirá un gran griterío... Cogeré esos dedos y me taparé los oídos con ellos... Me volveré muda, me volveré sorda, me volveré ciega... Mi pedazo de carne comprenderá mis señas... Yo lo reconoceré a través del tacto... ¡No me lo quites...! ¡No me lo quites...! Es la marca de *sindur*[112] de mi vientre... Es el *bindi* de mi instinto maternal... ¿El fruto amargo de mi pecado?... ¿Que la gente le va a escupir?... Yo lo limpiaré con la lengua... Lo protegeré como a un tesoro.

Mira, te lo ruego, me arrodillo ante ti.

No vuelques los cuencos de mis pechos rebosantes de leche..., no quemes los suaves ovillos de sangre mullida de mi corazón. No cortes las cuerdas de los columpios de mis brazos. No prives a mis oídos de esas melodías que sus llantos me procuran.

¡No me lo quites! ¡No me lo quites! ¡No lo separes de mí! ¡Por Dios, no lo separes de mí!

---

[112] Línea de polvo bermellón que se ponen las mujeres casadas en la raya del pelo.

*Lahore, 21 de enero.*

En Dhobi Mandi, a un lado de la calle, la policía ha encontrado a una niña recién nacida tiritando de frío y se ha hecho cargo de ella. Algún desalmado le había atado una tela muy apretada al cuello y la había envuelto en ropa mojada para que muriera de frío. Sin embargo, estaba viva. Se trata de una niña preciosa de ojos azules, y ha sido trasladada a un hospital.

# LA CONSPIRACIÓN DE LAS FLORES

Todas las flores del jardín se habían amotinado. En el pecho de la rosa ardía el fuego de la rebelión. Palpitaba su savia embargada de sentimientos incendiarios. Un día alzó su cuello cubierto de espinas y, observando con atención a sus compañeras por encima del arco, les dijo:

—¡Nadie tiene derecho a aprovecharse de nuestro sudor como objeto de su propio disfrute! ¡Las primaveras de nuestra vida son para nosotras, y no podemos tolerar que nadie se beneficie de ellas!

La boca de la rosa se estaba enrojeciendo por la vehemencia. Temblaban sus pétalos. En el parterre de los jazmines, los capullos, al oír el alboroto, se despertaron y se miraron unos a otros con asombro. De nuevo se alzó la voz firme de la rosa:

—Todos los seres vivos son libres de defender sus derechos, y nosotras, las flores, no somos una excepción. Nuestros corazones son demasiado delicados y sensibles. Una leve ráfaga de aire puede arrasar nuestro mundo de colores y aromas, y reducirlo a cenizas, y una insignificante gota de rocío puede saciar nuestra sed. ¿Acaso podemos soportar nosotras las manos ásperas de ese jardinero tuerto al que no afecta el ciclo de las estaciones?

Las flores de motia[113] gritaron:

—¡De ninguna manera!

[113] Un tipo de jazmín.

Los ojos del tulipán se inyectaron en sangre, y comenzó a decir:

—Tengo el pecho lacerado por su crueldad. Yo soy la primera flor que alzará la roja bandera de la rebelión contra ese tirano.

Tras decir esto comenzó a temblar de rabia.

Los capullos de jazmín estaban sorprendidos, sin saber la razón de aquel griterío. Uno de ellos, con ademán lisonjero, se inclinó haciaa la rosa y le dijo:

—Me has despertado. ¿Te importaría decirme a qué vienen todas estas voces?

El alhelí, que desde un lugar algo más alejado escuchaba con atención la arenga de la rosa, dijo:

—Gota a gota se forma el océano. Aunque somos flores impotentes, si marchamos unidas, nada podrá impedir que hagamos frente a nuestro enemigo. Del mismo modo que nuestros pétalos desprenden aromas, también son capaces de fabricar gases mortíferos. ¡Hermanas, apoyad a la rosa y confiad en la victoria!

Dicho esto lanzó a todas las flores una mirada fraternal.

Justo cuando se disponía a tomar la palabra la rosa, el capullo de jazmín, agitando suavemente su blanco cuerpo, dijo:

—Todo esto es inútil… Ven, recítame algún verso, hoy quiero dormir en tu regazo…, tú eres poeta. Ven, amor mío, y no malgastemos estos maravillosos días de primavera en discursos vanos, y encaminémonos a ese mundo donde tan solo reinan los sueños…, los dulces y reconfortantes sueños.

En el pecho de la rosa se produjo una conmoción. Sus latidos se aceleraron. Era como si se estuviera precipitando a un abismo sin fondo.

Ella, intentando alejar el efecto de las palabras del jazmín, dijo:

—¡No, acabo de prometer que saldré al campo de batalla! Ahora para mí el romanticismo carece de sentido.

El capullo de jazmín, arqueando su elástico talle, exclamó con aire soñador:

—¡Ah, amada rosa mía, no digas esas cosas, que me estremeces! Piensa en esas noches a la luz de la luna... en que, despojándome de mi túnica, me bañaré bajo ese manantial luminoso, ¡qué encantadoras me resultarán entonces esas oleadas bermejas sobre tus mejillas! Y ¡con qué pasión besarás mis labios delicados!... ¡Déjate de soflamas inútiles, que quiero descansar reposando la cabeza sobre tus hombros!

Y el delicado capullo de jazmín se durmió apoyado en la mejilla temblorosa de la rosa, que estaba extasiada. Durante un buen rato resonaron a su alrededor las voces de las otras flores, pero ella no se despertó..., permaneció toda la noche embriagada.

A la mañana siguiente llegó el jardinero tuerto, y encontró al jazmín enlazado al tallo de la rosa. Extendió sus ásperas manos y arrancó ambas flores.

# ÍNDICE

Esta edición de *Diez rupias. Historias de la India*,
compuesta en tipos AGaramond 12 /15 sobre papel
offset Natural de Vilaseca de 90 g, se acabó de imprimir
en Móstoles el día 11 de mayo de 2019, aniversario
del nacimiento de Saadat Hasan Manto